湯姆歷險記

美國文學之父馬克・吐溫跨越三個世紀經典雙書之一

The Adventures of Tom Sawyer

馬克・吐溫（Mark Twain）——著
宋瑛堂——譯

目錄

前言

本書所述之奇遇多數確有其事，其中一、兩樁是我親身的經歷，其餘發生在我的男同學身上。哈克的角色構思自真實生活，湯姆亦然，但湯姆的範本不止一人，其特質融合自我認識的三名男童，因此屬於複合式架構。

在故事設定的年代和美國西部[1]中，書中穿插的迷信在兒童與奴隸之間普遍流傳，離原著付梓時約莫三、四十年。

儘管本書娛樂的對象主要是兒童，我希望成年人不會因此避而不讀，因為我的原意之一是設法溫馨提醒成人的來時路，領會童年的感受、思想、言談，回憶小孩子的花招。

作者
哈特福德，一八七六年

1 譯注：當時的「美西」是現代的美國中西部。

第一章

「湯姆！」

無人應。

「湯姆！」

無人應。

「奇怪，那孩子怎麼了？喂，湯姆！」

無人應。

老婦人把眼鏡往下挪，目光從鏡框上面掃瞄全廳。接著，再將眼鏡往上推，眼珠子從鏡框下面探。像男孩子這種小東西，她絕少透過眼鏡來看；這副眼鏡豪華，她引以為傲，為的是展現「風格」，講究的不是實用——倘使戴爐蓋能矯正視力，她照戴不誤。她面露不解神色，一會兒後，以不算嚴厲、但仍能吵醒家具的嗓門說：

「哼，你要是被我揪出來，看我敢不——」

話沒講完，她拿掃帚彎腰，往床下戳來戳去，歇口氣，再接再勵。她只捅出家貓一隻。

「我一輩子啊，沒見過比他更氣人的孩子！」

門開著，她走過去，站在門口往外看，望向以番茄藤和曼陀羅花叢為主的花園。不見湯姆。於是，她拉高嗓門，以拋投的角度吶喊：

「喂——湯姆！」

一小陣聲響從她背後傳來，她轉身，正好揪住小男孩緊身短上衣鬆垮的部分，男孩被逮個正著。

「逮到了！都怪我沒想到那櫥子。你躲裡面搞啥鬼？」

「沒有。」

「沒有？看看你的手。看看你的嘴。沾了啥鬼東西？」

「不知道啦，阿姨。」

「哼，我倒知道。是果醬——一定是。我嘮叨過四十遍了，叫你別碰那果醬，不然別怪我剝你皮。去請棍子出來。」

棍子停留在半空中——危機迫在眉睫——

「哇！阿姨，快看妳背後！」

老婦轉身，撩起裙襬閃避，湯姆則一溜煙逃跑，趕緊翻越過高高的木板圍牆，消失無蹤。

寶莉姨媽愣得呆立片刻，然後輕聲笑起來。

「可惡的孩子，我什麼時候才學得到教訓？我像這樣被他耍了不知幾百次，竟然還中他的計。天下最笨的人就是老驢蛋。俗話說得好，老狗學不會新招。話說回來，不得了啊，他每天耍的詭計都不一樣，誰曉得他接下來會耍啥把戲？他好像知道整我多久我才不會動肝火，也知道如果能哄我或逗我笑，我就不追究，也就打不下去了。唉，我沒把這孩子教好，天主都知道這事實。《聖經》說得好，小孩不打不成器。我知道，我正在累積罪孽，為了他和我兩人受苦受難。他滿腦子鬼主意，可是啊，唉，願上蒼憐惜我，我姊死了，把他留給我養，可憐的孩子，而我不知怎麼著，就是狠不下心揍他。每次我放他一馬，就對不住自己的良心；每次我打他，這顆老邁的心就碎滿地。唉，《聖經》不是寫著嗎？世人皆母生，朝生暮死，患難頻仍，我認為很有道理。今天下午，他一定會逃學，我只好明天再罰他做工。星期六所有孩子都休假，逼他做工是有點過分，不過他最討厭的就是做工。我非在他身上多下一點工夫不可，否則這孩子包準毀在我手裡頭。」

下午，湯姆果然蹺課了，玩得好開心，回家差點來不及幫忙黑人小男孩吉姆[2]。照規定，他們要在晚餐前鋸完明天用的柴薪，劈好火種。至少湯姆還來得及把下午做的妙事告訴吉姆，四分之三的工作則由吉姆去忙。湯姆的同父異母弟弟名叫席德尼，小名席德，這時已經做完分內的工作（撿拾木屑）。席德是個文靜的男孩，不貪玩，不惹事。

湯姆吃著晚餐，同時趁機偷白糖，寶莉姨媽則問他一些狡猾的問題，含義莫測高深——無非想誘使湯姆自曝馬腳。寶莉姨媽和所有心思單純的人一樣，洋洋得意地自以為擅長陰險的謀略，可惜她想出的計策太容易被人識破了，她自己卻以為是用盡心機的高招。她說：

「湯姆，今天在學校裡，天氣挺熱的吧？對不對？」

「是的，阿姨。」

「熱呼呼吧？對不對？」

「是的，阿姨。」

「你一面上課，該不會一面想去游個泳吧？湯姆？」

---

2 譯注：和《哈克歷險記》的黑奴吉姆不是同一人。

一小陣驚駭穿透湯姆的心——一絲絲疑慮。他探尋著姨媽的表情，看不出究竟，於是他說：

「不會的，阿姨——呃，不太想。」

老婦伸出一手，摸摸湯姆的上衣，說：

「可是，你現在不覺得太熱嘍？」她發現上衣乾乾的卻能按兵不動，一想到這她就沾沾自喜。儘管如此，湯姆這時洞悉她的念頭，因此先下手為強。

「有幾個小朋友去玩壓水井，沖水圖個涼快。我的頭不是還溼溼的嗎？妳看。」

寶莉姨媽漏看了這項間接證據，不禁懊惱錯失良機。隨即，她靈機一動。

「湯姆，你沖涼的時候，不必拆開我幫你縫好的領子吧？解開你外套的釦子給我看！」

湯姆臉上的不安消失。他打開外套，衣領縫得好好的。

「可惡！好吧，算了，饒你這一次。我本來算準了你一定逃學去游泳。不過，我原諒你，湯姆。我猜你就像俗話說的，是隻毛被燒焦的貓——心好，外表不中看。這次饒了你。」

她一方面遺憾自己失算，另一方面卻也慶幸湯姆這次總算守規矩。

但弟弟卻說：

「咦，妳不是用白線縫他的領子嗎？現在怎麼變黑線了？」

「是啊，我縫的是白線沒錯！湯姆！」

湯姆不等她講完就快閃，臨走前在門口說：

「小席，你等著挨我揍吧。」

脫離險境後，湯姆檢查插在外套翻領上的兩支大針，一支穿著白線，另一支穿黑線。他說：

「要不是席德多嘴，她永遠也不會注意到。可惡！她有時候縫白線，有時候縫黑線。真希望她不要改來改去的——害我老是搞錯。不過，席德保證會挨我打，看我打得他叫不敢！」

湯姆不是本村模範生。但他和模範生很熟，因為對他恨之入骨。

兩分鐘不到，他已忘掉所有煩惱，並不是因為他的憂愁不比其他人沉重苦悶，而是因為這時另有新念頭降臨他腦海，勢不可擋，把煩惱全趕走了。正如一般人遇到新鮮事，興奮之餘，常把不如意的事忘得精光。湯姆最近向黑人學吹口哨，很重視這種新奇活動，但也很難在不受干擾的情況下練習。這種口哨包含一種奇特的鳥鳴聲，吹法是舌頭間歇抵住上顎，發出流暢的啼囀音符。讀者若經歷過童年，或許記得怎麼吹法。湯姆既認真又專心練習，不久弄通了訣竅，走在馬路上滿口旋律，滿心感激，心情好比發現新行星的天文學家。如果以強烈、深切、精純的喜悅來說，湯姆此刻的心情絕對勝過天文學家。

夏天夕陽來得晚，現在仍未天黑。湯姆的口哨聲陡然打住。前方來了一個陌生人，也是男童，比他稍微大一號。聖彼得斯堡是個寒酸的小村莊，一出現新臉孔，不分男女老少，都能引人好奇無比。這男孩的服儀整齊，在非例假日仍穿得體面，簡直令人震驚。男孩戴著雅緻的小帽，藍色緊上衣扣得緊緊的，嶄新而整潔，長褲亦然。雖然才星期五，他卻穿著皮鞋，甚至繫著鮮豔的絲領帶。這男生渾身散發城市味，湯姆恨得牙癢，看著那副光鮮奇特的打扮，愈看鼻頭翹得愈高，更覺得自身的衣褲簡陋。兩人不語。一有人動，對方也跟著移動，但只側著移，繞著圈走，臉正對著臉，四眼僵持不下。最後湯姆說：

「看我揍扁你！」

「試一試啊，我倒想看看。」

「哼，我真的能揍扁你。」

「你才打不過我咧。」

「我能就能。」

「你不能就不能。」

「我能。」

「你不能。」

「能！」

「不能！」

歇口一陣，氣氛僵。接著湯姆說：

「你叫什麼名字？」

「不干你的事吧？少管。」

「哼，管不管是我家事。」

「來啊，來管啊。」

「你再囉唆，我就管定了。」

「囉唆、囉唆、囉唆。行了吧？」

「哼，你自以為頭腦很靈光，沒錯吧？如果我一手被綁在背後，單手就能打贏你。」

「那你為什麼不來打打看？光說不練。」

「你敢惹我，我就揍。」

「是嗎？整家子的人光說不練，我見多了。」

「痞子！你自以為了不起，是不是？哼，戴那種痞帽子！」

「看不順眼就忍著點，有膽來摘啊！誰敢過來，我就讓他吃苦頭。」

「你愛吹牛！」

「你也是。」

「你說謊不打草稿，才不敢亂來。」

「算了吧！還不快滾蛋！」

「你呀，敢再對我耍嘴皮子，別怪我撿石子砸你的頭。」

「好啊，來砸呀。」

「我說到做到。」

「那你幹麼拖拖拉拉呢？一直空口講，沒用啦。你幹麼不動手呢？因為你害怕啊。」

「我才不怕。」

「怕就怕啦。」

「我不怕。」

「你怕。」兩人再次歇口，繼續再瞪對方，再側身移動。兩人肩膀抵肩膀時，湯姆說：

「還不快滾！」

「要滾你自己滾！」

「我不走。」

「我也不走。」

就這樣，兩人各站出一腳，以斜角踩穩，用盡渾身氣力推擠，懷著恨意怒視對方，無奈兩人都無法占上風。纏鬥一陣之後，兩人紅著臉，熱呼呼，鬆懈下來，繼續緊迫盯人。湯姆說：

「你是個膽小鬼，傻小子一個。等我去找我哥來。他動動小指頭，就能捻得你求饒。我一定去找他來。」

「我哪怕你哥？我自己也有哥哥，塊頭比你哥大。而且，他還能把你哥丟到圍牆另一邊。」（兩人的哥哥都是虛構人物。）

「騙人。」

「你只是嘴巴講講而已。」

湯姆以大腳趾在塵土上畫線，說：

「諒你不敢跨過那條線，否則別怪我扁得你爬不起來。敢接受挑戰的人保證死得很慘。」

新來的男生立刻越線，說：

「你不是說你會揍人嗎？揍看看啊。」

「你可別逼我動手。你最好當心。」

「咦，你明明說你會揍人，怎麼不揍呢？」

「我對天發誓！給我兩分錢，我一定動手。」

新來的男童從口袋掏出兩枚大銅板，以輕蔑的態度遞出，被湯姆打落地。剎那間，兩個男孩纏扭起來，在塵土裡翻滾，像貓般揪著對方。兩人拉扯著對方的頭髮和衣物，對著彼此的鼻子抓又捶，打得灰頭土臉，精神奕奕。未久，情勢混亂難辨，從粉霧當中脫穎而出的是湯姆，跨坐在男童身上，以雙拳擊打他。「還不討饒！」湯姆說。

男童只有拚命掙脫的分。他哭了，主要是因為怒不可遏。

「還不討饒！」繼續拳打。

最後，男童哽咽說：「饒了我吧！」湯姆才讓他起身，對他說：

「這下子你學乖了吧。下次找碴，最好先看對象。」

男童邊走邊撢掉身上的塵土，抽噎著，幾度往後看，搖搖頭，揚言「下次被我逮到的話」會怎樣怎樣。湯姆聽了以訕笑回應，然後神采飛揚地走開。不料他一轉身，男童竟撿石頭扔他，擊中他兩肩之間，旋即調頭像羚羊一樣飛奔回家。湯姆追過去，因此發現小人的住處。湯姆在院子門口守候片刻，看對方敢不敢出來，但對方只躲在窗戶裡面扮鬼臉，拒絕出門。最後，小人的母親出現了，罵湯姆是個狠毒、齷齪的壞孩子，命令他離開。於是湯姆走了，臨走前放話說他想「伺機埋伏」那男童。

那一夜他回到家，時辰已晚，小心翼翼爬窗戶進去時，被敵軍伏擊，也就是姨媽。姨媽原本就決定罰他週六假日做苦工，現在一見到他衣褲之髒亂，心意更堅定如金剛石。

第二章

夏日的星期六早晨，全世界亮麗清新，活力滿盈，人人心中自有一段樂章，心境年輕者，音符從唇舌間飄逸而出。每一張臉孔皆洋溢著喜悅，每一步伐皆雀躍。洋槐樹盛開中，空氣瀰漫著花香。村外的卡迪福丘居高臨下，綠意盎然，離村子恰好夠遠，宛若桃花源，如夢似幻，安寧而誘人。

湯姆拿著一把長柄刷子，拎著一桶白白的灰漿，走在人行道上。他審視著圍牆，欣喜之情一掃而空，一股深沉的憂鬱籠罩心田。這道木板圍牆高近三公尺，長三十公尺。對他而言，人生頓時變得空洞，活著簡直是一份重擔。他唉聲嘆氣，用刷子沾灰漿，開始刷最上面的木板，重複刷一遍，同樣的步驟再重複一遍，然後對照尚未刷成白色的部分。相形之下，漆過的部分好渺小，沒漆過的圍牆猶如遼闊的大陸。他在木箱上坐下，垂頭喪氣。吉姆提著錫桶子，從院子門蹦蹦跳跳走過來，唱著民謠《水牛城女孩》。湯姆原本討厭去村裡的壓水井打水，這時反倒不怎麼排斥。他記得，壓水井那邊常有人群聚集，總有白人和黑人小孩、黑白混血兒，不分男女排著隊，休息著，交換玩物，斗嘴，打架，鬧著玩。他也記得，雖然壓水井近在一百多公尺外，小黑奴吉姆去打水，從來不在一小時之內回來，而且還是有人去催他，他才回家。湯姆說：

「這樣吧，吉姆，如果你過來塗一點漆，我可以去幫你打水。」

吉姆搖搖頭說：

「不行，湯姆少爺，老太太她叫俺去打一個水，不許俺跟人瞎混。她說她猜湯姆少爺會叫俺塗漆，所以叫俺只要做好自己的工作。她說她會自己過來看你漆。」

「唉呀，你別管她講什麼啦，吉姆。她就是習慣講那種話嘛。水桶給我，我快去快回，一分鐘就好，她才不會知道。」

「不行啦，湯姆少爺。俺怕會被老太太她敲破頭的。她真的會。」

「她！她從來不打人——頂多戴著針箍拍一下頭而已啦，誰怕？她愛講狠話，不過話講得再狠也不會痛，她不哇哇叫就不要緊啦。吉姆，不如這樣吧，我送你一個好東西。我送你一顆白彈珠！」

吉姆的心意動搖起來。

「白彈珠啊，吉姆！而且是霸王珠喔。」

「哇！棒透了，真的不是蓋的！可是，湯姆少爺，俺實在非常怕老太太她——」

「你願意的話，我甚至可以露我受傷的腳趾給你看。」

吉姆畢竟是凡人，禁不起誘惑。他放下水桶，接下白彈珠，凝神彎腰看著纏腳趾的綳帶被拆開。一眨眼的工夫，吉姆突然屁股一陣痛麻，提著水桶飛奔離去，湯姆則奮力刷著漆，一旁是農忙完畢的寶莉姨媽，手拿著一只拖鞋，眼神耀武揚威。

奈何湯姆的活力好景不長。他開始嚮往今天計畫好的活動，愈想愈懊喪。不久，無事一身輕的男孩們即將踏著輕快的步伐，準備去遊山玩水，路過一定會盡情譏笑他被罰做工——一想到這裡，他不禁怒火中燒。他掏出全身的家當，一一檢查——幾個小玩具、幾顆彈珠、垃圾，或許足夠找人交換工作也說不定，但若想換取半小時的海闊天空，多一倍也不夠看。他只好把貧瘠的財產收回口袋，不再妄想收買他人。心灰意冷之際，他靈光一閃！靈感來得太妙、太精采了。

他拿起刷子，默默做工。此時，班．羅傑斯搖搖擺擺走進眼簾——被其他男生奚落都沒關係，湯姆最怕被他嘲弄。班的腳步像在跳格子，足證他的心情輕鬆，充滿希望。他啃著蘋果，嘴裡發出悠揚的嗚聲，穿插著低沉的叮咚咚、叮咚咚，假想自己是蒸汽船。接近湯姆時，他放慢速度，占據路中央，以大角度向右舷傾斜，隨即吃力打直，動作和姿態誇張——因為他模仿的是密蘇里號大汽輪，自認吃水深達三公尺。他身兼汽輪和船長，還要揣摩輪機鈴，因此必須想像自己站在上層甲板，一面發號施令，一面執行：

「停船啊，兄弟！叮鈴鈴！」船幾乎停擺，他徐徐靠向人行道。

「把船頭調過來！叮鈴鈴！」班的雙臂僵直貼身。

「右舷向後！叮鈴鈴！咻！吱咻哇！咻！」說著，右手比劃著大圓圈，代表直徑十二公尺的明輪。

「左舷向後！叮鈴鈴！咻咻咻！」左手開始畫圓圈。

「停止右舷！叮鈴鈴！停止左舷！右舷前進！快停啊！讓你的外面慢慢轉過來！叮鈴鈴！咻咻咻！快用船頭的繫索！動作快！過來——快用斜繫纜繩——還愣什麼愣！用纜繩環套住那樹樁，守好——可以了，鬆開！停止輪機，兄弟！叮鈴鈴！咻的咻的咻的！」（揣摩氣閥排氣聲）。

湯姆繼續刷漆，不理蒸汽船。班凝視片刻後說：「嗨，喂！你挨罰了，對吧！」

不應。湯姆以藝術工作者的目光，審視著自己剛塗下的一筆，然後刷子輕輕一揮，再像剛才審視效果。班搖擺著身體，來到他旁邊。想吃蘋果的湯姆口水直淌，但他堅守工作崗位。班說：

「哈囉，老弟，今天還做工啊？」

湯姆突然轉身說：

「啊，是你啊，班！我怎麼沒注意到。」

「對啊！我正要去游泳。你不想去游一游嗎？可惜你寧願做工，對不對？你當然想做工！」

湯姆稍稍打量著他，說：

「這怎麼算做工？」

「什麼話？那怎麼不算做工？」

湯姆繼續刷，漫不經心回答：

「也許算吧，也許不算。我只知道，這很適合湯姆．索耶。」

「少來了。你想說的該不會是，你很喜歡做工？」

刷子繼續揮灑。

「喜歡？有啥好討厭的，我倒看不出來。男生漆圍牆的機會豈是天天都有？」

此言讓情況出現轉機。班停止啃蘋果的動作。湯姆以文雅的姿態反覆揮灑，退一步鑒賞成效，東添一筆西加一劃，再次評審效果。這一舉一動，班全看在眼裡，愈看興趣愈濃，也更加沉醉。未久，他說：

「這樣吧，湯姆，讓我刷一刷。」

湯姆考慮著，正要同意卻及時變心。

「不行……不行……不太好，班。是這樣的，寶莉阿姨很重視這一面圍牆，畢竟這牆就在路邊，假如是後院的圍牆，我倒無所謂，她也不會在意。她對這圍牆確實是很重視啊，非謹慎刷一刷不可。能照她要求好好塗漆的男生嘛，我猜是一千人當中才有一個，說不定是兩千之一。」

「不會吧！真的嗎？少來了！讓我試試看嘛。一下下就好，假如我是你，湯姆，我就會讓你刷刷看。」

「班，說真格的，我很願意，可是，我阿姨她……呃，吉姆想刷，阿姨也不讓他刷；席德想刷，阿姨也不肯。我不給刷的原因，你現在明白了吧？假如我讓你刷，結果圍牆出了問題……」

「哎喲，我小心一點就好了嘛。讓我試試看。這樣吧，我可以把吃剩的蘋果核送你。」

「這……不行，班，不可以。我擔心……」

「整顆都送你！」

湯姆滿臉不情願，交出刷子，內心卻喜孜孜。前身是大輪船的班揮汗在豔陽下做工之際，退休畫家坐在附近的木桶上納涼，咬著蘋果，兩腿盪呀盪，腦子暗忖著撲殺更多無辜路人的詭計。他不愁沒人可下手；男孩子不時靠過來，本意是想冷嘲熱諷一頓，最後卻留下來刷牆。等到班累垮了，湯姆把機會讓給比利．費雪，換來一個狀況良好的風箏。等比利玩累了，換強尼．米勒，交換品是被纏在繩子下甩來甩去的死老鼠。同樣的事反覆登場，接連數小時。下午才過半，今早是貧童的湯姆現在堪稱是在金銀珠寶裡打滾。除了口袋裡原有的財產之外，如今他多了十二顆彈珠、殘缺的單簧口琴、可透視的藍瓶玻璃碎片、線軸砲臺、什麼鎖也開不了的一把鑰匙、一小段粉筆、一個玻璃瓶塞、一個錫做的玩具兵、兩隻蝌蚪、六個鞭炮、一隻獨眼小貓、一個銅製門把、狗項圈一個——不附贈狗——一個刀柄、四片柳橙皮、一個破舊不堪的窗框。

他全程過得愜意、開心、閒散，有很多人作伴，而且，圍牆還多了三層灰漿！若非灰漿用完了，他肯定能讓全村男孩破產。

湯姆告訴自己，人生不見得空洞嘛。懵懂之中，他發現了人類行為的一大法則——亦即，想讓成人或兒童覬覦某件事物，只需把他覬覦的事物弄得難以得手即可。假如湯姆像本書作者一樣是個滿腦子智慧的大哲學家，他如今當知，工作的內涵是人非做不可的任何事物。反之，玩樂的內涵是做不做都無所謂的事物。明白這道理後，他應能理解，製作人造花，或踩著踏車是工作，打十柱滾木球或攀登白朗峰是娛樂。在夏天，英國富紳願趕著四匹馬，駕駛四輪大馬車，照僕役的路線行進二、三十公里，因為這項特權所費不貲；反之，假如有人肯對他們支薪，這活動會變成工作，他們必定會辭職不幹。

這現象發生在湯姆置身的世界裡，兩者的轉變何其大，令湯姆反思片刻。隨後，他趕赴司令部回報。

第三章

湯姆來到寶莉姨媽面前，見她坐在敞開的窗戶旁。這間面向後的房間舒適宜人，兼俱臥房、早餐間、飯廳、圖書室多功能。柔和的暑氣、安祥的靜謐、幽幽花香、蜂聲嗡嗡催眠，對她產生效應，令她一面打毛線一面打盹兒，因為她只有一隻貓陪伴，而貓睡在她大腿上。她把眼鏡架在灰髮蒼蒼的頭上，以免掉地。她本以為，湯姆必然早已棄守工作崗位，這時見他以大無畏的姿態回來，不禁狐疑。湯姆說：「我現在可以去玩了吧，阿姨？」

「什麼？已經刷完了？你刷了多少？」

「全刷完了，阿姨。」

「湯姆，別騙我——我會受不了。」

「我沒騙人啊，阿姨，真的全刷完了。」

空口無憑，寶莉姨媽不太相信，於是出門看個究竟。如果湯姆所言有兩成屬實，她就能滿意，結果她竟發現整面圍牆不但塗白了，而且是煞費苦心刷過再刷，一層加一層，甚至連地面都畫了一道。她震驚到幾乎難以言語。她說：

「哇，我作夢也沒想到！事實擺在眼前，湯姆，只要你有心，你倒是很能幹。」接著，她以下面這段話稀釋誇獎的意味。「可惜，我不得不說，你用心的時候是少之又少。好了，要玩就去玩吧，不過可別玩一個星期才回家，否則等著挨我揍。」

他的成就不俗，姨媽大受感動，於是帶他進儲藏室，挑一顆上選蘋果送他，連帶說教一番，勸他體認美德的好處，無罪無過爭取到的點心更有價值，也更具美味。趁她開懷引述《聖經》佳句做結尾，湯姆「勾走」一個甜甜圈。

湯姆蹦蹦跳出門，見到席德正要踏上通往二樓後房間的外梯。隨手可得的土塊轉瞬間滿天飛，宛如冰雹驟降在席德周遭。等姨媽回過神來、前去營救席德，六、七個土塊已達成人身攻擊，湯姆也已翻牆遠去，和往常一樣，急著離開的他又放著院子門不用。縫黑線一事被席德揭穿至今，他終於有機會報復了，心神總算平靜。

湯姆繞過街角，走進滿地泥濘的小巷，路過姨媽的乳牛廄。安然脫身，不怕受懲罰後，他急忙走向村民廣場。依照先前的約定，一群男孩分組兩「軍隊」，即將對抗。湯姆是其中一軍的將軍，另一軍則由（摯友）喬·哈普爾領銜。刀槍作戰的事比較適合小兵，兩大將領不肯屈身應戰，反而高高坐著，藉副官傳令來指揮作戰。經過漫長的苦戰，湯姆的軍隊獲得大勝。接著，雙方清點陣亡人數，交換戰俘，談妥下次的歧見，約定下一場戰役的日期，然後兩軍列隊，各自帶開。湯姆獨自回家。

路過傑夫．柴契爾家時，湯姆看見花園裡有個陌生女孩，一個藍眼小不點，外形可愛，黃頭髮紮成兩條長馬尾，上身穿夏日白罩衫，下身是刺繡燈籠褲。不需挨一槍，剛打一場勝仗的英雄就俯首稱臣，把艾咪．羅倫斯忘得船過水無痕。他本以為自己愛她愛得魂牽夢縈，把一頭熱誤認是款款深情，如今，那份愛不過是短暫卑微的一縷情愫。為了贏得艾咪的芳心，他苦追數月，艾咪一星期前才接受，令他成為世上最快樂、最自豪的男孩。短短七天後，如今剎那間，她就從他心中消失，簡直像素昧平生的過客。

湯姆以崇拜的眼光，偷瞄這位新來的天使，直到被她發現，他才佯裝不知她的存在，開始做各種荒謬動作，充滿孩子氣，向她「裝模作樣」，以謀取她的青睞。滑稽的蠢行為維持片刻，但不久後，正當他表演高危險體操姿勢後，他斜眼瞧見，小女孩正往自家方向前去。湯姆來到圍牆挨著，忍著心痛，希望她能再逗留一下。她踏上門階，止步一會兒，然後走向門。見她一腳跨進門檻，湯姆大嘆一口氣。不料，在她即將關門前，她朝圍牆外面拋了一朵三色堇，一掃湯姆臉上的陰霾。

湯姆奔向三色堇，在五十公分外駐足，一手舉到額頭遮陽，望向街頭，彷彿剛發現遠方有新鮮事。接著，他撿起一根草梗，頭儘量往後仰，用鼻子頂住草梗，腳忽左忽右移動，不讓它跌落，其實是想寸步挨近三色堇。最後，他的光腳丫搆到花，以靈活的腳趾夾起來，帶著寶物，蹦跳著轉彎走開。但轉角一過，他馬上止步，因為他想把這朵花扣進外套裡面，放在心上——或者放在胃上——他對人體結構的知識太淺，也不太苛求這些小事。

他回到圍牆邊，徘徊到天黑，繼續「裝模作樣」，可惜小女孩不再露臉，但湯姆稍微安慰自己，希望她躲在窗內留意著他的動態。最後，他不甘願地回家，可憐的腦袋裡裝滿憧憬。

晚餐期間，姨媽見他情緒如此高昂，懷疑「這小孩吃錯什麼藥」。因為用土塊扔席德一事，他挨了一頓臭罵，卻毫不在意似的。他想在姨媽面前偷糖，手背因此挨打。他說：

「阿姨，席德偷糖吃，妳為什麼不打他？」

「席德嘛，他又不像你那樣折騰人。要不是我盯著你，你一定成天偷糖吃。」

說完，姨媽進廚房，免受懲罰的席德得意忘形，手伸向白糖盅，有耀武揚威的意味，令湯姆幾乎受不了。不料，席德的手指一滑，糖盅跌落地上摔破了。湯姆樂不可支。他甚至樂到能控制口舌的衝動，不吭一聲。他告訴自己，一個字也不能說，甚至姨媽進來，他仍會乖乖坐著，一直等到她問誰搗蛋，他才告狀，到時候，看著姨媽偏心的模範寵兒「吃癟」，那才是人間最痛快的事。想著想著，興奮之情滿溢，姨媽回來時，湯姆差點壓抑不住。姨媽看見地上的亂象，閃電般的怒光從鏡框上緣發射而出。他告訴自己：「好戲快上演囉！」轉瞬間，他卻被打趴在地上！姨媽威武的大手舉起，眼看又要打人了，湯姆驚叫：

「住手呀，為什麼打我？糖盅是被席德摔破的啊！」

姨媽愣住，疑惑著，湯姆則指望她疼惜。但在她又能講話時，她只說：

「哼！你才沒白挨一頓揍。你趁我不注意，一定也放膽搞過什麼鬼，太調皮了。」

隨即，她良心不安，本想緩和語氣，講些親和的話，想想卻怕被湯姆以為她在認錯，反而會把小孩教壞。於是她沉默下來，心中含著疙瘩，改去忙家事。湯姆窩在角落生悶氣，心痛愈發沉重。他知道，在姨媽心中，她一定正跪求他原諒。意識到這一點後，他黯然滿意。他不願發放投降訊號，也不想理會種種跡象。他知道，姨媽偶爾會泛著淚光，以關愛的眼神望著他，但他拒絕接受。他想像自己臥病榻，和死神搏鬥，姨媽則彎腰苦求他以隻字片語寬恕，但他只轉頭面壁，至死不語。啊，到時候，她會做何感想？湯姆也想像自己溺死河裡，屍體被抬回家，鬈髮溼答答，受傷的心靈得以安眠，姨媽勢必會撲向他，淚如雨下，嚅嚅祈求上帝退還孩子給她，她保證再也不會濫打無辜的湯姆，絕對不會！但他會冷冰冰躺著，沒有血色，沒有動作，苦命兒終於脫離苦海了。他的情緒深受這些夢想的悲愴影響，情不自禁不斷哽咽，淚眼朦朧，一眨眼就淚崩，熱淚涓流至鼻尖滑落。強說愁的滋味難能可貴，太神聖了，他不忍讓凡俗的喜悅或惱人的歡樂鑽進來攪局。因此，當表姊瑪莉踩著歡欣的舞步回家時——她下鄉玩一星期，感覺像一去數十年，終於回家好高興——他站起來，在愁雲和黑幕包圍下出門，表姊則從另一道門引進音符與陽光。

他遠離男生常流連的地方，尋找能呼應他心境的荒野。河邊木筏對他招手，他在筏邊坐下，望著浩瀚單調的流水發呆，但願自己能被河水淹死，死得乾脆，在無意識之中暴斃，毋須歷經大自然安排的痛苦戲碼。接著，他想起那朵三色堇。他掏出來，發現花被壓扁了，枯萎了，悲多於喜的心情更是加倍激盪。他心想，如果噩耗傳進她耳朵，她會不會同情他？她會哭嗎？會不會但願能摟他的頸子入懷，好好安慰他？或者，她會和無情的天地一樣，硬著心腸一走了之？這幅景象引發一陣悲歡交纏的苦悶，來勢凶猛，令他在心裡反覆品嘗，換個角度再嘗嘗看，嘗到索然無味為止。最後，他嘆氣站起來，步入暗夜中。

大約九點半或十點，他走在無人的街道上，來到他暗戀對象的住處，稍事停留，豎耳聽不見聲響，獨見二樓一盞燭火對著窗簾投射微光。女神在窗內嗎？他爬牆進院子，偷偷穿梭花木之間，來到那扇窗戶下面，仰頭深情望窗，目光久久不移。然後，他在窗下的地面躺下來，臉朝上，雙手交握在胸前，拿著枯萎的小花。他願如此死去。死在冰冷的塵世上，無家可歸的他苦無蔽蔭，苦無友人伸手拭去他額頭上的臨終冷汗，逼近鬼門關時，見不到關愛憐惜的容顏俯視他。等到晨曦欣然降臨，她往窗外望，勢必見到他，喔！小小一滴淚會不會落在他斷氣的軀殼上？她會不會小嘆一聲，遺憾青春的生命提前遭斬，天妒英才？

窗戶開了，女傭以刺耳的嗓音褻瀆聖潔的寧靜，一桶水嘩嘩灑落在烈士遺體上！

被水嗆到的英雄立刻跳起來，噴鼻喘息，剎時之間，一陣飛岩呼嘯聲，夾雜著嘟噥咒罵，緊接著是玻璃嘩啦破碎的聲響，一個模糊的小身影翻越圍牆，竄進暗夜中。

不久後，湯姆脫衣準備就寢，藉著油燭碟的火光檢查溼透的衣物，席德醒了，幸好即使他稍有「含沙射影」的想法，想想之後也作罷，因為他看見湯姆眼露凶光，不敢輕舉妄動。

湯姆上床，省略了惱人的祈禱，不敬的舉動被席德暗暗記住。

第四章

旭日昇起，親臨寧靜的世界，宛如降福式，照耀著祥和的村子。早餐結束，寶莉姨媽舉行居家宗教崇拜：開頭以禱告奠定基礎，引述扎實的《聖經》佳句，以薄弱的創意揉合成一體。然後，她站上這座基座，宛如從西奈山上發表《摩西律法》可怕的章節。

接著，湯姆硬起脖子，做好心理準備，開始背誦「功課」。席德早在幾天前就背熟了。湯姆集中渾身解數背五小段。他從〈登山寶訓〉挑幾段來背，因為他找不到更短的句子了。努力半小時後，湯姆約略背起來了，但半生不熟，因為他的心思踏遍人類思想的境界，兩手也忙著玩容易分心的把戲。表姊瑪莉拿走他的《聖經》，叫他背來聽聽，只聽他在迷霧中摸索：

「心靈貧……貧貧……」

「貧窮……」

「對，貧窮；心靈貧窮的人啊……啊……」

「有福了；心靈貧窮的人有福了，因為天國……天國……」

「天國是……」

「因為天國是。心靈貧窮的人有福了，因為天國是他們的。哀慟的人有福了，因為他們……他們……」

「必……」

「因為他們必……啊……」

「必……」

「因為他們必……唉，我背不起來啦！」

「必得！」

「喔，必得！因為他們必得……因為他們必得……啊……啊……哀慟……啊……啊……的人有福了，因為他們必得……必得……啊……哀慟的他們，因為他們必得……啊……必得什麼啊？妳乾脆告訴我嘛，瑪莉？何必把我逼成這樣嘛？」

「湯姆啊，可憐的鈍腦袋，我又不是在逗你玩，我才不會呢。你應該再去背一遍。你可別氣餒喲，湯姆，你能應付的。如果你背得住，我就送你一個棒得不得了的東西。可以了吧，快去乖乖背《聖經》吧。」

「好啊！瑪莉，妳要送我什麼東西？快告訴我。」

「你先別管，湯姆。我說是好東西，一定就是好東西。」

「好東西就是好東西，瑪莉。好吧，我再去努力看看。」

這次他的「努力」有成果了，在好奇心和獎品的雙重誘惑下，他背得興沖沖，成績亮麗。瑪莉送他一把嶄新的「單刃折疊刀」，價值一毛兩分半。湯姆樂得渾身上下發抖。這把刀其實什麼東西都割不動，卻是「千真萬確」的折疊刀，光是這一點就散發難以言喻的光輝。話說回來，這種武器的用途少得不能再少，西部[3]男孩為何將之視為至寶，實為解不開的一道謎題，也許永遠無解。湯姆拿著這把刀，致力為碗櫥添刀疤，刻過癮後，正想轉往臥室櫃子再刻，這時被叫去換衣服，準備上主日學。瑪莉給他一錫盆的水和一塊肥皂，他端出門，把臉盆放在門外的小板凳上，然後拿肥皂沾水，放下肥皂，捲起袖子，把水倒在地上，輕輕倒掉，然後回廚房，開始用掛在門後的毛巾認真擦臉。不料毛巾被瑪莉拿走。瑪莉說：

「你沒羞恥心嗎，湯姆？你不應該使壞。水又傷不了你。」

3 譯注：指當時的密蘇里州。

湯姆略為驚慌。臉盆再加水，這次他站在盆前一小陣子，鼓足決心，大吸一口氣，開始洗臉。不久後，他進廚房，閉著雙眼，兩手摸索著毛巾，泡沫和水正從臉上滴落，足證這次誠實無欺。但他擦完臉後，儀容仍差強人意，因為下巴和腮幫子沒洗乾淨。洗過的部位如同面具，沒洗的地方黑壓壓一大片，猶如缺乏灌溉的土地，向下延展到脖子和後頸。瑪莉抓起他的手，幫他盥洗完畢後，他儼然成了一位端端正正的男生，不再是黑白臉，蓬亂的頭髮被梳理整齊，短鬈髮也變得大致上斯文對稱。（私底下，他煞費苦心想把頭髮壓平，因為他認為鬈髮很女性化，對自己的一頭鬈髮怨恨不已。）接著，瑪莉取出一套穿了兩年、只在星期天穿的服裝——簡稱「另外那一套」——由此可見他的衣服數量有多麼少。他穿好衣褲之後，瑪莉為他「補正」，幫他把整齊的緊身短上衣往上全扣到下巴，把寬大的領子翻到蓋住肩膀，撣掉衣服上的灰塵，為他戴上斑紋草帽。現在，他的外表大為改善，態度極端不自在，也滿心不舒服。服裝端正，儀容整潔，代表的是拘束性，令他苦在心中。他希望瑪莉忘記他的鞋子，奈何這希望落空了；她隨俗為鞋子塗上鞋油，拿出來給湯姆穿。湯姆發脾氣說，老是逼他做他不想做的事。但瑪莉勸解：

「拜託嘛，湯姆，這才乖嘛。」

所以他張牙舞爪穿鞋子。不久後，瑪莉準備好了，三個小孩一同去上主日學。湯姆恨透了主日學，但席德和瑪莉很喜歡。

主日學的時間從九點到十點半，下課後做禮拜。三人當中有兩人總是自願待下來聽佈道，另一個也總是不走——但理由比較充分。教堂的高背長椅缺乏軟墊，能供大約三百人坐，建築本身小而平凡，屋頂以類似松木箱的東西充當尖塔。來到教堂門口，湯姆落後一步，和穿著同樣正式的同學搭訕：

「喂，比利，你有黃券嗎？」

「有。」

「能讓給我嗎？」

「就看你願意拿什麼交換囉。」

「一塊甘草糖和一個魚鉤。」

「拿出來瞧瞧。」

經湯姆出示，雙方滿意後成交，然後湯姆以兩顆白彈珠換來三張紅券，接著以不值錢的小東西換來兩張藍券。其他男生過來時，也陸續被他攔下。就這樣，他再以十或十五分鐘的時間，繼續換取各種顏色的教會券。最後，他跟隨大群整潔而嘈雜的男女生進教堂，來到自己的座位坐下，開始和鄰座男生吵架。老師是個臉色凝重的老人，過來干涉，一轉身，湯姆伸手扯別人頭髮，受害者是下一排長椅上的男生。頭髮被拉的男生轉頭時，湯姆假裝埋首書中。湯姆接著拿別針刺另一男生，只為了聽他喊「哎喲！」結果又挨老師訓誡。湯姆這一班全是同一個模樣——吵鬧、不安分、愛惹麻煩。背誦功課的時間到了，竟沒有人能背得滾瓜爛熟，一直需要從旁提示。最後，大家勉強背完了，統統有獎，獎品是寫著一段《聖經》的小藍券。能背熟兩段《聖經》者，可得一張藍券。十張藍券可兌換紅券一張；十張紅券可兌換黃券一張；學生累積十張黃券時，校長會贈送一本非常平凡的平裝《聖經》（在日子好過的那年代值四角）。在我的讀者當中，有多少人會刻苦專心去背兩千段《聖經》佳言，以贏得一本杜雷版[4]《聖經》？然而，瑪莉居然耐心兩年，靠這種方式贏得兩本《聖經》，另外有個德裔男生更贏得四、五本。他曾連續背出三千段《聖經》，毫不間斷，可惜死背對腦力的耗損太大，那天之後，他的智能衰弱成不比白痴好到哪裡。這對主日學太不幸了，因為在貴賓出席的好日子，校長（根據湯姆的說法）總喜歡叫這位男生上臺「展露真本事」。唯有高年級能用功不懈怠，有收集紅藍黃券的習慣，最後才換得到《聖經》，因此頒獎的例子極轟動罕見。頒獎當天，苦背有成的學生風光極了，往往能當場激發全體學生再立志求學，這種心通常能維持兩、三星期。湯姆的心從未真正渴求這種獎勵，但無疑的是，他的身心時常嚮往著伴隨《聖經》獎而來的榮耀與光輝。

後來，校長上臺，手持一本合上的聖歌集，食指夾在書中。他要求大家注意。主日學的校長照例發表一場小演說時，手裡免不了一本聖歌集，這和歌手在音樂會上臺獨唱必拿歌譜的道理是一樣的——至於用途何在，不得而知，因為上臺獻醜者從不參考聖歌集或歌譜。校長姓沃特斯，三十五歲，身形纖瘦，沙色山羊鬍搭配沙色短髮，衣領硬邦邦直豎，上緣幾乎觸耳，往前捲的領尖接近嘴角，形同圍牆的領子迫使他只能直直向前看，想望左右邊時，非得轉動全身不可。他圍著大領結，長寬如鈔票，能撐起下巴，兩端有流蘇。他的靴尖如雪橇滑板向上陡翹，符合時下的風潮，想趕流行的小男生因此常以鞋尖抵牆壁坐著，耐著性子，不辭勞苦，以製造翹鞋尖。沃特斯先生風度翩翩，態度非常真切，心地誠實，對神聖的事物和場所崇敬不已，絕不和俗世混為一談，因此在不知不覺中，他在主日學培養出一種怪腔怪調，和他平日的言語截然不同。他開始以這種腔調講話：

4　譯注：法國插畫家。

「好，孩子們，我希望大家儘可能端正坐好，全心聽我講話一、兩分鐘。對，就是這樣。聽話的乖孩子都應該這樣做。我看到有個小女孩正在看窗外，敢情是，她以為我躲在外面吧？可能以為我在樹上對小小鳥演講。（吃吃竊笑表示贊同。）今天看到這麼多聰明、整潔的小臉蛋齊聚一堂，學習著乖巧、走正道的方式，我想告訴大家，我心中多麼喜悅啊。」諸如此類的內容，其餘不需贅述。這類演說有模式可循，我們大家全熟悉。

演說最後三分之一，部分壞男生又繼續嬉鬧，碎動者和竊竊私語者更是多不勝數，甚至波及席德和瑪莉這一型的孤島堡壘，動搖到他們的基石。但現在，隨著校長的嗓音平息，所有聲響霎然停止，眾人報以熱烈的沉默，感激演講終於結束。

學生為何竊竊私語？主因源於一個可以說是稀有的現象——來賓進場：本村律師柴契爾帶著一位中年男子進教堂。這位福態的紳士頂著鐵灰色頭髮，身子非常虛弱，身旁伴隨著一位貴婦，兩人無疑是夫妻。一個小女孩跟隨在婦人身後。湯姆原本一直在打鬧，埋怨不休，良心也備受煎熬，因為他無法正視艾咪．羅倫斯的眼睛，難以忍受她愛意綿綿的目光。然而，新來的小女孩一映入他的眼簾，他的心靈剎那間燃起幸福烈焰。轉眼之間，他使出全身的伎倆「裝模作樣」起來，打男同學、揪人頭髮、扮鬼臉，換言之，做盡了能令女孩著迷、贏得女孩掌聲的把戲。但他記起曾在小天使家的花園遭羞辱，心頭涼了半截，然而那段往事如沙灘上的印記，迅速被席捲而來的樂浪沖刷一空。

大家恭迎貴客榮登上上座。校長演說結束後，立刻介紹貴賓給大家認識。中年男子的來歷不凡，貴為郡法官，是在場所有兒童見過最顯赫的大人物，令學生不禁納悶他有啥底子。大家有點想聽他怒吼，也有點怕他真的怒吼。他是康司坦丁諾普人，離本村二十公里——所以他遊歷過世界。他那雙眼睛見過郡法院——據說屋頂是錫做的。這時候，全場出奇安靜，一排排的小眼珠直直瞪，可見這些聯想激起的敬畏心多大。這位是名人法官，是本村律師的兄長。律師兒子傑夫．柴契爾立刻上前，和大人物寒暄，全校師生望而羨慕。他若能聽見以下的耳語，必定心花怒放：

「吉姆，看看他！他正要走上臺。哇，快看！他正要去跟他握手！他跟他握手了耶！媽呀，你不希望自己變成傑夫嗎？」

校長開始「官模官樣」，發號施令，批判部屬，隨手抓到人就指示他去做這做那。圖書管理員也「裝模作樣」，捧著一堆書東奔西跑，含糊亂語著小官愛掛在嘴邊的口頭禪。年輕的女老師也「裝模作樣」——溫柔彎腰關懷著剛被摑耳光的學生，嬌滴滴地豎指警告壞男生，對乖學生則是摸摸頭傳達溫情。年輕的男老師也「裝模作樣」，小罵學生一頓，或稍微展現權威，細心關懷學生。圖書室在講壇旁，多數男女老師動不動進去找事做，非反覆出入兩、三次不可（顯得至為焦急）。小女生以各自的舉動「裝模作樣」，小男生也認真「裝模作樣」，紙團滿天飛，悉嗦混戰聲不絕於耳。大人物高高在上坐著，以莊嚴賢明的微笑面對全場，沐浴在個人暖陽散發出的光芒，因為他也在「裝模作樣」。

萬事俱備，現在能讓校長的喜悅登上九重天的事只缺一項，就是頒發《聖經》獎，拿神童出來炫耀炫耀。手握幾張黃券的學生不乏其人，可惜無人能夠兌換《聖經》——他事先向名列前茅的學生打聽過。在這當兒，只要能讓那德裔男生的心智恢復正常，他犧牲一切也在所不惜。

在萬念俱灰的此刻，湯姆．索耶走向前，拿著九張黃券、九張紅券、以及十張藍券，要求兌換一本《聖經》。這不啻為晴天劈下來的一道閃電。再等十年，他也不會料到這學生跳出來討獎。但他無力閃躲，券數確實無誤。湯姆因此獲提升至法官等菁英的等級，由校長當眾宣布大消息。這是十年來最震撼人心的奇聞，現場情緒激昂，把新英雄的地位推升至法官的高峰，全校同時有兩件奇觀可看。男生全羨慕得無法自已，但懊惱最深的是和湯姆交換《聖經》券的那幾位。這些學生後悔自己促成這團恨之入骨的光彩，因為他們現在才覺醒，誤中湯姆狡猾的陷阱，被躲在草叢裡的蛇咬一口，他們自責不已。而湯姆交換《聖經》券的財物哪裡來？還不就是圍牆刷白漆的那天嘛。

校長強擠笑臉撐場面，頒獎給湯姆，少了一股真情流露，因為可憐的校長直覺上起疑心，暗忖箇中可能有見不得人的蹊蹺。這男孩的腦袋竟裝得下兩千條《聖經》箴言，簡直荒唐！十幾句就能讓他不勝負荷才對。

艾咪．羅倫斯既得意又開懷，表情寫在臉上，想讓湯姆看看，可惜他不看。艾咪先是納悶，接著產生一點點憂愁，然後一抹疑慮來了又去，隨即再飄來。她觀察著，見湯姆偷瞄一眼，恍然明瞭一切。她心碎了，她吃醋，憤怒，淚水湧現，她恨所有人。最恨的是湯姆（她心裡想著）。

校長介紹湯姆給法官認識，不料湯姆舌頭打結，呼吸差點暫停，心悸不停。部分原因是面對顯赫的大人物，但主要是因為大人物是小天使的父親。假如全場黑漆漆，湯姆多想臥地膜拜他。法官一手摸摸湯姆的頭，稱讚他是個優秀小男士，問他名叫什麼。湯姆口吃著，乾喘著，吐字說：

「湯姆。」

「喔，不對，不是湯姆……應該是……」

「湯瑪斯。」

「啊，這就對了。我就知道你可能有正式一點的名字。非常好。不過，我敢說，你一定也有姓。告訴我，可以嗎？」

「你姓什麼，快告訴法官，湯瑪斯，」校長說：「記得要尊稱『先生』，禮節不能少。」

「湯瑪斯．索耶——先生。」

「就是這樣！真是個好孩子。優秀的孩子。優秀又有男子氣概的小男士。兩千句《聖經》不是小數目——非常、非常多。你費了那麼多心血去背，將來永遠不會後悔的，因為知識是全世界最寶貴的東西，能造就偉人和好人；湯瑪斯，總有一天，你自己也會成為偉人和好人，然後你會回首今天，說，這全歸功於我童年有幸參與彌足珍貴的主日學，全歸功於諄諄教誨我的親愛的師長，全歸功於好校長，全因他鼓勵我、督促我、送我一本漂亮的《聖經》——華麗又優美的《聖經》，讓我得以保存珍藏一輩子。這全歸功於師長教導有方！湯瑪斯，到了那一天，你一定會這樣說的。別人給你錢，你一定不肯交換兩千句箴言，一定不肯。現在呢，你願不願意背幾句給我和這位女士聽一聽？我知道你願意，因為我們大家都以勤學的小男生為榮。好，耶穌十二使徒的姓名，你絕對全知道吧。最初欽點的兩位名叫什麼？說來聽聽吧？」

湯姆摳著釦孔，面露心虛狀。他臉紅了，視線往下垂。校長心沉，暗忖，再簡單的問題，這孩子也不可能答得出來。法官為什麼問他？儘管如此，校長忍不住開口：

「快回答法官，湯瑪斯——別害怕。」

湯姆依然猶豫不決。

「好吧，我知道你會告訴我，」女士說：「頭兩位使徒的名字是——」

「大衛和巨人！」

且讓這一段戲到此落幕吧，對主角發揮一點慈悲心。

第五章

大約十點半，小教堂沙啞的鐘聲響起，信徒開始前來聽晨間佈道。主日學的學生各別進場，和自己的父母坐一起，以便讓家長就近管教。寶莉姨媽也來了，和湯姆、席德、瑪莉同坐——湯姆被排在走道旁的座位，離敞開的窗戶愈遠愈好，以免外面的夏日風景勾走他的注意力。在走道上，村民魚貫而入，其中包括年邁貧苦、風光不再的郵局長；村長夫婦——本地居然有村長，其他沒必要的東西也多的是；治安法官；寡婦道格拉斯——四十歲、貌美、時髦、慷慨、善心、富裕，家住小山上的公館，是本村唯一豪華建築物，年節慶典時奢華好客，在聖彼得斯堡村無人能比。進教堂的人還有備受尊重的駝背少校沃德夫婦，以及來自遠方的名紳睿渥森律師，隨後本村的大美女也進場，後面跟著一群穿著上等棉衣、結著緞帶的窈窕淑女。一群年輕職員守在走廊上，吸吮著枴杖頭[5]，油頭傻笑，露出愛慕的眼神，等所有女孩通過他們的注視，他們才簇擁進教堂。模範生威利・墨福遜最後進教堂，對母親呵護得無微不至，把她當成雕花琉璃製品看待。他是所有年長婦女眼中的乖小孩，總是帶母親來教堂。他乖巧到令所有男孩子全恨他。何況，大人老是叫其他小孩向他「看齊」。每逢星期日，他的白手帕常垂掛在後口袋——不小心露出來的啦。湯姆沒有手帕，有手帕的男生常被他敵視為高傲。

信徒到齊了，鐘聲再響，警告遲到者和在外閒晃的人快坐好，隨後一股肅穆降臨教堂內部，只聽得到廊臺的唱詩班在嗤嗤笑、交頭接耳。做禮拜期間，唱詩班全程嗤嗤笑、交頭接耳。從前的那一團唱詩班教養不錯，但我已忘記他們哪裡去了。那是好多年前的事了，我幾乎沒印象，有可能是我在國外碰見的。

牧師發放聖歌的歌詞，以虛華的語調朗誦，風格頗受美國這一帶民眾激賞。他起初以中音朗讀，漸次爬升，進而強調最高音的字，然後宛如從跳板上縱身躍下：

我豈能升天堂，躺臥安適之花床，

他人則航渡腥風血海，力爭厚賞？

5 譯注：《*The Annotated Hunting of the Snark*》一書解釋，吮杖頭是當時紈絝子弟耍帥的動作。

大家認為他的朗讀技巧精湛。每次教堂舉辦「同樂會」，他總是應邀讀詩，讀完後，女士舉起雙手，接著兩手軟趴趴，墜落大腿上，誇張地「流轉」眼珠，搖著頭，彷彿說：「太美了，言語無法表達，美到人間俗世難覓。」

唱完聖歌之後，史卜拉格牧師化身為布告欄，逐條唸著集會、社團等事物的「公告」，拖得又臭又長，拖到末日降臨才甘心似的。即使在都市，縱使報業勃興，美國城鄉至今仍保留這種怪習俗。通常，愈站不住腳的傳統習俗愈難以根除。

牧師開始祈禱了，禱告得不錯，內容豐富詳盡，祈禱的對象包括教堂，也包括教會裡的幼童、村裡其他教堂、村子本身、村子所屬的郡、郡所屬的州、郡府官員、美利堅合眾國、美國境內的教堂、美國國會、美國總統、中央政府官員、驚濤駭浪中的可憐船員、在歐洲君主和東方獨裁者腳下呻吟的百萬生靈、得天厚愛卻視若無睹的人、天涯海島上的異教徒。結尾，牧師懇求上帝恩准他即將說的話能蒙主青睞，能像種籽埋進沃土，假以時日能承恩而豐收。阿門。

一陣衣服悉嗦聲響起，站立的信眾坐下。本書主角不喜歡這篇禱告文，只是忍著聽，即使是「忍」還言過其實。祈禱過程中，他焦躁難安，無意識中記錄著禱告文，因為他左耳進右耳出，但他聽慣了這一套，知道神職人員會彈什麼老調。每當牧師在祈禱文裡加些許新料，被他的聽覺偵察到，他會打從心底憎恨。他認為，添新詞是無理取鬧的小動作。剛才在禱告的當兒，一隻蒼蠅降落在他前面那排座位的椅背，搓摩著手腳，鎮定自若，伸著雙臂抱頭，露出細線般的脖子，摩擦得好起勁，差點把頭摘下來。蒼蠅繼續用後腿刷刷翅膀，讓翅膀平貼身體，好像翅膀是禮服的尾巴一般。接著，這隻蒼蠅氣定神閒地整理儀容，彷彿知道這地方一點危險也沒有。這裡的確很安全，因為儘管湯姆手癢難熬，真想一手抓住蒼蠅，奈何他不敢——他相信，禱告進行中他如果亂來，靈魂會在剎那間被毀滅。然而，禱告到了最後一句之際，他的手指開始拱起，偷偷向前移，等到牧師說「阿門」，蒼蠅立刻淪為戰俘。這舉動被姨媽察覺了，姨媽叫湯姆放牠走。

牧師發表佈道文，平板調的論述太咬文嚼字了，不久後，打瞌睡的信徒比比皆是。然而，這段論述的主旨是水深火熱的地獄，頓時讓夠格升天的人數縮減到幾乎不值得拯救了。湯姆數著這次佈道的頁數。做完禮拜，他總記得佈道有幾頁，卻很少知道內容講什麼。然而，這次有幾分鐘，他是真的聽出興趣了。牧師勾勒出千禧年的盛景，令人動容，描述世間萬物和樂融融，雄獅和小綿羊應該趴在一起，應由一名幼童領導牠們。牧師講得感情洋溢，盛景也飽含寓意，湯姆卻聽不出道理，滿腦子只想像小主角在萬邦矚目下神氣得不可一世，臉色愈想愈開朗，在心中對自己說，假如那隻獅子個性溫馴的話，小主角應該由我來擔綱。

牧師枯燥的論述再續，湯姆又聽得無聊難耐。這時，他想起他身上帶著一個寶貝。他掏出來——一隻嘴巴大得嚇人的黑色大甲蟲，他稱呼為「夾子蟲」，關在雷管盒裡。甲蟲一露臉，第一個動作是夾住他的指頭。他本能上甩一甩手，甲蟲被甩到走道上，翻幾圈，肚子朝天躺著，湯姆則痛得吮手指。甲蟲躺在地上，小腳無助地動來動去，無法翻身。湯姆斜眼看著牠，想過去抓牠，可惜太遠了，搆不到。對佈道沒興趣的其他人慶幸有甲蟲戲可看，也斜眼看牠。這時來了一條貴賓狗，到處閒逛著，情緒低落，在溫煦的夏日和安靜的環境下變得懶洋洋，厭倦了拘禁生活，嘆著氣，盼望日子不再一成不變。他見到甲蟲，下垂的尾巴翹起來，東搖西搖。他審視著這個好東西，繞甲蟲一圈看，保持距離嗅一下，再繞一圈，膽子變大，湊近再嗅，然後張狗嘴，謹慎咬咬看，差點咬中，再試一次，再咬，玩出樂趣了，乾脆趴著，以前腳圍住甲蟲，繼續實驗，後來漸漸累了，興頭冷卻，變得心不在焉，打起盹，下巴愈盹愈低，壓到可惡的甲蟲，挨甲蟲狠狠夾住，痛得尖聲哎叫，甩甩頭，甲蟲被甩到幾公尺外，再度朝天躺著。鄰近的觀眾難掩竊喜之情，激動起來，幾張臉躲到扇子和手帕後面，湯姆樂不可支。貴賓狗看起來傻，八成也覺得自己很傻，但他心中也不乏憎恨，更心存報復，所以他衝著甲蟲而來，又開始提心吊膽地攻擊牠，兜著圈子，不停對著牠跳，前爪子落在甲蟲前面不到三公分的地方，更靠近張牙作勢想咬牠，猛然縮頭，使得耳朵再次拍動。可惜一會兒後，他又玩累了，想對一隻蒼蠅找樂子卻自討沒趣。他以鼻子貼地板，追隨一隻螞蟻，也馬上厭倦。他接著打哈欠，嘆氣，完全忘掉甲蟲了，一屁股坐在甲蟲身上。這次貴賓狗疼得哀嚎一聲，直衝走道而上，狗哎哎叫不停，人也一樣。狗衝過祭壇前，跑進另一條走道，穿越教堂門前，做最後衝刺，愈跑愈痛苦，化為毛茸茸的一顆彗星，發著光，以光速在軌道上運行。最後，驚惶叫痛的狗偏移行進路線，躍上主人的大腿，被主人拋出窗外，慘叫聲迅速淡去，消失在遠方。

到了這時候，全教堂的信眾憋著不敢笑，漲紅了臉，佈道也倏然停止。未久，佈道再進行，但時講時停，再也不可能把氣勢做大了，因為即使他的神態再凝重，也常引爆失敬的竊笑，遠遠失態的信徒以椅背為盾牌，好像正經的牧師剛戲謔一句似的。難熬的佈道終於結束了，宣布降福式時，全體信徒是真心鬆了一口氣。

湯姆．索耶帶著相當愉悅的心情回家，心想，宗教儀式若能添一點餘興，更能讓人盡興而歸。美中不足的是，他很願意讓貴賓狗逗甲蟲玩，沒想到狗竟帶著甲蟲跑走，太不厚道了吧！

第六章

週一早晨，湯姆．索耶心情沉重。星期一早上總讓他心情好不起來，因為又要接受學校煎熬一個星期了。每逢這天一大清早，他總但願昨天沒放假。正因為剛放過假，回歸囚禁和束縛的滋味更加苦澀。

湯姆躺在床上動腦筋。此時他靈機一動，假如生病就好了，這樣就能請假留在家裡。他隱隱覺得可行。他默默檢查全身的機能。找不出病痛，他繼續再過濾一遍。這一次，他覺得肚子好像有些症狀，開始懷抱希望，慫恿病情加重，可惜症狀漸漸減輕，不久就完全消散。他進一步思考。突然間，有了。牙齒上排有一顆門牙鬆鬆的。走運了；即將呻吟之際——「呻吟」是他所謂的「第一道菜」——他才想到，如果端出牙疼這藉口，姨媽聽了必定會想幫他拔牙，到時候一定很痛。因此他心想，還是暫時保留這顆門牙。他繼續找病痛。尋覓了一會兒，他找不到，但隨即他想起，醫生曾說有個病患生過某種病，臥病兩、三星期，差點喪失一根手指。想到這裡，湯姆急忙把痛腳伸出被單外，舉起來看腳趾。然而，他不知道應有的症狀是什麼。話說回來，這病好像值得一試，於是他裝病呻吟起來。

但席德依舊睡得不省人事。

湯姆擴大音量，想像自己開始覺得腳趾痛了。

席德沒反應。

湯姆這時累得喘氣了。他休息一下，然後再接再勵，發出一連串可圈可點的呻吟聲。

席德的鼾聲持續。

湯姆急了。他說：「席德，席德！」想搖醒弟弟。這一招管用，湯姆又呻吟起來。席德打個哈欠，伸展手腳一下，接著哼一聲，以手肘支撐上身，開始瞪著湯姆。湯姆繼續呻吟。席德說：

「湯姆！怎麼了，湯姆！」（無反應。）「喂，湯姆！湯姆！你是怎麼一回事啊，湯姆？」說著，他搖一搖哥哥，焦急看著他的臉。

湯姆放聲呻吟：

「唉，不要，席德。不要搖我。」

「怎麼了，到底怎麼一回事啊，湯姆？我去叫阿姨來。」

「不必。不用了。過一會兒就沒事了，大概吧。別叫任何人了。」

「我非叫不可！不要再呻吟了，好嚇人喔。你痛多久了？」

「幾個鐘頭了。哎喲！喔，你不要亂動，席德，你會痛死我啊。」

「湯姆，你為什麼不早點叫醒我？唉，湯姆，不要再喊了！聽你這樣，我都起雞皮疙瘩了。湯姆，怎麼一回事嘛？」

「席德，你對我做過的所有壞事，（呻吟。）我全都不計較了。等我死後……」

「唉，湯姆，你不會死吧？不要，湯姆……喔，不要。也許……」

「我原諒所有人，席德。（呻吟。）席德，要轉告大家啊。還有，席德，記得把我的窗框和獨眼貓送給村裡新來的那女孩，告訴她……」

這時席德已抓起衣物走了。湯姆的想像力很生動，假痛如今演變為真痛，如今呻吟聲幾可亂真。

席德衝下樓說：

「寶莉姨媽，快來啊！湯姆快死了！」

「快死了！」

「對呀，別再拖了！趕快來！」

「胡說！我才不信！」

嘴巴說不信，她卻飛奔上樓，席德和瑪莉尾隨而來。她的臉色也煞白了，嘴唇顫抖著。來到床邊時，她驚嘆：

「你啊，湯姆！湯姆，你怎麼了？」

「唉，阿姨，我……」

「你怎麼一回事啊？到底怎麼了，孩子？」

「唉，姨媽，我的腳趾生壞疽了！」

老姨媽找椅子坐下，笑了一笑，然後哭了一哭，接著又哭又笑。情緒穩定後，她說：

「湯姆，你把我嚇慘了。別再胡鬧了，快給我閉嘴，還不趕快下床。」

呻吟聲停息，痛從腳趾消失。湯姆覺得有點驢。他說：

「寶莉阿姨，剛剛腳趾真的好像長壞疽了，痛得不得了，連牙疼都忘了。」

「你的牙齒痛！你的牙齒怎麼了？」

「有一顆鬆鬆的，痛得半死。」

「夠了，夠了，不要再發出那種呻吟聲了。張嘴。嗯……你的牙齒的確鬆了，但你死不了。瑪莉，去拿一條絲線給我，也進廚房弄一塊炭火出來。」

湯姆說：

「拜託啦，阿姨，別拔牙，已經不痛了。如果再痛，我也不會吵妳了。拜託，不要拔牙，阿姨。我不想請假留在家裡。」

「不想了，是嗎？所以說，你鬧成這樣，只因為你以為可以不必上學，可以去釣釣魚？湯姆，湯姆，我很疼你，你卻好像用盡辦法調皮搗蛋，傷我這顆老人心。」這時，拔牙器具準備好了，姨媽用絲線套住湯姆的門牙，綁緊，線的另一頭綁在床柱上，然後拿著炭火，猛然伸向湯姆，幾乎燙到他的臉。轉眼之間，門牙就懸掛在床柱邊。

幸好，再辛苦的試煉皆有報酬。早餐後，湯姆上學途中，每個男生一見他就羨慕他，因為缺門牙反而能以別出心裁的方式咳血，能引來不少小粉絲崇拜。有個同學手指被割傷，原本一直是大家著迷、尊敬的對象，如今忽然發現跟班跑光光，身上的光華不再。他心情沉重，昧著良心以輕蔑語氣說：像湯姆．索耶那樣吐血水，沒啥了不起。不料這男生被人罵：「酸葡萄！」他只好悻悻然走開，活像被剝掉盔甲的英雄。

未久，湯姆遇見本村少年賤民哈克貝里．費恩，父親是全村知名的醉漢。身為人母者，無不打從心底對哈克又恨又怕，因為哈克遊手好閒、無法無天、粗鄙、惡質——也因為所有小孩都仰慕他，愈被禁止和他往來，和他玩得愈愉快。兒童都但願自己敢像他那樣胡作非為。湯姆也和循規蹈矩的男生一樣，羨慕哈克那瀟灑的浪子生活。湯姆也同樣被嚴禁和他玩樂。所以，湯姆一逮到機會就找哈克玩。哈克總穿著成人丟棄的衣褲，身上的破洞不分四季綻放，破布隨風飄擺。他的大帽子舊爛不堪，帽沿缺了一大片。他穿著外套時，下緣幾乎遮到腳跟，後鈕釦能向下扣到臀部。他吊帶只有一條勾住長褲，屁股的部分鬆垮下垂，裡面乾瘦沒肉，脫線的褲腳如果不捲起來，會拖得滿腳泥濘。

哈克能自由來去，天氣好時能睡在門階上，雨天躲進空的大桶子裡睡覺。他不必上學、上教堂，不必對任何人喊老師好，不必聽從任何人；他可以隨時去釣魚、游泳，去哪裡都行，想待多久全由他作主。沒有人禁止他打架。他想多晚睡覺，隨他高興。春天來臨，帶頭打赤腳的男生是他，秋天最後一個穿皮鞋的也是他。他從來不必洗澡，不必換穿乾淨的衣服。他的髒話罵得行雲流水。簡言之，能讓人生彌足珍貴的事物，哈克全都擁有，這是全村每個被拘束、被囉唆的好男孩的感想。

湯姆向這位人人嚮往的浪子打招呼。

「哈囉，哈克貝里！」

「哈囉，過來看看你喜不喜歡。」

「什麼東西？」

「死貓。」

「給我看看，哈克。哇，牠變得好硬。哪裡撿來的？」

「跟一個男生買來的。」

「你用什麼交換？」

「我給他一張藍券和我在屠宰場弄到的一個膀胱。」

「哪來的藍券？」

「上上星期向班・羅傑斯換來的，拿滾鐵環用的棒子跟他換。」

「這個嘛……哈克，死貓有什麼用處？」

「用處？能治疣。」

「不會吧！真的能治？我知道一種更有效的療法。」

「你才不知道啦。是什麼法子？」

「不就是朽木水嘛。」

「朽木水！我才不鳥朽木水咧。」

「你不信，對吧？你有沒有試過？」

「我沒有。不過鮑伯・譚納試過。」

「誰告訴你的？」

「這嘛，他告訴傑夫．柴契爾，然後傑夫告訴強尼．貝克，然後強尼告訴吉姆．荷里斯，然後吉姆告訴班．羅傑斯，然後班告訴一個黑奴，然後黑奴告訴我。所以我知道！」

「什麼跟什麼嘛，全是假話啦。最不能相信的就是黑奴的話。我不知道你講的黑奴是哪個，不過，我從沒見過一個不肯說謊的黑奴。唉！哈克，說吧，鮑伯．譚納是怎麼治好的。」

「他嘛，他去找一個累積雨水的爛樹樁，伸手進去泡。」

「大白天嗎？」

「那當然。」

「臉貼在樹樁上？」

「對。至少我想是這樣。」

「他有沒有唸什麼咒語？」

「好像沒有。我不曉得。」

「啊哈！想泡朽木水治疣，怎麼用那種笨到底的方法！一點效果也不會有。想治好，就應該單獨一個人去樹林中間，找你事先找好的有朽木水的樹樁，然後等到半夜十二點整，你背靠著樹樁，伸手進去說：『大麥粒，大麥粒，印第安鬆餅，朽木水，朽木水，吞掉這些疣。』然後快走十一步，眼睛要閉著，然後原地轉三圈，走路回家，路上不准跟任何人講話。因為，一講話，魔力就破功了。」

「照你這樣講嘛，好像有效，不過鮑伯．譚納不是用這種方法。」

「絕對不是，所以全村疣長最多的男生就是他。假如他懂得用朽木水治療，全身一個疣也不會長。哈克，我用這方法從我手上除掉幾千個疣了。我常抓青蛙玩，疣老是長個不停。有時候，我也用豆子來除疣。」

「對，豆子有效。我也試過。」

「有嗎？你用什麼法子？」

「找一個豆子來，切成兩半，割疣擠一滴血出來，拿半顆豆沾血，然後在交叉路口挖個洞，在月黑期間的午夜前後，把血豆埋下去，然後燒掉另一半。血豆想把另一半吸引過來復合，會一直吸一直吸，結果隔空把疣裡的血吸乾乾，不久疣就脫落了。」

「對，就是這法子，哈克，沒錯。只不過，燒豆子的時候應該唸：『豆走，疣掉，甭再煩我！』這樣比較有效。喬．哈普爾就是用這種方法，而他最遠差不多去過昆恩村，去過好多好多地方。話說回來，你用死貓怎麼治疣？」

「不就半夜帶死貓去墳場嘛？要趁壞人剛埋葬以後去。等到半夜，一隻惡魔會來，一次出現兩、三隻也說不定，只不過你看不見，只聽見像風聲的聲音，搞不好也聽得見他們講話。等他們正要帶走壞人的時候，你拿著死貓，從他們背後說：『惡魔跟隨死屍，貓跟隨惡魔，疣跟隨貓，我跟疣一刀兩斷！』亂有效一把的，再頑固的疣也投降。」

「聽起來是不錯啦。哈克，你自己試過嗎？」

「沒有，不過霍普金斯婆婆教過我。」

「我想也是。因為聽人家說，她是個巫婆。」

「什麼話嘛，湯姆。我敢打包票，她是巫婆。她對我爸施過魔法。我爸親口講過。有天他過來，看見她想對他施法，他撿石頭丟，要不是她閃得快，就被我爸砸中了。後來呢，當天晚上，我爸醉了，爬到棚子上面睡覺，不幸掉下來摔斷手臂。」

「哇，好慘。你爸怎麼知道被她施法了？」

「天啊，我爸一眼就看得出來。爸說，她們一直看著你，眼珠停止不動的時候，就是在對你施法術。尤其是她們嘟嘟噥講話的時候。因為她們嘟嘟噥的時候，其實正在倒背《主禱文》。」

「喂，小哈，那你什麼時候想試試看這隻死貓？」

「今天晚上。我猜惡魔今晚會來帶走老馬威廉斯。」

「可是，老馬在上星期六就下葬了。惡魔不會當晚就帶他走了嗎？」

「什麼話嘛！魔法在半夜才生效啊。一到半夜，就變成星期天了。我猜惡魔才不會在星期天鬼混啦。」

「我倒沒想到這一點，哈克。原來如此。可以帶我一起去嗎？」

「當然，如果你不怕的話。」

「怕什麼怕！我才不會。來找我時，你用喵喵聲打個信號吧？」

「可以，你有機會的話，也學貓叫回應一下。上一次，你害我喵喵叫了半天，還被老海茲拿石頭扔，聽他罵著『該死的貓！』結果我拿磚頭砸他家窗戶。不准你告狀喔。」

「我不會。那一夜是因為阿姨盯著我不放，我哪敢喵喵叫，不過這次我一定學貓叫。咦，那是什麼，哈克？」

「沒什麼，一個扁虱。」

「哪來的？」

「樹林裡。」

「能用什麼東西跟你交換？」

「不知道。我不想賣牠。」

「那就算了。反正是隻小不拉幾的扁虱。」

「哼，自己抓不到，淨講風涼話。我對這隻很滿意。對我來說，牠夠屌了。」

「什麼話？扁虱多的是。想要的話，我可以抓一千隻來養。」

「那你為什麼自己不去抓？因為你明白得很，你抓不到。我覺得，這隻出現亂早的，是我今年見到的第一個。」

「這樣吧，哈克，我用我的門牙跟你換。」

「給我看看。」

湯姆取出小紙包，謹慎攤開，哈克看得出神。誘惑力大無窮啊。最後他說：

「是真的吧？」

湯姆掀嘴唇，顯露缺牙處。

「嗯，好吧，」哈克說：「成交。」

湯姆取出原本囚禁夾子蟲用的雷管盒，把扁虱關進去，兩人就此各走各的，各自都覺得賺到。

湯姆來到獨棟的小校舍，箭步走進去，步調認真踏實。他把帽子掛在鉤子上，以正經而敏捷身手入座。老師高高坐在籐座扶手大椅，被昏沉沉的讀書聲哄得打盹。湯姆的聲響驚動了他。

「湯瑪斯．索耶！」

被喊全名，湯姆知道麻煩大了。

「老師！」

「過來這裡。快來。你為什麼老毛病又犯，又遲到了？」

湯姆正想拿謊話搪塞，這時見到兩條長長的金馬尾襯托的背影，認出是誰，被情意電到。在男女生分坐兩邊的教室裡，唯一的空位正好在那背影旁邊。湯姆立刻說：

「因為我半路跟哈克貝里．費恩聊天！」

老師氣得脈搏暫停，一時拿他沒辦法，只好一直瞪他。讀書聲停息。同學全在納悶，這個魯莽鬼瘋了不成？老師說：

「你——你做了什麼？」

「半路停下來，跟哈克貝里．費恩聊天。」

不可能聽錯。

「湯瑪斯．索耶，這是我聽過最驚人的一個告白，是只祭出戒尺也無法懲罰的罪行。脫掉你的外套。」

老師一直打到手痠，教鞭都脫皮了。接著，他下令：

「罰你去坐女生那邊！你可要懂得警惕。」

嗤嗤笑聲四起，湯姆表面上顯得窘迫，其實這表情的起因多半是他對尚未認識的偶像既敬又畏，也因為運氣太好了，他反而樂得心慌慌。他在松木長椅的一端坐下，金髮女孩則挪坐另一端，甩頭不理他。所有同學竊竊私語、調皮眨眨眼、用手肘互碰，唯獨湯姆靜靜坐著，雙手放在面前的長矮桌上，似乎在專心讀書。

不久，大家不再注意他，平日學生的喃喃讀書聲再度縈繞在沉悶的空氣中。這時候，湯姆開始偷瞄鄰座女孩。她發現了，對他「撇嘴」表示不屑，轉頭讓他看後腦勺整整一分鐘。當她謹慎回頭時，桌上多了一顆桃子，被她推開，湯姆輕輕放回原位，又被她推開，但這次少了一點敵意。湯姆耐心把桃子擺回去。這次，她不再推卻了。湯姆在寫字板上寫著：「請收下，我多到吃不完。」女孩瞄他寫的字，但不動聲色。接著，湯姆開始在寫字板上畫圖，以左手遮掩。起初，女孩不願關注，但終究按捺不住好奇心，漸漸露出難以察覺的跡象。湯姆繼續畫圖，旁若無人。女孩表現出一種看不看都無所謂的模樣，企圖看一眼，但湯姆毫不顯露他心知鄰座的企圖。最後，女孩放棄了，吞吞吐吐低語著：

「讓我看一下。」

湯姆半掩半露出他筆下的房屋，畫法拙劣可笑，兩旁各有一面山牆，煙囪冒著螺旋狀的炊煙。女孩一見這幅圖就興趣濃厚，把其他事情全忘光了。湯姆畫完後，她注視片刻，然後悄悄說：

「很好看。加畫一個人給我看嘛。」

小畫家添一個男人站在前院，模樣近似井架，抬腳就能跨越房子，幸虧女孩不苛求，見這大怪物就滿意了，悄悄說：

「這人畫得好好看喔！接下來，畫我走過來的樣子。」

湯姆畫一個沙漏，以一輪滿月代表頭，四肢畫得像草梗，五指攤開，拿著一支大得嚇人的扇子。女孩說：

「畫得太棒了！但願我也懂得畫畫就好了。」

「很簡單啊，」湯姆低聲說：「我可以教妳。」

「可以嗎？什麼時候？」

「中午。妳會不會回家吃午餐？」

「你不回家，我就留下來。」

「好，很好。妳叫什麼名字？」

「貝琪．柴契爾。你呢？我知道喲，是湯瑪斯．索耶。」

「我倒大楣時才被這樣喊。我乖的時候叫做湯姆。妳就喊我湯姆吧，可以嗎？」

「可以。」

現在，湯姆開始在寫字板上寫字，不讓她看。但這次她不再背對湯姆。她求湯姆讓她看。湯姆說：

「唉，沒什麼好看的啦。」

「有就有。」

「才沒有。妳不會想看啦。」

「我想，我真的想看。請讓我看一下嘛。」

「妳會講出去。」

「我才不會。保證加保證，雙重保證不會。」

「妳絕對不會對任何人說嗎？只要是妳活著，永遠都不會洩露？」

「對，我永遠不會告訴任何人。快給人家看嘛。」

「唉，妳才不會想看！」

「被你這樣講，我非看不可。」說著，小手落在湯姆手上，兩人稍微推拉一陣，湯姆煞有介事反抗，其實遮寫字板的一手卻一寸寸移開，直到他寫的字完全曝光：「我愛妳。」

「你好壞喔！」她痛打湯姆的手一下，自己卻臉紅，難掩喜洋洋的心態。

就在此時，湯姆意識到大難臨頭，一支手伸向他耳朵，慢慢捏緊，穩穩向上提升，耳朵就這樣被捏住，整個人被拖向教室另一邊，被丟進自己的座位，引燃一股全校嘻嘻嘲弄的火海。接著，老師高高站在他旁邊，讓他窘了好一陣子，老師最後才不發一語走回寶座。然而，儘管湯姆耳朵刺痛，內心卻雀躍悠揚。

同學靜下來了，湯姆誠心努力用功一下子，無奈心中波濤洶湧。上閱讀課時，輪到他上場，他唸得一團糟。接著上地理課，他把湖講成山，山講成河，河講成大陸，講到世界回歸開天闢地的混沌亂象。接著是拼字課，被一連串嬰兒都能拼的單字「扳倒」，最後成績在全班墊底，拱手讓出他戴著誇耀好幾個月的白鑞獎章。

第七章

湯姆愈努力把心思固定在書上，想法愈滿天飛，最後只好嘆一口氣、打個哈欠投降。在他心目中，午休時間好像永遠不會來，空氣靜如死水，沒有一絲氣息流通，比平常的瞌睡天更讓人哈欠打不完。二十五個學生的喃喃讀書聲能舒緩情緒，宛如蜜蜂嗡嗡響的魔咒。在遠處的豔陽下，青翠的卡迪福丘從閃閃薄紗般的暑氣中露頭，由滄紫色的遠方烘托著。幾隻鳥懶洋洋展翅飄浮在高空中，極目所及，只見幾頭正在睡覺的乳牛，別無其他生物。湯姆的心渴望自由，就算等不到下課，起碼能找趣事解解悶也好。他一手隨便伸進口袋，臉上綻放信徒惜福的光彩而不自知。隨即，他偷偷掏出雷管盒。他把扁虱倒在平坦的長桌上。此時，扁虱或許也有近似信徒惜福的光彩，但虱子高興得太早了，因為牠正慶幸能逃走時，湯姆拿別針逼牠轉彎。

湯姆的鄰座是拜把兄弟喬·哈普爾。喬和湯姆一樣悶得發慌，見到樂子出現在桌上，顯得是既感激又深感興趣。湯姆和喬平日是至交，每到星期六卻成為戰場上的敵手。喬從自己的翻領取下一支別針，開始協助囚犯放封做運動。兩人沉迷了一小段時間。不久後，湯姆說，這樣玩不過癮，因為兩人會互相干擾。因此，他取來喬的寫字板，放在桌面上，由上至下在中間畫一條線。

「現在起，」湯姆說：「只要牠在你那邊，你可以盡情逗牠玩，我不會插手。不過，如果你讓牠逃到我這邊來，你就不能再煩牠了，換我來玩，直到牠越界回你那邊為止。」

「好，可以，開始逗牠吧。」

未久，扁虱逃出湯姆的掌握，越過中線。喬逗牠玩了一會兒，之後牠逃走，又越界回去。扁虱變換基地的次數頻繁。兩人之一聚精會神騷擾扁虱之際，另一人旁觀，興趣同樣濃厚，兩顆頭向下湊在一起，盯著寫字板，對周遭事物渾然不覺。最後，幸運之神似乎降落在喬身上不走。扁虱試著左轉、右轉、改道，情緒和兩人一樣激動焦躁，但一次又一次，正當成功近在牠眼前，正當手癢的湯姆想伸手去逗牠時，喬的別針靈巧地逼牠轉彎，把牠留下來。最後，湯姆忍無可忍，誘惑實在太強烈了。湯姆以自己的別針下場助陣。喬馬上生氣說：

「湯姆，你不要煩牠好不好？」

「我只想逗牠一下下，喬。」

「不行，你這樣不公平啦；你趕快收手。」

「可惡，我又不會玩太凶。」

「叫你別逗牠，沒聽到嗎？」

「不要！」

「現在牠在我這邊，你別動手。」

「你有沒有搞錯啊，喬．哈普爾，這隻扁虱是誰的？」

「我才不管扁虱是誰的——現在牠站到我這一邊，不許你碰牠。」

「哼，我想碰就碰。牠是我的扁虱，除非我死，否則我高興怎麼樣就怎麼樣。」

啪的一聲，大手打到湯姆肩膀上，喬的肩膀也同樣挨打，接下來兩分鐘，灰塵持續從兩人的外套揚起，全班同學看得好暢快。剛才兩人玩得太投入，乃至於老師踮腳尖走過來、全班逐漸肅靜了，他們完全沒發現。原來，老師老早就盯上他們了，只等他們玩昏頭才跳進去鬧場。

正午到了，下課，湯姆飛奔至貝琪．柴契爾旁邊，在她耳邊悄悄說：

「戴上妳的帽子，假裝妳要回家，然後一繞過轉角，趕快擺脫其他同學，鑽進小巷子裡走回來。我往另一個方向走，用同樣的方法甩掉同學。」

就這樣，兩人分開，各自跟著一群同學離校。不一會兒的光景，兩人在巷尾會合，走回學校，這時整間課堂只有他們兩人。他們坐在一起，桌上有一面寫字板，湯姆遞鉛筆給貝琪，握住她拿筆的小手，教她再畫另一棟美侖美奐的房子。對美術的興頭漸漸涼了，兩人開始閒聊。湯姆悠游在愛河中。他說：

「妳愛不愛大老鼠？」

「不愛！我討厭老鼠！」

「呃，我也是，討厭活老鼠。不過，我剛問的是死老鼠，可以用繩子綁著玩，甩在頭上繞圈圈。」

「不要，死的活的，我都不太喜歡。我喜歡的是口香糖。」

「對，我想也是！但願我現在有口香糖就好了。」

「是嗎？我有一些。我可以讓你嚼幾下，不過你一定要還給我喔。」

兩人都贊成，於是輪流嚼一塊，四條腿在長椅下盪來盪去，滿足得不得了。

「妳看過馬戲團嗎？」湯姆說。

「看過。我爸說如果我乖，以後會再帶我去看。」

「我看過馬戲團三、四次，很多次。教堂跟馬戲團沒得比。在馬戲團裡，鮮事一直都有。等我長大，我想去馬戲團當小丑。」

「真的啊！那太好了。小丑全身畫滿了斑點，好可愛喔。」

「是啊，沒錯。而且，鈔票整把整把賺耶。班．羅傑斯說，多數小丑一天能賺一美元。對了，貝琪，妳有沒有訂過？」

「訂什麼？」

「訂婚啊。」

「沒有。」

「妳想不想訂婚？」

「大概吧，我不知道。訂婚是什麼滋味？」

「什麼滋味？完全不一樣的滋味。妳只要對一個男生說，妳一輩子跟定了他，永永遠遠，不會再看上別人，然後妳親他嘴巴，就這樣而已。任何人都辦得到。」

「親嘴巴？親嘴巴有什麼作用？」

「哇，親嘴巴嘛，妳知道，不就是——大家都這樣做。」

「每個人都做？」

「對呀，彼此相愛的人都做。我在寫字板上寫什麼，妳記得嗎？」

「記得。」

「上面寫什麼？」

「我才不告訴你。」

「要我告訴妳嗎？」

「呃——好——不過改天再說吧。」

「不行，現在。」

「不要啦，現在不行……明天吧。」

「不行啦，現在。拜託，貝琪……我悄悄講給妳聽，我儘量小聲講。」

貝琪遲疑著，湯姆認為她默許了，一手環繞她的腰，嘴巴貼近她耳朵，以柔得不能再柔的語調沉吟衷曲，然後說：

「現在換妳對我悄悄說……講同樣的話。」

她抗拒片刻，然後說：

「你把你的臉轉開，不能看，這樣我才講。不過，不准你告訴任何人喔——你答應嗎？湯姆？你不會洩露出去吧，會不會？」

「不會，我保證，保證不會。快一點啦，貝琪。」

他把臉轉向一邊。貝琪怯弱地向旁邊彎腰，直到吐氣吹動湯姆的髮髮，她才低聲說：

「我愛你！」

說完，她蹦跳開來，繞著同學的桌椅奔跑，湯姆在後面追，最後她躲進角落，以白色小圍裙遮臉。湯姆握住她的頸子，懇求著：

「現在，貝琪，這樣就可以了，只欠一個吻。妳不要怕，其實沒什麼。拜託，貝琪。」湯姆扯一扯她的圍裙和雙手。

不一會兒，她棄守了，任雙手自然落下，扭扭捏捏的，小臉羞紅，抬起來，屈從於湯姆的要求。湯姆親吻紅唇，說：

「好了，完成了，貝琪。妳要知道，從現在開始，妳只能愛我，絕對不准愛別人，嫁人也只能嫁給我，不准嫁給別人，一生一世都不行。答應嗎？」

「好，我一輩子只愛你一個，湯姆，永遠不會跟別人結婚。你也不准跟別人結婚喔。」

「那當然。當然。這是條件之一。另外，不管上學或回家，在沒有旁人看的時候，妳一定要跟我走在一起。而且，參加舞會的時候，只准妳挑選我，我挑選妳，因為訂婚的人都這樣做。」

「好棒喔。我從來沒聽過。」

「就是嘛，好好玩的！跟妳說，我和艾咪．羅倫斯就……」

湯姆見對方瞪圓了眼睛，明白自己說溜嘴，趕緊住口，表情好狼狽。

「唉，湯姆！照你這樣說，你以前跟別人訂過婚！」

小貝琪哭出來。湯姆說：

「別哭嘛，貝琪，我已經不喜歡她了。」

「喜歡就喜歡嘛，湯姆。你明明知道你還喜歡她。」

湯姆想伸手勾她的頸子，被她推開。她轉頭去面壁，繼續哭。湯姆再試一次，嘴裡講著舒緩的話語，卻再度被摒棄。這時，他拗不過自尊心，大步走開，走向教室外，東站一會兒，西站一會兒，定不下心，侷促不安，頻頻望門口，希望她後悔，希望她出來找他。可惜她不來。湯姆的心情開始惡化，惟恐錯在自己身上。他反覆思索，考慮重新發起攻勢，終於硬起頭皮，走回教室。她仍站在教室後面的角落啜泣，臉對著牆壁。湯姆的心擊垮了他。他走向貝琪，枯站片刻，不知下一步該如何走。然後，他遲疑地說：

「貝琪，我……我不在乎別人，只在乎妳。」

不應——只有啜泣聲。

「貝琪……」語帶懇求。「貝琪，妳講點話吧？」

又以啜泣聲代答。

湯姆掏出他最貴重的財寶——壁爐柴架頂端的銅柄——遞到她前面，好讓她看得見。湯姆說：

「求求妳嘛，貝琪，接受吧？」

寶物被她打落地板。湯姆頭也不回離開教室，翻越幾座小山遠去，今天再也不回學校了。不久後，貝琪開始懷疑。她跑向門口，見不到湯姆人影；她奔向另一邊的遊樂場，也看不到湯姆。她呼喚：

「湯姆！回來啊，湯姆！」

她凝神聆聽，沒聽見回應，唯獨靜謐和寂寞陪伴她，所以她坐下來，又哭了，自責不已。等到同學回來上課時，她只得埋藏哀傷，安撫破碎的心靈，迎戰漫長、枯燥、痛苦的下午課，環繞她的這些陌生人無一可以供她傾吐傷心事。

第八章

同學紛紛回學校，湯姆在巷弄裡東閃西躲，直到遠離他們為止，然後抱著沉重的心，開始小跑步。他跨越一條小支流兩、三次，因為童心普遍相信一種迷信：渡水能欺敵，可以讓追兵趕不上。半小時後，他登上卡迪福丘，來到道格拉斯豪宅後面，背對著山谷，幾乎看不清谷裡的學校。他走進一座濃密的樹林，沒路找路走，進入樹林中央，來到一株枝幹龐雜的橡樹，在青苔密集的一處坐下。這裡連一絲清風也不流動，死沉沉的正午暑氣甚至掐住鳥兒的歌喉，大自然陷入恍惚狀態，唯有遠方偶爾傳來的啄木鳥咚咚聲敲碎肅靜，更加深了瀰漫四週的死寂和落寞感。憂鬱漲滿湯姆的心靈，情緒與周遭環境欣然呼應。他以雙手支撐下巴，手肘壓著膝蓋，坐著冥想良久。他認為，人生被講得再好受，也只不過是一場煩惱。現在他不只是有點羨慕最近獲得解脫的吉米・荷季斯。他心想，能閒得沒事做，能躺著作夢，再也不必爬起來，永永遠遠聽著風吹樹葉、輕撫墳地上的花草，生生世世不必再憂慮哀嘆，必定非常安祥吧。假如他的主日學品行零缺點，他很願意就此丟下一切，撒手西歸。至於這女孩呢？他做錯了什麼？沒有。他的用心是好得不能再好，竟被當成狗來對待——活像一條狗。總有一天她會後悔的——也許會後悔莫及。啊，要是能死一陣子，該有多好！

然而，少年心的可塑性極高，無法被長期壓縮定形。不久後，湯姆的心思不知不覺飄回今生的種種顧慮。假設他現在轉身就走，離奇失蹤了，會發生什麼事？假設他遠走高飛，躲到海角不知名的國度，一輩子不回來！到時候，她會做何感想！這時，當小丑的志願重回腦海，卻只令他厭煩。為什麼呢？因為，人的心靈昇華超脫到崇高的境界時，腦筋如果轉向耍寶、講笑話、穿花斑緊身褲，只會徒生反感。現在他但願自己是離鄉多年的軍人，帶著戰火洗禮過的身心凱旋歸來。比這願望更好的是，他會加入印第安人，去獵捕野牛，踏上征途，挺進峰峰相連的山區，走在無軌跡的遠西大平原上，多年之後的將來，以偉大酋長的身分歸鄉，頭身塗滿駭人的顏料，插著森森的翎毛，在昏沉沉的夏日上午，大搖大擺走進主日學，高喊一聲撼動心弦的嗚哇聲，令全班同學的眼神充滿難以自扼的羨慕。但這還不夠炫。他立志當海盜！對！現在，未來世界在他眼前開展，閃爍著無法想像的光輝。他的名聲即將威震天下，世人聞之無不喪膽！他有一艘黑殼輕艇，船身低而長，取名為暴魂號，航遍澎湃的七海，可怕的海盜旗在船頭飄揚！在聲望如日中天的時候，他會突然回家鄉，抬頭挺胸進教堂。歷盡風霜的他皮膚棕黃，身穿黑絨緊身上衣和短褲、大長統靴、血紅色肩帶、腰帶掛滿騎兵用的馬槍、腰際插著罪惡滿盈的短彎刀，飄逸的羽飾插在寬邊軟帽上，黑旗畫著骷髏頭和交叉骨圖形，這時他會聽見同學交頭接耳，以欣喜洋溢的語調說：「是海盜湯姆．索耶！是加勒比海的復仇黑俠！」

敲定了，他的志向就是這一個。他將逃離家園，然後歸鄉。明天一大早動身。因此，他必須立刻籌備。他想先採集物資。他就近找一根橫躺地上的朽木，以單刃折疊刀挖掘木頭一端的地下，咚的一聲，刀尖很快就挖到空木盒。他一手按著，以威風的語調唸咒語：

「仍未到者，過來！已到此者，止步！」

然後，他撥開泥土，露出一塊松木瓦，挖出來，顯露地下有個整齊的小寶箱，四面和底部全是木瓦，裡面擺著一顆彈珠。湯姆無限驚訝！他以困惑的姿態搔搔頭，說：

「哼，這算什麼嘛！」

他氣得扔掉彈珠，站著深思。事實是，他和同伴堅信不移的一道迷信在此失靈了。他們的迷信是，如果一邊唸必要的咒語，一邊把一顆彈珠埋進地下，十四日之後，唸同樣的咒語，打開埋彈珠的地方，就會發現失蹤的所有彈珠全聚在一起，跑得再遠的彈珠也一樣滾回來。但現在，這法子確確實實失靈。湯姆的信心垮臺了，連信念的根基都大受動搖。他屢次聽見這法子很靈驗，從未聽過失靈的例子。他沒想到的是，他自己試過同樣的方法幾次，但事後怎麼找也找不到埋彈珠的地方。他苦思這道謎題許久，最後認定，一定有巫婆搞鬼，破解了魔咒。這樣一想，他滿意了，於是在一小塊沙地上尋找漏斗狀的小凹洞。他趴下去，嘴巴湊近凹洞，呼喚——

「蟻獅，蟻獅，為我解疑吧！蟻獅，蟻獅，為我解疑吧！」

沙洞動了一動，一隻黑色小蟲鑽出來，才一露臉就嚇得匆忙躲回沙裡。

「牠不敢說！所以絕對是巫婆在搞鬼。我就知道。」

和巫婆對抗是白費力氣，他很明白，所以他氣餒之餘死心了。但他忽然想到，剛才那顆彈珠是白丟了，應該去撿回來才對，於是他耐心尋覓一陣，找不到。現在，他回到地下寶箱的旁邊，細心模仿剛才扔彈珠時站的位置，然後從口袋取出另一顆彈珠，往同一方向拋投，說著：

「兄弟，去找你的兄弟！」

他看著彈珠落地處，過去尋找，可惜他這次可能扔太遠了，或不夠用力，所以他再試兩次。最後一次成功了。兩顆彈珠躺在一起，相隔不到一公尺。

就在這時，林蔭小徑盡頭傳來微弱的喇叭聲，有人正在吹玩具錫號，湯姆脫掉外套和褲子，把吊褲帶當成腰帶用，清除朽木後方的灌木叢，找到一副粗陋的弓箭、一把板條劍、一支錫號。他馬上抓走所有東西蹦跳離開，光著腿，上衣飄飄。來到一棵大榆樹，他停下，吹號角回應，然後開始踮腳尖，警覺地四下張望。對著想像中的伙伴，他語帶謹慎說：

「我的好兄弟們，止步！勿在號角響起前妄動。」

這時，喬．哈普爾來了，身上的衣物和湯姆一樣清涼，兵器也同樣眾多。

「止步！來人是誰？未經我同意，豈敢擅入薛伍德森林？」

「吉斯本殺手毋須同意。你是何人，竟——竟——」

「膽敢出此狂言，」湯姆為他提詞——因為他們憑記憶「照書演繹」。

「你是何人，竟膽敢出此狂言？」

「是我！我乃羅賓漢，死期將近的懦夫你將知道。」

「如此說來，你確實是那家喻戶曉的俠盜？我願欣然與你爭辯這座綠林的通行權。看招！」

兩人拔出板條劍，把其他物品棄置地上，擺好西洋劍對陣姿勢，一腳對一腳，開始慎重套招對打，「兩上兩下。」不久湯姆說：

「好，現在，如果你已經能掌握要領，動作可以激烈一點！」

兩人「激烈」打起來，汗涔涔喘氣。一會兒後，湯姆喊：

「倒地！倒地啊！你為什麼不倒地？」

「我才不要！要倒，你自己為什麼不倒？中劍最多的人是你。」

「這哪算什麼。我才不會倒地。書裡又不是這樣寫。書裡寫著：『隨即，他反手出劍，吉斯本殺手一命嗚呼。』你應該轉身讓我戳你的背才對。」

書是權威，無法狡辯，喬只好轉身接受致命的一擊，倒地氣絕。

「現在，」喬邊說邊起身，「應該換我殺死你了。這樣才公平。」

「那怎麼行？書裡又沒寫。」

「哼，這樣太卑鄙了吧——我沒話可說。」

「不如這樣吧，喬，你可以當修士塔克或磨坊主的兒子麻奇，以鐵頭木棒揍我一頓，不然我也可以扮演諾丁罕警長，換你當羅賓漢一下子，讓你殺我。」

喬滿意了，於是兩人演繹這幾種情境，然後湯姆變回羅賓漢，遇到黑心修女疏於為他療傷，失血過多，元氣大傷。最後，喬飾演一群俠盜，一把鼻涕一把累，拖著他走，把弓放進他虛脫的雙手，湯姆說：「此箭落地之處，將羅賓漢葬於綠林之樹下。」說完，他射出一箭，往後倒地，照理應該死去，不料他壓到蕁痲，緊張跳起來，動作太生龍活虎，一點也不像裝死。

兩人穿回衣褲，把器具藏好，邊走邊哀嘆現在沒有俠盜了，懷疑現代文明能如何彌補他們的損失。他們說，他們寧可在薛伍德森林當俠盜一年，也不願當一輩子的美國總統。

第九章

同一天晚上九點半，姨媽如常叫湯姆和席德上床。兄弟倆祈禱完畢，席德很快就睡著了。湯姆躺著沒睡，等得焦躁又不耐煩。等了好久，好像快天亮時，他才聽見時鐘敲十下！急死了人。由於情緒緊張，他很想翻身、碎動，卻又怕吵醒席德，只好靜靜躺平，瞪著夜色。萬物一片幽靜。終於，在寂靜之外，幾乎無法察覺的微弱聲響開始變大，時鐘的滴答聲也漸漸顯著起來，老屋的樑柱開始離奇發出迸裂聲，樓梯依稀吱嘎響。肯定是眾鬼魂正在到處走動。寶莉姨媽的房間傳來悶悶的規律鼾聲。聰明的人類無法探知方位的擾人蟋蟀聲也湊熱鬧。接著，床頭牆壁裡的蛀蟲發出鬼魅似的滴滴聲，令湯姆哆嗦——蛀蟲出聲，表示有人前腳踏進棺材了。然後，夜風飄來遠處的狗嗥叫聲，更遠另有一條狗也嗥嗥唱和。湯姆覺得痛苦萬分。最後，時間靜止了，光陰開始凍結，湯姆才滿足，不知不覺之間睡意漸漸濃。時鐘敲十一下，但他沒聽見。隨即，在他的半夢半醒之際，窗外有野貓叫春，聲音哀傷，湯姆被鄰居的開窗聲驚動。有人吶喊「臭貓，快滾！」，隨著是空瓶擊中姨媽家柴棚背面摔碎的聲音，湯姆才完全清醒。才過一分鐘，他已穿好衣服，從窗戶溜出去，沿著屋頂直角線爬行，邊爬邊謹慎發出一、兩聲「喵」，然後躍向柴棚頂，轉而跳向地面。哈克帶著一隻死貓等著。兩人一起離開，遁入夜色中。半小時後，他們來到墓園，在深草地裡跋涉前進。

這是一座美西風格的老式墓園，位於小山上，離村子大約三公里，木板圍牆東倒西歪，沒有一處直立。亂草在整座墓園裡蔓生，所有舊墳都塌陷，四處見不到一座墓碑，被蛀蝕的圓頂木板插在墳墓上，沒有依靠，搖搖欲墜。多數木板上曾漆著「緬懷」某某某的字樣，如今即使有光可照，也已無法辨識。

一陣微風拂樹而過，嗚咽出聲，湯姆擔心是亡魂受驚擾而抱怨。他和哈克話不多，只敢沉聲交談，因為此時此地，肅穆的氣氛壓抑他們的心神。他們見到一座尖尖的新墳，知道就是這一座，幾公尺外正好有三棵簇擁的大榆樹，於是他們躲進樹中間。

他們默默守候著，感覺時間過了好久。干擾死寂的聲響唯有遠處的貓頭鷹嗚嗚叫。湯姆受不了情緒上的壓力，非找話講不可，所以他低聲說：

「小哈，我們來這裡，該不會吵到死人吧？你覺得呢？」

哈克低語：

「我若能知道就好了。這地方靜得亂恐怖的，對不對？」

「對。」

兩人無語良久，暗中思考著此行的目的。湯姆悄悄說：

「對了，小哈，我們在這裡講話，你覺得老馬威廉斯聽得見嗎？」

「當然聽得見。至少他的魂魂聽得見。」

無語片刻後，湯姆說：

「應該尊稱他威廉斯先生才對。不過，我沒有損人的意思。大家都稱呼他老馬。」

「人死了就死了，活人提起他們，幹麼在乎怎麼稱呼。」

湯姆被這句淋了一頭冷水，講不下去。

一會兒後，湯姆抓住同伴的手臂說：

「噓！」

「怎麼了，湯姆？」兩人緊抓對方，心跳如鼓。

「噓！又來了！你沒聽見嗎？」

「我……」

「聽！你聽見了吧。」

「主啊，湯姆，他們來了！他們來了，錯不了。我們怎麼辦？」

「不曉得。他們看得見我們嗎？」

「湯姆啊，他們和貓一樣，黑壓壓的地方照樣看得見。我真後悔來這裡。」

「少來了，別怕啦。我不信鬼會來找我們麻煩。我們又沒得罪誰。如果我們維持一動也不動，說不定他們根本不會注意到我們。」

「我儘量就是了，湯姆，可是，主啊，我抖得亂厲害的。」

「你聽！」

兩人傾頭相互貼近，呼吸幾乎暫停。交談聲從墓園遠遠的另一端隱隱飄來。

「看！看那邊！」湯姆低語：「什麼東西？」

「鬼火。湯姆啊，亂恐怖的。」

幾個模糊的身影從暗夜裡走來，提著老式錫燈籠，在地面灑下無數的小光點。哈克哆嗦一陣，低聲說：

「是魔鬼啦，錯不了。一次來三個。主啊，湯姆，我們死定了！你會不會祈禱？」

「我試試看，你先別害怕嘛。他們又不會來鬧我們。『現在我躺下入眠，我』」[6]

「噓！」

「怎麼了，哈克？」

「他們是活人！至少其中一個是。其中一個講話是老麻夫．波特的聲音。」

「不會吧——不可能吧？」

「我敢說是，我認得出來。你別亂動別縮頭。他的腦筋不夠靈光，不會注意到我們。八成和平常一樣，又醉醺醺的。該死的老廢物！」

「好，我不動就不動。他們停住了，找不到路。現在又朝我們這裡過來了。正朝著我們的方向走。轉彎。又走過來了。正對著我們過來！他們這次直直朝著我們走。哈克，我聽出另一人的聲音，是印第安喬[7]。」

「對耶！那個手下不留情的雜種！我倒寧願他們是鬼。他們來墓園幹啥？」

他們噤聲，因為一行三人來到新墳前駐足，離兩個孩子藏匿處僅幾公尺遠。

「就是這一座。」第三人說著，舉起燈籠，自己臉孔被照亮——是年輕醫師羅賓森。

麻夫和印第安喬推著一個單輪手推車，裡面有一條麻繩和兩支鏟子。他們卸下東西，開

6　譯注：睡前祈禱文，接下來是「願主保祐我靈魂」。

7　譯注：原文是Injun Joe，Injun是「印第安人」的貶損語。

始掘墳。醫師在墳頭放下燈籠，走向榆樹，背靠著樹幹坐下，近到湯姆和哈克伸手就摸得到他。

「快一點，兩位！」他沉聲說：「月亮隨時可能露臉。」

掘墳的兩人咆哮回應，繼續挖，好一段時間只聞鏟土石的摩擦聲，非常單調。最後，一支鏟子觸及木頭，碰出一記悶響——挖到棺材了。再挖一、兩分鐘後，兩人把棺材抬出墓穴，以鏟子撬開蓋子，抬屍體出來，粗魯扔在地上。月亮撥雲而出，照亮慘白的屍臉。屍首被抬上手推車，以毯子覆蓋，用繩索固定。痳夫掏出一把大彈簧刀，割掉多餘的繩索，然後說：

「外科大夫，我們把這可惡的東西弄好了，你再給個五元吧，不然我們就把它擱在這裡。」

「說得好！」印第安喬說。

「講話不算話嗎？」醫師說：「你們要求先付款，而我已經付錢給你們了。」

「對，不過，我們還有一筆帳要算，」印第安喬說，走向現在站著的醫師。「五年前，我去你父親家討飯吃，被你從廚房趕走，被你罵說我不懷好意，當時我發誓，君子報仇，一百年不晚，結果你父親告我是流浪漢，害我被抓去坐牢。你以為我能不計較嗎？我的印第安血統不是讓人看笑話的。現在你被我逮到了，你非和解不可，覺悟吧！」

講到這裡，印第安喬握拳對著醫師，語帶威脅。醫師倏然出拳，擊倒無賴漢。麻夫放下彈簧刀，驚呼：

「好了好了，不許你打我的搭檔！」轉眼間，他和醫師扭打成一團，使出渾身解數，青草被踩死，地面被鞋跟踏得稀爛。印第安喬跳起來站著，眼中的怒火熊熊，從地上拾起麻夫的彈簧刀，像貓彎腰潛行，繞著纏鬥的兩人兜圈，伺機而動。突然，醫師掙脫開來，拔出威廉斯墳墓上的厚重木碑，把麻夫打得站不起來——趁這機會，混血印第安人持刀刺進醫師的胸膛，整個刀鋒沒入血肉中。醫師晃了兩、三下，倒向麻夫，壓住麻夫半身，鮮血汩汩流在麻夫身上。在此同時，雲遮月亮，慘狀被夜幕覆蓋，兩個飽受驚嚇的男孩急忙摸黑逃走。

未久，月亮再露臉，印第安喬站在倒地的兩人前，思索著下一步。醫師喃喃囈語著，長喘了一、兩口，隨即斷氣。印第安喬嘟噥：

「扯平了——你活該。」

他洗劫醫師的屍體，然後把凶刀栽進麻夫攤開的右手，在撬開的棺材上坐下。過了三、四、五分鐘，麻夫蠢動起來，呻吟著，手握一握，握住凶刀，舉手一看，打了個寒顫，鬆手任刀子落地。接著，他坐起上身，推開壓住他的人，凝視著死屍，然後環顧四周，神情迷惘。他的視線和喬相接。

「主啊，怎麼會這樣，喬？」他說。

「這下可慘了，」喬說，毫無動作。「你怎麼下得了手？」

「我！我才沒有！」

「你自己看！別耍賴了，誰相信。」

痲夫發著抖，臉色變蒼白。

「我還以為我戒酒成功了。唉，今晚喝酒是我老糊塗了。不過現在，酒蟲還在我腦子裡亂鑽，比剛開始還厲害。我完全迷糊了，剛才發生的事，根本沒印象。告訴我，喬——千萬講老實話啊，老兄——是我嗎？喬，我不是故意的——我以個人靈魂和名譽發誓，我從頭到尾都沒有這意思，喬。事情是怎麼發生的，告訴我，喬。唉，太可怕了——他年紀輕輕的，前途無量啊。」

「剛才嘛，你們兩個打起來，他拿墓牌子打你一下，你躺平了，然後你爬起來，搖搖晃晃的，跌跌撞撞，撿刀子起來，在他再用力打你的同時，他被你捅中——之後你一直躺在這裡，昏死到現在才醒。」

「唉，我剛才做了什麼，自己完全不曉得。假如我剛才知道自己下毒手，我倒寧願馬上就死。要怪就怪威士忌喝多了，也太衝動了吧，我一輩子沒動過刀械啊，喬。打架是打過，不過我從沒動過刀械。不信你問大家。喬，別告訴別人！向我保證吧，你不會說出去，喬——這才算好兄弟。我一向看重你，喬，也常替你講話。你不記得嗎？答應我，千萬要保密，喬，好不好？」可憐的麻夫對著無動於衷的凶手下跪，合掌訴求著。

「對，麻夫・波特，你向來公道對待我，我不會出賣你的。我這朋友，對你夠意思了吧。」

「喬啊，你是個大善人。只要我一口氣在，我會一生一世祝福你。」說到這裡，麻夫哭了。

「好了好了，夠了啦。現在不是哇哇大哭的時候。你快往那邊走，我走這方向。走啊，別留下線索。」

麻夫先是小跑步，迅速加快為狂奔。印第安喬站著，看著他的背影遠去，喃喃自語：「看他剛才一副迷糊的樣子，如果真的是被打昏了，也醉得腦筋脫線，等他想到凶刀時，已經走太遠了，不敢自己一個人回來這裡撿刀子。膽小鬼！」

兩、三分鐘後，唯有月亮檢視著遇害的醫師、裹在毯子裡的屍體、無蓋的棺材、被掘開的墓穴。四下也恢復全面寧靜。

第十章

湯姆和哈克一直飛奔，跑向村子，驚恐無言。兩人不時憂心回頭看，彷彿擔心被跟蹤。一路上，每根樹樁都像人類，都像敵軍，令他們摒息。衝過村郊的幾棟小屋時，被驚動的看家狗吠叫起來，讓兩人的腿更像長了翅膀似的。

「希望我們能在累垮之前跑到舊鞣革場，」湯姆在喘息之間低語：「我就快跑不動了。」

哈克以急喘代答，兩人專注於心中的目標，全力衝刺。他們漸漸接近村子，最後終於並肩衝進敞開的空屋，筋疲力竭，躲進能安藏兩人的陰影裡，心存感激。一陣子後，脈搏終於緩和，湯姆低聲說：

「哈克，你覺得這件事會有什麼結果？」

「如果羅賓森醫師死了，我認為有人會被處以絞刑。」

「是嗎？」

「豈止是，我覺得一定會，湯姆。」

湯姆思考一會兒，然後說：

「誰會去告發？我們嗎？」

「你講什麼鬼話？假如出了啥差錯，印第安喬最後沒被吊死，那怎麼辦？我敢打包票，他遲早會找機會幹掉我們，你等著瞧吧。」

「我想也是，哈克。」

「有人會告密的話，就讓麻夫．波特去告密吧，如果他夠傻的話。他平常喝的酒夠多了。」

湯姆不語，繼續思考。他隨即低聲說：

「哈克，麻夫．波特又不知道事情經過，怎麼去告密？」

「他為什麼不知道？」

「因為印第安喬動手時，他剛被打昏了。你認為他看得見任何東西嗎？你認為他知道任何事嗎？」

「我的媽呀，對耶，湯姆！」

「何況，你想想看，他被打得那麼重，搞不好會沒命！」

「不會啦，不可能，湯姆。他喝多了，我看得出來。而且，他天天都醉。哼，我爸酒醉的時候，誰搬整座教堂去砸他的頭，他也不怕。是他自己這麼說的。所以，麻夫．波特當然也一樣。不過，如果一個人一滴酒也沒喝，被打得那麼重，我猜大概會沒命吧，我不確定。」

再沉思片刻後，湯姆說：

「小哈，你確定你能保密嗎？」

「湯姆，我們非保密不可。你應該曉得。假如我們敢洩露一點風聲，假如那個印第安煞星沒被吊死，他會把我們當成兩隻貓一樣淹死，輕鬆得很。湯姆，不如這樣吧，我們兩個彼此發個誓，發誓保密，這樣做才對。」

「我同意。這樣最好。要不要握個手，一起發誓我們——」

「不行啦，那不夠看。除了拉裡拉雜的小事，握手發誓才沒用咧——尤其是跟女孩子發誓，因為她們說話不算話，而且一氣之下，什麼祕密都抖出來——像我們這種大事，發誓最好寫下。還要發血誓。」

血誓既奧祕又可怕，更能搭配深夜情境和客觀條件，湯姆舉雙手贊成。他藉月光撿來一片乾淨的松木瓦，從口袋掏出一小塊「紅赭石」碎片，在月光下苦心寫字，以咬舌的動作強調向下的筆劃，往上撇時鬆口。

哈克．費恩與湯姆．索耶
誓言緊守此祕密
告密者當場斃命
粉身碎骨。

湯姆懂得寫字，而且用字高深，令哈克由衷欽佩。哈克馬上從翻領取下一根別針，正想戳自己一下，湯姆卻說：

「等一等！戳不得啊。針是銅做的，上面可能長了銅綠。」

「什麼是銅綠？」

「總之就是一種毒啦，你只要吞一點點，就知道它多厲害。」

湯姆取出自己的縫衣針，解開纏在上面的線，兩人對著自己的拇指肉各戳一針，擠出一滴血。多擠幾次之後，湯姆以小指為筆，總算簽下姓名的縮寫，隨後教哈克怎麼寫H和F，血誓終於完成。他們在牆腳埋木瓦，凝重舉行儀式並唸咒語，束縛兩人口舌的枷鎖才算牢固，鑰匙就此甩掉。

此時，有個人影出現，從這棟廢屋的另一邊偷偷進來，沒被他們發現。

「湯姆，」哈克低聲說：「這樣一來，我們永遠不會告密囉！永遠嗎？」

「那當然。發生再大的事也一樣要保密。否則，我們會當場死掉！你不知道嗎？」

「對，我想也是。」

他們繼續低聲講幾句話。屋外不遠處，大約不到三公尺，一條狗發出綿長而悲痛的嗥叫，嚇得他們突然互相緊抱。

「牠在叫誰啊？」哈克倒抽一口冷氣說。

「不曉得……快從裂縫往外看，快啊！」

「你去看，湯姆！」

「我不敢！我不敢啊，哈克！」

「拜託啦，湯姆。牠又叫了！」

「哎喲，謝天謝地！」湯姆低語：「我認得牠的聲音。是布爾・哈畢森。」[8]

「那就好——湯姆，我剛剛差點嚇死，真的。我還以為是野狗。」

狗再次嗥叫。兩人的心又往下沉。

「哇塞！那才不是布爾．哈畢森！」哈克低聲說：「快去看啦，湯姆！」

湯姆怕得顫抖，讓步了，一眼湊向裂縫，以細得幾乎聽不見的音量說：

「唉，哈克，真的是野狗啦！」

「快，湯姆，快啊！牠在叫誰？」

「哈克，牠一定是針對我們兩個，因為我們兩個躲在一起。」

「湯姆，我就知道我倆死定了。我知道我死後一定會去哪裡。我幹過的壞事數不清啊。」

「去他爺爺的！我常蹺課，規定不准做的事情我全做過。要是我乖一點，像席德那樣就好了，可惜我哪願意。不過，如果這次能放過我一馬，我保證會乖乖上主日學！」說著，湯姆輕輕嗚咽起來。

「你哪算壞孩子！」哈克也開始嗚咽。「可惡，湯姆．索耶，你跟我擺在一塊比較，你只算是乖小孩一個。唉，主啊，主啊，主啊，但願我的命有你一半好，我就滿足了。」

湯姆停止哽咽，悄悄說：

8　作者注：如果哈畢森先生家有個名叫布爾的奴隸，湯姆會稱呼他是「哈畢森的布爾」，但如果名叫布爾的是兒子或狗，就稱為「布爾．哈畢森」。

「快看，小哈，看啊！牠背對著我們！」

哈克看著，心中充滿喜悅。

「真的耶！牠剛才也背對我們叫嗎？」

「對，都怪我太糊塗了，沒動腦筋。這下子可妙了，牠到底在對著誰亂叫？」

嗥聲停止。湯姆豎耳傾聽。

「噓！那是什麼聲音？」他低語。

「聽起來像是——像豬在叫。不對……是有人在打呼，湯姆。」

「沒錯！那人睡在哪裡，哈克？」

「好像在房子另一邊，聽起來像是。我爸以前有時候睡那邊，跟豬一起睡，不過啊，他一打呼，死人都會被他吵醒。而且，我猜他永遠不會再回村子了。」

冒險心再度從兩個孩子的胸懷油然而生。

「小哈，如果我帶頭，你敢不敢陪我去看？」

「我不太想去，湯姆。要是看見印第安喬，那就慘了！」

湯姆畏怯著。然而，不一會兒，誘惑再度揚升，兩人同意去看一看，條件是如果鼾聲一停，一定要拔腿趕緊逃命。一言為定後，他們躡足走過去，一前一後，來到打呼者的五步外，湯姆不慎踩斷小樹枝，發出尖銳的啪聲。睡男呻吟一下，稍微蠢動，被月光照到長相。是麻夫・波特。兩人心跳霎時暫停，而麻夫移動時，他們也頓時嚇得絕望，幸好恐懼感一閃即逝。他們躡足離開，鑽過殘破的護牆板而出，再走幾步，才互道再見。綿長而悲痛的嗥叫聲又直竄夜空！他們轉身，看見野狗站在麻夫旁邊幾公尺外，面對著睡在地上的他，朝天亂嗥一通。

「媽啊，狗叫的是他！」兩人同聲驚呼。

「對了，湯姆——聽人家講說，大概兩個星期前，有個野狗三更半夜去強尼・米勒家附近嗥叫，而且同一天傍晚，有一隻三聲夜鷹飛來欄杆上唱歌，結果，他們家到現在還沒有人翹辮子。」

「對，我知道。大概沒有人死吧。不過，那一個星期六，葛蕾西・米勒不是栽進爐火，被燒得慘兮兮？」

「有是有，可是她沒死。而且，她慢慢康復了。」

「是嗎？等幾天再說吧。她死定了，和麻夫・波特一樣沒望了。哈克，黑奴最懂這方面的東西了，他們都相信。」

說完，兩人沉思著，各別離去。湯姆從臥房窗戶爬進去時，天幾乎快亮了。他過度謹慎脫衣褲就寢，慶幸偷溜出去沒被逮到，隨後睡著了。他沒意識到的是，輕聲打鼾的席德其實在一小時前就醒了。

湯姆起床時，發現席德已經穿好衣服，不在臥房裡。天色訴說著時辰不早了，空氣裡也有一種時機被耽誤的氛圍。他心頭一驚。為什麼沒人喊他下床？家人為什麼一反常態，不來趕他起床？不祥的預兆漲滿他的頭腦。五分鐘不到，他穿好衣服下樓，渾身痠痛，腦袋昏沉沉。全家仍圍坐餐桌，但早餐已經吃完。他沒聽到斥責，只見大家目光躲躲閃閃，而且各個沉默不語，臉色凝重，使得做過壞事的這顆心不寒而慄。他坐下來，儘量故作輕鬆，可惜吃力不討好，沒人微笑，沒有反應，所以他慢慢講不出話，心沉入深淵。

早餐過後，姨媽把他拉到一旁，湯姆的心情幾乎振奮起來，以為一頓揍逃不掉了，但他高興得太早。姨媽在他面前啜泣著，問他怎能傷透這顆老人心，最後叫他儘管去自毀前途，儘管去害她傷神添白髮，早點進墳墓，因為她再用心良苦也沒用。這話比挨一千鞭更難受，湯姆聽了，心比身體更痛。他哭求寬恕，一再保證洗心革面，姨媽才放他走。他覺得姨媽原諒得不夠徹底，對他的信心太微弱。

離開姨媽時，他心情太悲哀，甚至不想找席德報復——急忙從後門開溜的席德是多此一舉。湯姆拖著腳步上學，神情落寞憂傷，為了昨天蹺課的事和喬．哈普爾一起挨打，神態木然，因為他的心另有更沉重的負擔，對芝麻小事無感。被處罰過後，他拖著身子回座位，雙手托腮，手肘插在桌面，凝望空牆，無神的兩眼黯然神傷，心痛已經痛到極限。手肘壓到某種硬物，壓了好一陣子之後，傷心的他緩緩改變坐姿，嘆氣拿起手肘下面被紙裹住的東西。他打開來看，大嘆一口綿綿不絕的氣，心都碎了。紙包著他的壁爐材架銅柄！

最後這根羽毛壓垮了駱駝的背。

第十一章

近中午時分，全村忽然遭噩耗電擊。當時仍夢想不到的電報在此時是多餘的，因為消息口耳相傳，從一群人傳到另一群人，一家告訴一家，與電報的速度相去無幾。老師當然宣布下午停課，不然全村人會罵他不近人情。

據說，死者身旁留下一把血刀，有人指認刀子的原主是麻夫・波特。另外也聽人說，凌晨一、兩點，有個連夜趕路的人看見麻夫在河的「支流」洗澡，麻夫見人來趕緊溜走，舉動至為可疑，尤其是麻夫平時並沒有洗澡的習慣。另外也有人說，大家搜遍了全村追拿「凶手」（村民過濾證據並達成判決的動作神速），可惜沒逮到他。村民出動馬伕，踏遍每一條路，分頭去找。警長「有信心」能在入夜前逮捕犯人歸案。

全村正朝著墓園流動。湯姆的心不再痛了，加入行進的隊伍，其實他萬般不願去，卻拗不住一股莫名其妙的誘惑，只好跟著去湊熱鬧。來到命案現場，他憑矮小的身材鑽進圍觀人群，見到慘景，和昨晚才見到的場面恍若隔世。有人捏他手臂一下。他轉頭，視線和哈克相接，隨即不約而同轉移目光，惟恐引人疑心。幸好，大家都忙著交談，定睛注視眼前的慘象。

「可憐的傢伙！」「可憐的年輕小伙子！」「盜墓人應該記取這教訓！」「麻夫．波特被逮到的話，一定會被吊死！」村民的說法大致是如此。牧師說：「這是上帝親手做出的判決。」這時，湯姆從頭到腳發抖，因為他瞧見臉孔無動於衷的印第安喬。就在此刻，人潮開始波動推擠，紛紛叫囂著：「是他！是他！他自己來了！」

「誰？誰？」二十個聲音一同問。

「麻夫．波特！」

「哇，他被擋住了！當心，他正要轉身！可別讓他逃走！」

有幾人爬上樹，坐在湯姆上方的樹枝上。他們說麻夫沒有逃走的意思，只是顯得困惑、猶疑不決。

「無恥又可恨！」一名旁觀者罵道：「大概是想來悄悄欣賞自己的傑作，沒料到這裡好熱鬧。」

人群讓開來，讓警長通過。警長以耀武揚威的姿態抓著麻夫手臂。可憐的麻夫面容憔悴，目光透露心中恐懼。站到死者前方時，他像癱瘓症病人顫抖起來，雙手捂臉淚崩。

「不是我殺的，朋友們，」他啜泣說：「我以人格擔保，絕對不是我。」

「又沒有人指控你吧？」有人喊。

這話似乎點醒麻夫。他抬起頭，四下張望，眼神帶著悲傷絕望。他看見印第安喬，驚呼：

「印第安喬啊，你明明向我保證絕不會——」

「這把刀子是你的嗎？」警長對他出示凶刀。

幸虧旁人及時扶住麻夫，否則他必定會昏倒。眾人扶他坐在地上，他才說：

「我就知道，如果我不回來撿——」他打一陣寒顫，然後以吃敗仗的動作，揮一揮麻木的手，說：「告訴大家吧，喬，告訴他們，再辯也沒用了。」

哈克和湯姆啞然站著凝視，聽著鐵石心腸的騙子娓娓陳述，掰得心平氣和。湯姆和哈克還以為，上帝隨時會從青天劈下一道雷電，正中印第安喬的頭。他們納悶著，這記閃電還能拖多久。結果，印第安喬講完了，還站著活得好好的，原本想破誓救麻夫的衝動也漸漸淡去、消散，因為明顯可見的是，這壞人早已出賣良心給撒旦，想槓上權力如此高強的對手是死路一條。

「你為什麼不逃走？來這裡幹什麼？」有人問。

「我身不由己、我身不由己，」麻夫呻吟著：「我本來想逃跑，可是，我怎麼走，好像也只能往這裡來。」說著，他再度啜泣。

幾分鐘後，驗屍期間，印第安喬發誓，重複剛才的證詞，語氣同樣平和，閃電照樣沒劈下來，湯姆和哈克認定他確實把良心賣給惡魔了。如今，對這兩個頑童來說，他儼然是他們這輩子見過最具邪趣味的東西，令兩人愈看愈著迷，視線無法剝離他的臉。

兩人暗暗決定，半夜一抓到機會，一定溜出去監視他，希望能看見大魔王的真面目。

印第安喬幫忙抬起死者的屍體，放上馬車，等著運走。有些村民打著寒顫悄悄說，傷口竟然還微微流著血！兩頑童不禁高興起來，以為這下子大家會把疑心轉向真正的凶手，可惜他們失望了，因為不只一村民表示：

「流血的時候，麻夫．波特就在不到一公尺外。」

爾後整整一星期，懷著恐怖祕密加上良心不安的湯姆一直睡不好，有一天，吃早餐時，席德說：

「湯姆，你睡覺時一直翻身，夢話講不停，吵得我有一半時間睡不著覺。」

湯姆臉色發白，視線低垂。

「這是個壞兆頭啊，」姨媽凝重說：「你有什麼心事，湯姆？」

「沒事。就我所知是沒事。」話雖這麼說，他的手抖得太厲害，抖到咖啡外溢。

「而且，你的夢話好奇怪喔，」席德說：「昨夜你說，『是血，是血啊，沒錯！』你反覆一直說。你也說，『不要這樣折磨我，我一定要告密！』告什麼密？你想告什麼密？」

湯姆眼前的萬物朦朧起來，無人能逆料接下來會發生什麼事，所幸姨媽面露憂慮，無意間救了湯姆一命。她說：

「可惡！還不就是那件恐怖的凶殺案嘛。我自己也幾乎每夜都夢到。有時候，我夢到凶手是我自己咧。」

瑪莉說她也有大致相同的現象。席德似乎滿意了。湯姆盡可能趕快脫困。後來一星期，他喊牙痛，每夜以繃帶綁住腮幫子。他有所不知，席德夜裡躺著觀察他，經常鬆綁繃帶，拄著手肘，一次聆聽好久，聽夠了，才綁回繃帶。湯姆的煩惱逐漸消散，牙疼的戲也愈演愈無聊，索性不演了。如果席德真能聽懂湯姆的呢喃夢囈，他也不告訴別人。

湯姆覺得，同學天天找死貓玩驗屍遊戲，好像百玩不厭，害他一直無法掃除心事。每次有新鮮事，湯姆習慣帶頭玩個夠，最近同學調查貓咪命案時，他卻從不扮演驗屍官，也拒演證人，這怪現象被席德留意到了。此外，席德也沒漏看的是，死貓驗屍時，湯姆甚至明顯表現出排斥，而且能閃就儘量閃。席德暗暗驚奇，但不動聲色。幸好，即使是驗屍遊戲也有退燒的一天，終於停止折騰湯姆的良心。

在這段哀傷期，每隔一、兩天，湯姆儘量找機會，帶著他弄得到的小零食，偷溜去村子邊緣的沼澤區。那裡有一座不起眼的小磚屋，無人守候，裡面也鮮少關人。他帶著慰問品，隔著小鐵窗，送給囚犯吃，對安撫自己的良心有莫大的幫助。

印第安喬涉及盜屍案，村民極想對付他，想潑他一身焦油，對他撒羽毛，然後用桿子架著他遊街，奈何印第安喬的個性蠻橫，沒人願意率眾教訓他，因此不了了之。兩度陳述證詞時，他措辭謹慎，全從打架的場面開始敘述，省略打架之前的盜墓罪行，因此大家認為，目前最明智的做法是先不要開庭審判他。

第十二章

湯姆慢慢不再暗自煩惱的原因之一是，他的心思最近新生一個負擔。貝琪．柴契爾連續曠課好幾天了。最初，礙於尊嚴，湯姆內心掙扎一陣後，決定試著「放她走」，但沒有成功。夜裡，他開始不知不覺來到她家外面，覺得非常難過。原來，她病了。萬一她病死了怎麼辦！想到這裡，其他想法一掃而空。他對打仗的興趣完全消失了，甚至不想玩海盜遊戲。人生的興味蕩然無存，僅剩索然無味的日子。他平日滾著玩的鐵輪被他收起來，球棒也是，再也玩不出興趣。姨媽擔心起來，開始在他身上試用五花八門的療法。有一種人沉迷於坊間成藥和各種新奇的強身補品，寶莉姨媽就屬於這一型，習慣性找這些療法來實驗。每次一有新療法問世，她立刻一頭熱，想嘗試看看。由於她從來不生病，所以誰倒楣生病被她遇到，就成了她的實驗對象。「保健」刊物、骨相學的騙局比比皆是，她照單全收。無知的「假學說」對她而言有如空氣，她張著鼻孔儘量吸收。這些假學說淨扯一堆怎麼就寢、怎麼起床、如何透氣通風、該吃什麼、該喝什麼、從事什麼運動、應保持什麼樣的心境、該穿什麼衣物，對她而言，全是福音。這些保健刊物每出一期，常推翻上一期建議的所有理論，姨媽卻從來沒發現。她的心地是徹底的單純而正直，因此容易受騙。庸醫刊物和庸醫藥物備齊的她，無異於騎上《聖經》裡的死神之馬，「地獄隨之而來」。然而，她從來沒想到，對病痛中的鄰居而言，自己並非治病天使和止痛香膏的化身。

目前時興水療，湯姆情緒低迷不振，對她來說不啻為佳音。每天早晨，她拉湯姆出去，叫他站進柴棚裡，提著一大桶冷水淋他，然後拿毛巾當成銼子，對他的身體猛搓，好讓他甦醒。然後，她用溼床單裹住湯姆，用幾床被單蓋住他，直到他的汗水直流，套句湯姆的說法，就是「讓身心的黃漬從毛細孔流出」。

儘管姨媽再三嘗試，湯姆的情緒仍愈來愈憂鬱落寞，臉色也日漸蒼白。她增加幾種療法：熱水浴、坐浴、淋浴、跳進冷水泡澡，湯姆依然肅穆如靈車。水療之外，姨媽也開始佐以少量燕麥餐和水泡膏藥。她把湯姆當成水瓶來估算用藥量，每天對他灌滿庸醫萬靈丹。

到了這階段，湯姆已對姨媽帶來的困擾麻木不仁。姨媽發現小孩演變成這情況，驚愕不已。她不計一切代價，非治好這種冷漠的態度不可。這時，她第一次聽聞有「鎮痛劑」可用，馬上訂購一堆，自己嘗一嘗，滿心感激，這藥簡直是液態火。她放棄水療和所有藥方，把信心全託付給鎮痛劑。她餵湯姆吃一匙，以最深切的焦慮觀察藥效。她的煩惱剎時消失了，心情回歸平靜，因為小孩的「冷漠」被破除了。即使她生火燒湯姆屁股，湯姆也不會比現在更狂野、更開懷。

湯姆覺得，是時候了，該醒一醒了。以他頹廢的心境，過這種日子或許唯美，可惜情趣太少，雜七雜八的情緒太多了。於是，他處心積慮想擺脫現況，最後決定做做樣子，假裝喜歡喝鎮痛藥水，三不五時吵著要喝，吵久了，姨媽嫌他煩，乾脆叫他想喝自己去喝，別來糾纏她。如果吵著吃藥的人是席德，她高興都來不及了，豈會憂心，但湯姆的行為反常，她暗中觀察著藥瓶，發現水位的確逐日下降，但她沒想到，湯姆其實忙著關懷起居室的地板裂縫，頻頻拿藥水去餵地板。

有一天，湯姆對著裂縫灌藥水，姨媽養的黃貓彼得來了，咕嚕咕嚕叫，貪吃的眼睛直看著湯匙，乞求嘗一口。湯姆說：

「彼得，隨便討藥吃，後果自負喲。」

彼得示意牠是真的想要。

「你最好確定一下。」

彼得確定了。

「既然你要求，我就給你吃，因為我這人一點也不小氣。如果你嘗出毛病了，只能怪你自己，不准怪別人喲。」

彼得表示同意。湯姆扳開貓嘴，把止痛藥水倒進去。藥一下肚，彼得騰空躍起兩、三公尺，然後發出一聲嗚哇，在起居室裡繞圓圈一直跑，衝撞家具，打翻花盆，鬧得天下大亂。接著，彼得抬起前腳，一副樂呆了的模樣，大步走來走去，昂頭高聲宣布自己樂得無法控制。隨後，牠又在屋子裡狂飆，所經之處無不留下亂象和殘局。寶莉姨媽進來，正好看見牠表演翻雙跟斗，最後咆哮一聲，從開著的窗戶跳出去，把僅存的花盆帶走。姨媽詫異得無法動彈，眼睛從鏡框上緣望著。湯姆躺在地板上，笑岔了氣。

「湯姆，那隻貓是斷了哪根筋？」

「我不知道，阿姨。」湯姆喘著氣說。

「我從來沒看過這種事。貓怎麼會有那種動作？」

「我真的不曉得嘛，寶莉姨媽。貓玩得痛快時，常有那種動作啊。」

「是啊，是嗎？」姨媽的語調令湯姆驚覺起來。

「是的，阿姨，確實是，我相信是。」

「你相信？」

「是的，阿姨。」

姨媽彎腰，湯姆看著，心頭焦慮不已，拖到現在才偵測姨媽的「意向」，未免太遲了。床腳的飾幔沒遮住湯匙柄，洩露了天機。姨媽撿起湯匙，湯姆蹙眉縮脖子，視線往下沉。姨媽揪住她習慣揪湯姆的部位──耳朵──以另一手的縫紉指套狠狠敲頭。

「少爺啊，可憐的貓不會講話，你想治牠什麼病？」

「我同情牠嘛，因為牠沒有阿姨。」

「沒有阿姨！你這個豬頭。扯到哪裡去了？」

「關係可大著呢。因為假如牠有阿姨，牠會被阿姨烦死啊，哪管牠是阿貓阿狗！阿姨還會狠心把牠的胃腸灌到爛。」

姨媽忽然揪心悔恨起來。這話讓她豁然省悟──對貓殘酷的藥物，可能對小孩也殘酷。她的態度軟化了；她覺得遺憾。她的眼眶稍微溼潤，一手放在湯姆頭上，輕聲說：

「我全是為了你著想，湯姆。而且，湯姆，那藥對你確實有效。」

湯姆抬頭看她的臉，凝重的神態依稀透露出喜色。

「我知道妳是為了我好，阿姨，我也一樣是為了彼得好。那藥對彼得也真的有效。我從沒看過牠跑成那樣，只有在——」

「算了吧，湯姆，快走吧，不要再惹我心煩。以後你儘量規矩一點，不行嗎？別讓我又想拿藥治你。」

湯姆提前來到學校。最近他每天都有這種怪現象，有人注意到了。近日以來，他也常常在校門徘徊，不去找玩伴攪和。他說他病了，看起來也的確有病容。他假裝四下張望，其實只注意著通往學校的路。這時候，傑夫．柴契爾走進他的視野，湯姆的臉色開朗起來，凝視片刻，隨即黯然轉移目光。傑夫進校門後，湯姆上前搭訕，以謹慎的措辭想套出貝琪的近況，奈何喜孜孜的傑夫始終不上鉤。湯姆觀望再觀望，靜候穿著裙衫的女孩蹦跳進眼簾，等到他發現來人不是她，立刻痛恨穿這衣服的人。最後，裙衫不再出現，他跌入絕望的谷底，走進空盪盪的教室，坐下來鬱鬱寡歡。隨後，校門外又來了一套裙衫，湯姆心頭一震，一股腦兒出教室，模仿印第安人，吆喝著，大笑著，追著男生跑，冒著斷手斷腳的風險，搏命翻越圍牆，表演前手翻，表演倒立，賣弄本領的動作做盡了，同時暗中留意貝琪．柴契爾是否在看。可惜，她似乎渾然不覺，一眼也不看。難道貝琪不知他在這裡嗎？他把特技搬到她身旁表演，嗚哇一喊再喊，搶走一個男生的小帽，扔向教室屋頂，從一群男生中間穿過，撞得他們東倒西歪，自己也摔倒在貝琪的跟前，險些推倒她。結果她轉身，鼻頭翹得高高的，湯姆聽見她說：「哼！有些人自以為好厲害，老是在裝模作樣！」

湯姆被糗得臉頰發燙。他爬起來，夾著尾巴走開，大受打擊，垂頭喪氣。

第十三章

湯姆下定決心了。他的心情陰沉，對人生絕望。他說他是個沒人要、沒有朋友的小孩，沒有人愛他。等大家發現他被逼得做傻事，大家也許會後悔吧。幾天以來，他儘量聽話守規矩，卻沒有人肯給他機會。既然他走了，大家才會高興，那他乾脆遠走高飛，後果是什麼，就讓大家把過錯全推給他吧。大家一定會！無親無友的人豈有抱怨的道理？沒錯，他終於被逼得走投無路了：他立志從今為非作歹。他別無選擇。

想到這裡時，他已在牧草巷裡走了好遠，微弱的上課鈴聲傳進他耳朵。他啜泣起來，想到自己永永遠遠再也聽不到那熟悉的鈴聲——他很難接受，但他是不得已的。既然大家趕他進入冷漠的世界，他必須屈從——但他原諒大家。接著，他啜泣得更沉重。

就在這當兒，他遇見拜把兄弟喬·哈普爾。喬的目光凝重，心中想必懷抱著憂鬱的大志。顯而易見，兩人有志一同。湯姆以袖子拭眼，口齒不清，邊哭邊說他決心逃脫家中的苦役，遠離缺乏同情心的家人，流浪海外的大千世界，永遠不回家。結尾，他說他盼喬不要忘記他。

原來，喬過來找湯姆，也正想求湯姆勿忘我。喬被母親誤以為他偷吃奶油，剛挨一頓鞭子，而他連一口也沒嘗過，完全不知道是誰偷吃。看樣子，母親厭倦這兒子了，巴不得他滾蛋。如果母親有這種心願，那麼他也只能屈服了。他希望母親這下子可高興了，永遠不後悔把兒子攆走，害兒子踏進無情的世界去吃苦送死。

這兩個小孩傷心地走在一起，達成一項新協定，發誓彼此守望，成為永遠分不開的好兄弟，至死方休。隨後，他們開始擬定計畫。喬原想當隱士，住進偏遠的山洞，吃硬麵包皮果腹，最後因飢寒交迫和哀傷而過世。然而，經湯姆一勸，他讓步了，覺得為非作歹的人生不無明顯的優點，所以他同意當海盜。

在聖彼得斯堡下游近五公里的密西西比河，河道寬一公里多，中間有一座狹長的森林荒島，島頭有一片淺水沙洲，兩人相約在這裡碰面。島的另一頭離岸邊比較遠，對面是一片幾乎渺無人煙的密林。他們選定的這座無人島名叫賈克森氏島。究竟能洗劫誰，他們沒考慮到。接著，他們去找哈克，他二話不說就加入了，因為無論從事哪一行，對他來說都一樣，他無所謂。三人告別前，約定在村子上游三公里的河岸幽靜處會合，時間定在他們最愛的時刻——午夜。那裡有一艘小木筏，他們打算偷用。三人也約好，記得要帶魚鉤和釣線，物資也要以最陰險神祕的方式偷來，這樣才算俠盜。在黃昏之前，三人興沖沖的，到處放話說，不久後村民將「聽見大消息」。如果對方聽出含糊的暗示，他們會叫對方「保密靜候」。

午夜前後，湯姆帶著一支熟火腿和幾個小東西，來到一座可以瞭望會合點的小懸崖，在濃密的林下灌木叢裡停下。星光燦爛，周遭非常安靜。大河宛如平息的汪洋鋪陳著。湯姆聆聽片刻，聽不到劃破寂靜的聲響。他發出低沉而清晰的口哨聲，回應從懸崖下面傳來。湯姆再吹兩次口哨，暗號獲得同樣的回應。接著，有人以警覺的語氣問：

「來人是誰？」

「湯姆．索耶，加勒比海復仇黑俠。報上大名來。」

「血手大盜哈克．費恩，以及四海豪傑喬．哈普爾。」這些名號取自湯姆最喜歡的文學作品。

「很好。口令是什麼？」

在夜色籠罩的夜裡，兩人以沙啞的嗓音，低聲同步講出同一個可怕的字。

「血！」

隨後，湯姆先把火腿從懸崖上滾下去，自己也跟著滑下，皮膚和衣物都因此受點傷。河岸另有平坦的小徑可輕鬆下懸崖，就嫌缺乏海盜重視的困難度和危險性。

海豪帶來半隻煙燻豬肉，幾乎耗盡體力才來到會合點。血手偷來一個煎鍋，也帶來一大捆燻得半乾的菸草，更有幾支可充當菸斗用的玉米梗。另兩個海盜不抽菸也不「嚼」菸草。復仇黑俠說，不生火，什麼事情都難。他的見解很明智；在當地，火柴當時很罕見。上游幾百碼有一艘大木筏，上面冒著悶燒的火煙，他們偷偷過去，夾走一塊炭火，把過程假想成冒險，很入戲，不時說著「噓！」陡然駐足，以一指封唇。他們的手常移向想像中的匕首握柄，沉聲下令說，如果「仇敵」輕舉妄動，務必「一刀捅到底」，因為「死人不會亂講話。」三頑童很明白的是，筏夫全進村子了，不是正在休息，就是喝酒狂歡中，但他們三人不能以這事實為藉口，還是要以海盜的作風行事。

他們上船出航，由湯姆發號施令，哈克負責船尾槳，喬掌前槳。湯姆站在船中間，眉宇陰鬱，雙手插胸，以低沉嚴肅的語調下令：

「讓船頭迎風前進！」

「遵命，船長！」

「直走，直直走！」

「直走了，船長！」

「讓船偏一度！」

「偏一度，船長！」

木筏朝河心前進，沉穩而單調，船員無疑明瞭的是，這些指令並沒有特定的意義，全是用來營造氣氛而已。

「目前展的是什麼帆？」

「大橫帆、中桅帆和斜飛帆，船長。」

「拉起頂桅帆！高高展開來，對，六人合力——前中桅輔助帆！動作快！」

「遵命，船長！」

「把那面主桅帆抖開！帆腳索和轉帆索！水手們，快啊！」

「遵命，船長！」

「準備搶風——急左轉！見風一來就搶！左轉，左轉！快啊，弟兄們！再加一把勁！直直走！」

「直走了，船長！」

木筏越過河中線，槳手把船頭打直，然後拚命搖槳。水位不高，因此急流只有時速兩、三公里。接下來四十五分鐘，大家幾乎不發一語。現在，木筏通過村子外，遠遠可見兩、三盞閃爍的燈火顯示村子的所在地。村子正安祥睡著，遠在浩瀚朦朧的星光河面之外，不知大事正在發生。復仇黑俠靜靜插胸站著，對著村子「遙望最後一眼」，回想從前的歡樂和最近的苦難，但願「她」能看見他航行在怒海上，見他以大無畏的氣魄面對危機和死神，見他帶著冷笑踏上死路。從賈克森氏島一眼即可看見村子，但他稍微運用想像力，就把小島搬到海角，繼續懷著沉痛又滿足的心「遙望最後一眼」。另兩個海盜也目送家鄉。由於三人遙望太久，木筏被河水沖離航線，差點摸不著賈克森氏島，幸好他們發現得早，趕緊轉彎。大約凌晨兩點，木筏在島頭前方六十公尺的沙洲上擱淺，他們搬運物資下船，來回走幾趟才搬完。木筏上原有的東西包括一面舊帆，他們在矮樹叢裡找到一個隱蔽處，以這面舊帆遮雨保護物資，他們自己則依循俠盜的習慣，天氣好時，以天空為頂，露宿在外。

在距離密林二、三十步遠的地方，他們以倒地的樹幹遮風生火。然後，他們以煎鍋煮醃豬肉當晚餐，煮掉半數的玉米餅食材。能來無人探索過的荒島，能在無人跡的森林裡，縱情享用大餐，遠離一般人流連的場所，感覺多麼愜意。他們說永遠不想回文明世界了。朝天吐的火舌照亮他們的臉，森林似寶殿，樹幹如棟樑，紅光照耀著油光的葉面和綵帶似的藤蔓。

吃完最後一片脆酥酥的醃豬肉，也吞下這一餐分配到的玉米餅，三個男孩在草地上伸展四肢躺下，心滿意足。較涼爽的地方不是沒得找，但他們可不願放棄營火暖烘烘的浪漫氣氛。

「很開心吧？」喬說。

「樂翻天了！」湯姆說：「如果同學看見我們，他們會怎麼說？」

「還能怎麼說？哼，他們死也想來這裡，對不對，小哈！」「我想也是，」哈克說：「不管怎麼說，這對我很合適。比這更好的東西，我全不要。平常我天天吃不飽，而且在這裡，他們不會來找碴欺負人。」

「這種生活對我最理想不過了，」湯姆說：「每天不必一大早起床，也不必上學，不必洗澡，做一堆無聊透頂的鳥事。告訴你，喬，海盜一上岸，什麼事也不必做，可是啊，隱士要常常祈禱，而且單獨一個人，一點也不好玩。」

「對呀，有道理，」喬說：「我倒沒考慮到這一點。現在我嘗過當海盜的滋味，不想當隱士了。」

「近代人啊，」湯姆說：「不像古時候那麼重視隱士，不過海盜向來都受大家尊敬。何況，隱士要找最難睡的地方睡覺，而且要拿粗布當頭巾，灰頭土臉的，站著淋雨，也要——」

「為什麼要用粗布當頭巾，灰頭土臉的？」哈克問。

「不曉得。總之非這樣做不可。隱士都這樣做。你如果想當隱士，就一定要這樣。」

「我死也不要。」哈克說。

「不然你要什麼？」

「不曉得。不過，我才不肯做那種事。」

「可是，哈克，不做不行啊。不然你能找什麼藉口不做？」

「哼，我才不願意呢。我會乾脆溜走。」

「溜走！那你是個偷懶的臭隱士，會被人唾棄。」

血手不回應，因為他走這一行比較合適。他剛挖空一支玉米梗，塞菸草進去，插接一根草莖，現在拿炭火點燃菸草，吸一口，吐出一團芬芳的煙，悠閒滿足到極點。另外兩個海盜羨慕他這份尊貴的嗜好，暗自下定決心趕快學會抽菸。不久後，哈克說：

「海盜都做什麼事？」

湯姆說：

「海盜嘛，想怎麼玩隨他們自己高興——劫船燒船，弄到錢埋在島上恐怖的地方，有幽靈和鬼東西會幫忙看管，把船上所有人殺光，逼他們蒙眼走跳板自殺。」

「而且他們會帶女人回島上，」喬說：「他們不殺女人。」

「對，」湯姆附和：「他們不殺船上的女人，他們太高尚了。而且那些女人一定全是美女。」

「而且，他們全都穿最拉風的衣服喔！不得了啊！全身都是金銀和鑽石。」喬興沖沖說。

「誰啊？」哈克說。

「不就是海盜嘛。」

哈克瞄一眼自身的穿著，神情落寞。

「我穿這樣，大概不像海盜吧，」他說，語帶遺憾和哀傷。「可惜我的衣服只有這些。」

另外兩個男生告訴他，等他們一起出去歷險，高級衣服很快就穿不完了。他們要哈克了解，雖然一般而言，有錢的海盜登場時服裝體面，但一開始穿破爛衣服也無所謂。

隨著話題逐漸枯竭，睡意開始偷襲小遊民的眼瞼。血手握的菸斗掉下來，毫無良心羈絆地睡著，以睡養神。海豪和黑俠難以成眠。他們躺著默默禱告，因為沒有人逼他們跪著大聲禱告。其實，他們本想完全省略睡前祈禱的規定，卻又惟恐因此突然被蒼天特別賞一記雷電。一來到睡夢邊緣之際，卻又有閒人入侵，而且不肯「退下」。這閒人是良心。他們隱隱擔憂，逃家是一種錯誤的行為。接著，他們想到偷來的肉，這時真正的內心煎熬才開始。他們儘量向良知辯稱，他們以前偷過蜜餞和蘋果幾十遍了，但這託詞太薄弱，良心聽了不肯接受。最後，他們認為，帶走蜜餞可推說只是「撿」，帶走醃豬肉和火腿等貴重物品卻是不折不扣的偷竊，無庸置疑，想賴也賴不掉，而且《聖經》規定不准偷竊。於是，他們在內心裡決定，身為海盜，不能再沾偷竊罪行的污點。想到這裡，良心總算宣布休戰，這兩個莫名其妙矛盾的海盜才平心入睡。

第十四章

湯姆一早醒來，搞不清楚置身何處。他坐起來，揉揉眼睛，環視周遭，總算明白了。涼爽的破曉時分天空灰白，樹林間瀰漫的深邃靜謐製造一份休憩安寧的美感。沒有一片葉子動搖，沒有聲響干擾無波紋的自然世界。露珠站在樹葉和草葉上。營火表面覆蓋白白一層灰，一縷藍藍的薄煙直線上揚。喬和哈克仍酣睡中。

現在，林深處有鳥聲啁啾，另一隻跟著呼應，啄木鳥也咚咚咚伴唱。慢慢地，灰沉清爽的晨曦翻白，大自然的聲響多了起來，展現生命力。大自然抖掉睡意，開始忙碌，在沉思的湯姆面前開展。一條綠色小蠕蟲爬過一片沾著露水的葉子，不時抬起身體三分之二「到處嗅一嗅」，然後繼續往前爬，湯姆說牠在衡量前景。蟲子自動接近他時，他像石頭人一樣坐著不動，心中的希望起起落落，蟲子仍朝他前進，也有轉彎的意思。最後，蟲子翹起身體，思考良久，毅然踏上湯姆的腿，遊歷他的身體，他見狀內心充滿喜悅——因為這表示他即將有一套新衣可穿——篤定是華麗的全套海盜制服。這時，一群螞蟻不知從哪裡走出來，列隊做苦工，其中一隻捧著比牠足足大了四倍的死蜘蛛，以男子漢氣概踉蹌前進，抱著垂直爬上樹幹。一隻褐斑瓢蟲登高不怕頭暈，爬上小草的葉尖，湯姆低頭湊近牠說：「小瓢蟲，小瓢蟲，快快飛回家，你家失火了，兒女沒人顧。」她一聽展翅飛走。湯姆不驚訝，因為他早知這種昆蟲常輕信火災的謊言，他屢試不爽。接著出現的是一隻糞金龜，奮力推著一丸東西，湯姆摸牠一下，看看他會不會縮腿裝死。到這時候，鳥兒們已經鬧哄哄。一隻俗稱貓聲鳥的北美學舌鳥飛來，停在湯姆頭上的樹枝，模仿著鄰居的啼聲，唱得好快樂。隨後，一隻尖嗓嘎嘎叫的藍黑色松鴉俯衝而下，空氣頓時閃現一抹藍暈。松鴉停在小樹枝上，湯姆一伸手，幾乎就能抓到。牠歪著頭，瞅著陌生人，無盡好奇。一隻灰松鼠和一隻俗稱狐鼠的金毛大松鼠快步走來，偶爾直起上身坐著，吱喳談論著這三個男童，因為野生動物可能沒見過人類，不太知道該不該害怕。現在，野地萬物全清醒了，騷動不休。豔陽射出的長矛攢破遠近所有的密林，幾隻蝴蝶翩翩輕舞著。

湯姆叫醒另外兩個海盜，三人高呼一聲直奔淺灘。不到一兩分鐘，三人全剝光衣服，在白沙洲淺灘的清水裡彼此追趕、打滾。隔著茫茫河水，小村子在對岸的遠處沉睡，他們並不懷念。夜裡，不知是因水位稍漲，或突然來一陣急流，把木筏沖走了，他們反而慶幸，認為這就像過河焚橋，從此和文明世界隔絕，想家也回不去了。

回到營地，他們覺得神清氣爽，心情愉快，飢腸轆轆，三兩下就讓營火再度熊熊燃燒。哈克在附近找到泉水，水質冰冷清澈，被他們用來泡橡樹或山核桃的闊葉。由於泉水深具野林風味，口感甘美，可替代咖啡。喬正在切醃豬肉當早餐，湯姆和哈克叫他暫時等一下，因為他們兩人正要去釣魚。他們在隱蔽處找個好釣的地方，幾乎是釣魚線一入水，立刻就有魚咬鉤。喬還來不及抱怨他們拖太久，他們就帶回幾條漂亮的鱸魚、兩條小冠太陽魚、一條小鯰魚，足以餵飽一個大家庭。他們以醃豬肉煎魚，發現從沒嘗過如此鮮美的魚肉，喜出望外。他們這才領悟到，生猛淡水魚的滋味才最鮮美。露宿野地、野外運動、戲水、肚子狂餓等等因素，也為魚肉增添不少美味，這也是他們懵懂不知的道理。

早餐吃完後，他們隨地躺在樹蔭，哈克抽著菸。隨後，三人結伴進樹林探險，踏著輕快的步伐，跨朽木而過，鑽過糾結的林下灌木叢，走在莊嚴如帝王的大樹之間，雍容的葡萄藤從王冠垂掛至地面。偶爾，他們會找到舒適的小空間，有草鋪的地毯可坐，有宛如珠寶飾品的野花可欣賞。

這裡能讓他們高興的事物應有盡有，但能大開他們眼界的東西卻沒幾個。他們發現，這座小島長約五公里，寬四百公尺，最靠近對岸之處的河寬不到六十公尺。大約每隔一小時，他們就去游泳一次，接近下午三、四點時，他們才回營地。他們餓到沒力氣去釣魚，只津津有味吃著冷火腿，然後躲進樹蔭去聊天。但話題愈聊愈冷，最後無話可說。安靜的氣氛、樹林醞釀出的肅穆，再加上孤寂的感受，逐漸對三頑童的心靈形成負擔。他們沉思起來了。一股摸不清由來的渴望爬進心裡，隱隱成形——是即將萌芽的思鄉病。就連哈克也遐思，多想回去睡空木桶和別人家的門階。想家是軟弱的行為，他們全都覺得丟臉，無人敢挺身說出心中話。

有好一陣子，三人全都隱約意識到，遠方有一種詭譎的聲響。同樣的道理，平常人如果不去注意時鐘滴答聲，有時候也會忘掉時鐘的存在。神祕的遠方聲響愈來愈顯著，強占他們的注意力。他們怔了一怔，你看我，我看你，然後全擺出傾聽的姿態。聲響沉寂下來，久久鴉雀無聲，接著是一記陰鬱的轟聲，從遠方飄下來。

「什麼聲音！」喬壓著嗓門驚呼。

「我也想知道。」湯姆低聲說。

「不是雷聲，」哈克以受驚的語調說：「因為雷聲——」

「聽啊！」湯姆說：「別講話。」

等了好像一世紀，他們才又聽見同樣的悶響擾亂靜謐。

「我們去看看。」

三人一躍而起，匆忙跑向靠近村子的岸邊，撥開樹叢，往河面偷偷看。村子下游大約一公里處，蒸汽小渡輪正隨著河水漂流，寬廣的甲板上擠滿人，渡輪四週划著密密麻麻的輕舟，有些則在渡輪附近隨波逐流，但三頑童無法辨識船上的人在忙什麼。不久，一大道白煙從渡輪的一邊射出，緩緩擴展，向上變成懶懶的一朵雲，這時同樣的悶轟聲再度灌進他們的耳朵。

「我知道了！」湯姆驚呼。「有人溺水了！」

「沒錯！」哈克說：「去年夏天比爾．透納掉進河裡，就發生過這種事。他們對著河面發射大砲，讓他浮上來。對，他們拿水銀灌進麵包，丟到水裡，麵包漂到有人溺水的地方，就會停下來。」

「對，我也聽說過，」喬說：「我懷疑麵包怎麼會這麼神奇。」

「神奇的不是麵包啦，」湯姆說：「我猜多半是在麵包放流之前，他們對麵包講過咒語。」

「可是，他們沒有對麵包唸咒語啊，」哈克說：「我看過，他們沒有。」

「那就怪了，」湯姆說：「不過，也有可能是，他們默唸咒語。當然是。大家都有可能知道。」其他兩人認同湯姆的說法，因為麵包本身無知，如果沒接受咒語的指導，身負重任，豈可能表現得那麼聰明？

「哇塞，要是我能去那邊，該有多好。」喬說。

「我也是，」哈克說：「砍我頭，我也想看看淹水的人是誰。」

三頑童繼續聆聽觀望。一會兒後，湯姆靈光一閃，驚呼：

「兩位，我知道淹水的人是誰——就是我們！」

三人瞬間感覺自己成了英雄。他們打了一場大勝仗。大家在想念他們，在哀悼他們，心為了他們而碎，淚為了他們而流，虐待可憐小孩的往事也浮現他們腦海，讓他們悔恨莫及。最棒的是，死者成了全村的話題人物，被所有男生羨慕他們死得轟轟烈烈。這樣也好。當上海盜畢竟很值得。

暮色降臨，渡輪返回平常的崗位，輕舟也消失。三海盜回營地。鬧出了如此光彩的風波，現在榮袍加身，虛榮心令他們喜不自勝。他們去釣魚煮食，然後開始臆測村民有何想法，對他們有何議論。他們想像民眾為了他們而痛心，愈想愈滿足——這當然是自我觀感。但是，當夜幕低垂之際，話匣子逐漸合起，三人坐著凝視營火，心思飄向他方。現在，歡樂的興頭淡了，湯姆和喬忍不住想念家裡某些人，知道家人不見得和他們一樣開心。憂慮在心中升起，他們煩惱起來，悶悶不樂，無意間流露一、兩次嘆息聲。過了一陣子，怯生生地，喬迂迴伸出「觸角」，試探其他人對回歸文明世界的看法如何——不是馬上回去啦，而是——

他被湯姆罵得臭頭！哈克本來也無定見，見狀加入湯姆的行列，三心兩意的喬急忙「辯解」，所幸能全身而退，膽小思鄉的污點才不至於沾了滿身都是。叛變的危機暫時解除。

夜深之際，哈克開始打盹兒，不久鼾聲連連。喬也跟進。湯姆一肘撐起上身躺著，沒有動作，專心看著兩人。最後，他小心翼翼起身跪著，藉著閃爍的營火，在草地裡找東西。草地上有幾大片半圓形白色的懸鈴木薄樹皮，他逐一撿起來審視，最後看中合他心意的兩片。然後，他跪在營火邊，拿著他的「紅赭石」，煞費苦心在兩樹皮上寫字。他捲好其中一片，收進外套口袋，另一片藏在喬的帽子裡，把帽子從喬身旁移開一段距離。他也在帽子裡放幾件學童心目中的無價之寶，包括一段粉筆、一顆橡皮球、三個魚鉤、以及一顆俗稱「八成是水晶」的彈珠。然後，他踮腳尖，謹慎走進樹林，直到他認為脫離兩人的聽覺範圍，才朝著沙洲的方向直線狂奔而去。

第十五章

幾分鐘後，湯姆來到沙洲的淺水區，涉水走向伊利諾州的岸邊。水深及腰時，他已經渡河一半，這時水流強勁，他無法繼續涉水，只得鼓起自信游完剩下三十公尺。他以斜角逆水而上，水勢比他預期來得強，但他最後總算游至岸邊，順水漂流到低地，爬上岸。他摸摸外套口袋，發現樹皮安然無恙，這才穿越樹林，沿著河岸走，一身的衣褲溼漉漉。晚上不到十點，他走出樹林，來到村子對面的空曠地，看見渡輪停泊在高岸的樹蔭下。在一閃一閃的星辰下面，萬物靜悄悄。他沿河岸潛行，眼觀四面，溜進河裡，划水三、四下，爬進繫在渡輪尾待命的輕舟。他躲進橫坐板下面，喘氣等候。

不久，破嗓的船鐘噹噹響起，有人下令「解纜」。一、兩分鐘之後，渡輪動起來，輕舟的船頭被浪花沖高。湯姆成功了，覺得好高興，因為他知道，錯過這一班，今晚就沒渡輪可搭了。經過漫長的十二或十五分鐘，明輪終於停轉，湯姆溜下船，在暮色中入水游泳。他擔心被拖拖拉拉下船的人遇到，所以在下游十五公尺處上岸。

他在冷清的巷弄裡飛奔，不久後來到姨媽家的後圍牆，翻牆而過，接近側廂房，往起居室窗戶裡瞧，因為裡面亮著一盞油燈。坐在裡面的人有寶莉姨媽、席德、瑪莉、以及喬・哈普爾的母親，聚集在一起，講著話。他們坐在床的一邊，門在另一邊。湯姆悄悄來到門外，輕輕抬起門閂，然後輕推門一下，門嘎的一聲，開一道縫。他繼續小心推門，每次弄出嘎聲就發抖。門縫大到他能跪著擠進去時，他才探頭進門，提心吊膽爬進去。

「咦，燭火怎麼晃得這麼厲害？」寶莉姨媽說。湯姆加緊動作。「哇，一定是門開了。哇，當然是。現在是怪事連連。席德，去把門關好。」

湯姆正好躲進床下。他趴著，喘息片刻，然後爬到幾乎能摸到姨媽腳丫的地方。

「不過，正如我剛才說的，」寶莉姨媽說：「他生前可以說本性不壞啦，只是淘氣罷了。只是荒唐，而且冒失啦。和幼馬沒兩樣，做事不負責任。他呀，從來沒有惡意，是天下心地最善良的男孩子……」說到這裡，她哭了起來。

「跟我們家的喬一樣，老是愛搞鬼，惡作劇不停手，不過他是儘可能好心，不自私。唉，都怪我一時糊塗，以為他偷吃奶油，打他一頓，其實奶油發餿，早被我自己倒掉了。現在，我在這世上再也看不到他了，永遠、永遠看不到了，虧待他了！」哈普爾夫人啜泣著，好像心隨時會碎似的。

「希望湯姆現在會比較好過一些，」席德說：「不過，假如他生前乖一點——」

「席德！」姨媽罵。湯姆雖然看不見，卻能感受到姨媽眼睛投射怒火。「不准批評我的湯姆，他都已經不在世了！他呀，由上帝去照顧，你可別管閒事啊！唉，哈普爾太太，我捨不得他啊！我捨不得他啊！他以前愛折騰我，我的心都快被他累垮了，不過他也帶給我好大的慰藉。」

「天主賜予，天主收回。天主之名當稱頌！可是，好難啊，唉，好難！上個星期，我的喬才在我面前放鞭砲，被我打得滿地爬。我當時不曉得，不久以後就——唉，如果能重新來過，我不但不打他，還會抱他祝福他。」

「對，對，對，我懂妳的感受，哈普爾太太，我完全懂妳的感受。昨天中午，我們家湯姆灌貓喝了好多鎮痛藥，我還以為整棟房子會被貓衝垮呢。上帝饒恕我吧，我一氣之下，用縫紉指套差點敲破他的頭，可憐的孩子，可憐的孩子死了，再也吃不到苦了。而我最後對他講的話竟然是譴責——」

這件往事讓姨媽沉痛不已，縱聲大哭起來。湯姆這時也暗暗抽泣著，最憐惜的對象是他自己。他聽得見表姊瑪莉在哭，聽她不時講他幾句好話，頓時自覺比以前更高尚多了。儘管如此，姨媽的悲慟令他大為感動，多想從床下衝出去，驚喜得她受不了——這種戲劇化動作也精采無比，極投合他的本性，但他自我壓抑下來，靜靜趴著。

他繼續聽，綜合片段的對話得知，大家發現孩子失蹤時，起初猜測他們游泳溺水了。後來，有人發現小木筏失蹤。接下來，有幾個男童說，他們失蹤之前曾保證說，村民很久就能「聽見大消息」。幾個自作聰明的人「東拼西湊」，認定他們坐上小木筏，隔一陣子就會順流漂到下一個村子出現。然後，接近正午時分，小木筏出現了，卡在村子下游七、八公里的密蘇里岸邊，大家的希望就此破滅。他們一定是溺死了，否則天一黑，他們肚子一餓，絕對會被迫回家，甚至更早回家也說不定。屍體一直打撈不到，有人斷言是溺水處在河心，因為這幾個孩子是游泳高手，如果在岸邊溺水，一游就能逃上岸。事情發生在星期三夜裡。如果到星期日仍無法尋回屍首，大家會打消希望，在週日上午辦喪事。湯一聽，不禁打一陣寒顫。

哈普爾夫人邊啜泣邊道晚安，轉身離去，接著，兩個慟失親人的婦女耐不住衝動，不約而同振臂擁抱對方，盡興痛哭一陣，彼此安慰，然後才分開。寶莉姨媽向席德和瑪莉道晚安時，態度遠比平常更柔和。席德微微抽噎，瑪莉則是不顧一切嚎啕大哭。

姨媽跪下來，為湯姆祈禱，態度懇切動人，老嗓子顫抖，禱告詞富含無限親情。祈禱還沒結束，湯姆就又淚潸潸了。

姨媽上床後，他靜靜等了好久，因為姨媽不時心碎哭喊著，輾轉反側。終於，她靜止了，只在睡夢中微微嗚咽。這時，湯姆才悄悄鑽出床下，徐徐在床邊直起身體，以手遮燭光，站著端詳姨媽。他全心疼惜姨媽。他取出樹皮卷軸，放在蠟燭旁邊。隨即，他想起一件事，躊躇不走，考慮著。他想出一個歡樂的解決之道，臉上綻放喜悅的光芒。他趕緊把樹皮收回口袋，然後彎腰親吻無血色的嘴唇，走直線偷溜出去，扣好門閂。

他左躲右閃，回到渡口，發現四處無人，於是大膽上渡輪，因為他知道目前船上無乘客，唯有看守員一個，而看守員總是像雕像似的睡死。湯姆解開渡輪尾的輕舟，跳上去，不久後謹慎划水逆流而上。來到村子上游一公里外，他開始斜角前進，彎腰奮力搖槳。輕舟好好靠岸，因為這是他熟悉的工作。他原本有意把這艘輕舟划回小島，心想輕舟也算船，照理也是海盜的掠奪物，但他知道，輕舟失蹤必定招引全面搜索，他們的好事可能會因此被揭穿。所以，他踏上岸，走進樹林。

他坐下，休息好長一陣子，然後強迫自己保持清醒，提心吊膽開始踏上最後一段路。黑夜已近尾聲。他來到和孤島沙洲平行的地方，天色已經全亮。他再休息一下，直到太陽高掛天空，照得河光瀲灩。他縱身入河。一會兒後，溼淋淋的他來到營地外，駐足聽見喬說：

「不會啦，哈克，湯姆說話算話，他遲早會回來的。他才不會潛逃的啦。他知道，對海盜來說，潛逃是很丟臉的事。湯姆的自尊心很強，不會做那種事的。他一定在忙什麼事。究竟忙什麼，我也想知道。」

「哼，反正他的東西全歸我們了，對不對？」

「就快了，不過時候還沒到，哈克。樹皮上寫說，如果早餐時間他還沒回營，東西才歸我們。」

「他果然回營了！」湯姆高喊，風風光光踏進營地，戲劇效果十足。

豐盛的早餐有醃豬肉和鮮魚，大家邊吃邊聽湯姆敘述（並且加油添醋）他昨晚的歷險記。等湯姆講完，三人成了一組愛慕虛榮的吹牛英雄。隨後，湯姆找個陰涼的地方睡到中午，另外兩個海盜則準備去釣魚探索。

第十六章

午餐之後，一夥人出發，去沙洲挖龜蛋。他們先拿棍子戳沙地，一戳到軟軟的地方，就跪著用手挖掘。有時候，他們能從一窩子挖出五、六十顆蛋。龜蛋雪白而渾圓，比胡桃略小。那天晚上，他們享受一頓奢華的炒蛋大餐，星期五早上再吃一頓。

早餐後，他們去沙洲嬉鬧，狂吼亂叫，彼此團團追逐著，邊玩邊脫衣服，最後三人變得赤條條，然後跑去遠遠的沙洲淺水處，繼續打打鬧鬧。這裡的水流湍急，不時絆倒他們，趣味加倍。有時候，他們圍在一起彎腰，朝著對方的臉以手潑水，逐步接近，偏著臉，以免被潑得呼吸困難，最後纏鬥起來，直到最厲害的一個把敵手壓進水裡，然後三人白皙的手腳交纏成一團，一同落水，也同時冒出來吐水、噴唾沫、笑哈哈、喘氣。

玩到筋疲力竭時，他們會跑向乾燥的熱沙地躺下，撥土覆蓋全身，一會兒後又奔向河水，重複剛才玩的遊戲。最後，他們想到，赤裸的肌膚很能代表肉色的「緊身衣」，於是在沙地上畫個大圓圈，就地成立一個馬戲團——小丑的角色最稱頭，沒有一個願意把這頭銜拱手讓人，所以有三個小丑同臺演出。

接下來，他們拿出彈珠，玩著「指套」、「出綱」、「守珠」，直到玩膩為止。喬和哈克又想去游泳，但湯姆不想，因為他發現，剛才脫長褲時，圍在腳踝上的響尾蛇的尾環被他踹丟了。尾環能保祐腳，不讓腳抽筋，剛才玩那麼久竟然沒事，他納悶不解。湯姆找了半天，終於尋回尾環，想去找同伴玩，可惜同伴玩累了，正準備休息。他們分頭愈走愈遠，陷入「情緒低潮」，凝視著寬闊的河面沉思，望向被豔陽照得慵懶的村子。湯姆不知不覺以大腳趾在沙地上寫起「貝琪」，接著氣自己太軟弱，趕緊抹掉。儘管如此，他接著再寫一次，因為身不由己。字再度被他抹掉。為了破除用腳寫字的誘惑，他集合伙伴，加入他們的行列。

但喬的意志消沉到幾乎無法挽回的地步。他好想家，苦得幾乎難以承受，淚水呼之欲出。哈克也顯得憂鬱。湯姆情緒低迷，但他儘量不表現出來。他守著一個祕密，想等時機成熟才宣布。然而，鬱悶嚴重時能導致兵變，如果不及時解消，他會被逼得提前使出殺手鐧。他以快活的大動作說：

「我敢說，這小島以前有海盜來過，弟兄們。我們可以再探索一遍。他們一定把寶物藏在什麼地方。踩到一個裝滿金子銀子的爛箱子，滋味是怎樣呢？想不想知道？」

可惜這話只撩起微弱的興致，而且馬上退潮，無人回應。湯姆再以一、兩種誘餌嘗試，照樣無效，令他氣餒。喬拿著棍子，坐著戳沙，神態非常陰沉。最後喬說：

「喂，弟兄們，我們放棄吧。我想回家。這裡好寂寞。」

「不行啊，喬，過一陣子，你的心情就會好轉的，」湯姆說：「在這裡釣魚多好玩，想想看，心裡會舒服些。」

「我才不想釣魚。我想回家。」

「可是，喬，這麼適合游泳的地方，別處找不到啊。」

「游泳不好玩。不知怎麼著，沒人禁止我下水後，我好像也不太喜歡游泳。我真的想回家。」

「哎喲！小寶寶！你想回家找媽媽吧，我猜。」

「對，我的確想回家看我媽媽，你有媽媽的話，也會想回去。我不會比你更孩子氣。」喬略略抽泣著。

「這樣好了，哈克，我們放愛哭鬼回家找媽媽，好不好？可憐的小寶寶，想找媽媽嗎？那就回家去吧。哈克，你喜歡這裡，對不對？我們可以待下來，好不好？」

哈克說：「對……」講得有氣無力。

「只要我有一口氣在，永遠不會再跟你講話，」喬說著起身。「就這樣！」他氣沖沖走開，動手穿衣服。

「誰管你！」湯姆說：「又沒人叫你開口。快回家去吧，被大家看笑話。你是一個好風光的海盜喲。哈克和我不是愛哭鬼。我們會待下來，對不對，哈克？他想走，就讓他走吧。沒有他，我猜我們也能走下去，大概。」

嘴巴這麼說，湯姆其實心猿意馬，見喬苦著臉，繼續穿衣服，他的心更慌了。隨後，他看見哈克以嚮往的目光，斜眼看著喬準備動身，而且保持沉默，更令他心神不寧。衣服穿好後，喬不道別，朝伊利諾州的岸上涉水而去。湯姆的心開始下沉。他望哈克一眼。哈克被他的目光逼得眼睛不敢抬起來。隨後他說：

「湯姆，我也想走了。反正這裡的日子愈過愈寂寞，接下來一定會更糟。我們也走吧，湯姆。」

「我不要！你們想走，可以全都離開。我想留下來。」

「湯姆，我最好還是走了。」

「哼，儘管走吧，沒人攔你。」

哈克開始收拾散置地上的衣物。他說：

「湯姆，我希望你也能一起走。你好好考慮一下。我們會在岸邊等你。」

「愛等就等吧，保證你們等很久。」

哈克拖著哀傷的腳步離開，湯姆站著望他的背影，多想放下自尊心跟進。他希望兩個弟兄能止步，但他們依然緩緩涉水離開。湯姆倏然覺醒，氣氛開始變得非常寂聊。他再和自尊心交戰最後一次，然後追向同伴，喊著：

「等一等！等一等！我想告訴你們一件事。」

他們停下來，轉身。湯姆趕上他們，打出他預藏的王牌祕密，他們悶悶聽著，最後聽懂他的重點，隨即鼓掌叫好，吆喝一聲，稱讚「高明！」他們責怪湯姆不早說，害他們白走這幾步路。他以一個可信的藉口搪塞，但真正的原因是，他惟恐這祕密也無法挽留他們太久，所以才壓到最後關頭才啟用。

他們快快樂樂回營，盡情玩遊戲，不停吱吱喳喳談論湯姆的驚世妙計，稱讚他是天才。一頓可口的龜蛋和魚肉午餐後，湯姆說他想現在學抽菸。喬附和說，他也想試試看。所以，哈克多做兩支菸斗，填滿菸草。湯姆和喬是抽菸生手，以前只吸過葡萄藤做的雪茄，而且舌頭被辣麻了，更何況抽葡萄藤雪茄會被笑沒有男子氣概。

這時，湯姆和喬躺著，以手肘支撐上身，開始提心吊膽地吞雲吐霧，自信心微薄。這菸有一種苦味，他們有點想吐，但湯姆說：

「什麼，就這麼簡單啊！早知道，我很久以前就學了。」

「我也是，」喬說：「根本沒什麼嘛。」

「以前我常常看見別人抽菸，內心多希望自己也辦得到，不過我從不認為自己也能抽，」湯姆說。

「我也是這樣，對不對，哈克？你聽我講過同樣的話吧，有沒有，哈克？我有沒有說過，由哈克決定。」

「有，好多好多次。」哈克說。

「呃，我也說過，」湯姆說：「不下幾百遍了吧。有一次是在屠宰場。你不記得了嗎，哈克？鮑伯．譚納在場，強尼．米勒和傑夫．柴契爾也在。你不記得了嗎，哈克？記得我說過吧？」

「對，沒錯，」哈克說：「是在我搞丟了一顆白霸王彈珠的隔天。喔不對，是前一天。」

「我就說嘛，」湯姆說：「哈克記得。」

「我相信，這菸斗我抽整天也沒問題，」喬說：「我不覺得不舒服。」

「我也是，」湯姆說：「我可以抽一整天。不過我敢打賭，傑夫．柴契爾一定沒辦法。」

「傑夫．柴契爾！他呀，吸兩口就嗝屁了。讓他試一次，他就學乖了！」

「我想也是。還有強尼．米勒，我希望能看強尼．米勒也試一次。」

「我也想看！」喬說：「我敢打賭，強尼．米勒一定也辦不到。他只要吸一小口就沒輒了。」

「就是嘛，喬。對了，但願同學能看到我們這樣就好了。」

「我也是。」

「對了，弟兄們，下次我們碰見他們，你們不要出聲，等我走向你們說：『喬，有菸斗嗎？我想抽菸。』你們會裝得若無其事，好像抽菸沒啥大不了的，然後你說：『有啊，我隨身帶著老菸斗，也帶著另一支，不過，我的菸草不太好。』我聽了就說：『夠烈就行了啦。』然後你拿出菸斗，我們裝得心平氣和，點菸抽，看看他們有什麼表情！」

「哇，那一定很好玩，湯姆！但願現在就能整他們！」

「我贊成！等我們告訴他們說，我們是在當海盜的期間學會抽菸的，他們會但願自己也能加入吧？」

「對呀，會耶！我敢打賭他們會！」

就這樣聊了好一陣子，興致隨時間遞減，有一句沒一句的，無言的空檔延長，唾液出奇地增多，嘴巴裡面的每個毛細孔都變成噴泉，舌頭下面的地窖鬧水災了，桶子舀得再勤，也無法避免水滿為患。他們再儘量吐出來，有些溢流仍會順喉嚨直下，每次必定引發他們突然乾嘔一陣。湯姆和喬的臉色都慘白，一副苦哈哈的狼狽樣。喬的手指麻木了，菸斗掉地上。湯姆也有同樣情況。兩人的唾液都暴漲，抽水器火力全開。喬虛弱地說：

「我的刀子搞丟了。我最好還是去找找看。」

湯姆的嘴唇顫抖著，結結巴巴說：

「我幫你找。你往那邊走，我從泉水那裡開始找。不用了，哈克，你不必來——我們自己就找得到。」

哈克只好坐下，等了一個鐘頭，耐不住寂寞，所以去找伙伴。他在樹林裡找到他們，見兩人各自遠遠躺著熟睡，臉色非常蒼白。然而，哈克隱約知道，如果他們剛才遇到什麼難題，現在已經過關了。

晚餐期間，他們的話不多。兩人臉上都有一種跩不起來的神態。飯後，哈克拿出菸斗準備，正想也幫他們填菸草，他們急忙說不必了，身體不太舒服，晚餐吃到的東西正跟腸胃過不去。

午夜前後，喬醒來，叫醒另兩人。空氣瀰漫一股山雨欲來的壓迫感，好像即將發生大事。三人瑟縮在一起，向營火尋求友誼的溫馨，奈何悶熱的天候掐得人差點窒息。他們靜靜坐著，打起精神等候。凝重的寂靜持續。在營火之外，萬物被暗夜的黑嘴吞噬。一會兒後，一陣跳動的光線亮起，微微照亮樹葉片刻，隨即消失。不久後，顫光再起，這次光度稍強。接著又來了。然後，一陣微弱的呻吟聲穿越樹林，悠悠傳來，三頑童感覺一股稍縱即逝的氣息吹在臉上，幻想是夜神路過，不禁哆嗦。四下平靜一小陣子。隨即，一道詭異的閃光照亮大地，亮度直逼白天，腳邊的每一支小草葉都被照得清晰分明，三張受驚的白臉孔也無所遁形。沉沉的雷聲從天堂滾落，在遠方化為陰鬱的騷動。一陣冷風橫掃而過，鼓動所有樹葉，打散營火裡的碎屑灰燼。另一道烈火照亮森林，隨即傳來迸裂聲，感覺像三人頭上的樹梢被打碎。濃得化不開的陰森隨之而來，他們嚇得緊抱成一團。幾顆大雨滴霹啪打在樹葉上。

「快！弟兄們，衝向帳篷！」湯姆驚呼。

三人拔腿衝刺，在黑暗中被樹根和藤蔓絆倒，各人朝著不同方向狂奔。一陣強風咆哮橫掃樹林，所經之處萬物無不慘叫。眩目的閃電一道接一道來，震耳欲聾的隆隆雷聲接二連三。現在，暴雨直直落，被漸增的颶風一波又一波強灌地面。三頑童對著彼此呼喊，卻完全被呼號的風聲加上轟隆的雷鳴掩蓋。儘管如此，他們終於一個接一個陸續進帳篷避難，既冷又怕，滿身雨水滴答答。幸好，遇難期間有人陪伴，似乎還值得慶幸。他們被吵得無法交談，因為即使沒有風雨聲，充當帳篷的舊帆被風呼呼颳著，音量也夠大。風勢愈來愈強，固定舊帆布的繩索被扯斷，隨強風而去。他們抓緊彼此的手逃難，跌倒無數次，瘀青也數不清，總算逃進聳立岸邊的一棵大橡樹下。這時，風魔發威到極限。接連的閃電燒灼著夜空，地面萬物清晰可見，毫無陰影：彎腰的樹、澎湃的河、白花花的水沫、在風中激盪的水花、對岸高懸崖的模糊輪廓，一幕幕全映在疾雲斜雨之中。每隔幾分鐘，就有大樹不敵風雨而折腰，倒向小樹身上。威力持續的雷電連番炮轟，足以震裂耳鼓膜，猛烈而尖銳，駭人的程度難以言喻。暴風雨正值巔峰時期，祭出難以匹敵的一擊，整座小島似乎差點瞬間被劈成兩半，被燒燬，連樹梢也被洪水淹沒，被吹跑，島上所有生物被震聾。對於無家的三頑童而言，這一夜置身野外是活受罪。

幸好，最後暴風雨停息了，風力和雨勢也漸次衰退，威脅和隆隆聲愈來愈弱，天地恢復寧靜。他們回營地，得意不起來了，但值得慶幸的還在後頭：他們發現，原本為他們的床鋪遮風的大懸鈴木被閃電劈垮，而他們逃過一劫。

營地裡的物品全溼透了，營火也被澆熄，因為和所有同輩一樣，他們太疏忽大意，事先沒考慮避雨措施。如今，他們渾身溼冷，見營火沒了，不禁驚惶。他們急得嘰呱亂叫，但不久後發現不是無法挽救：在他們生火的地方，倒地的大樹幹向上彎，和地面有點距離，營火在樹幹的這一段燒得很深，有一巴掌大的部分沒被淋溼。他們從倒地的枯樹幹底下撿碎屑和樹皮，耐心從樹幹裡的餘燼取火，最後終於又燃燒起來。他們趕緊添上粗一點的枯樹枝，直到火勢增強成熊熊的火爐，大家的心情才又開朗。他們把熟火腿拿出來烘乾，大吃一頓，之後坐在營火邊，高談闊論著午夜歷險的光榮事跡，聊到早晨，因為四處找不到可席地而睡的乾地。

太陽漸漸爬昇之際，他們變得昏沉沉，於是走向沙洲，躺下來補眠。不一會兒，他們被烤紅了，拖著疲憊的身子去煮早餐。飯後，他們覺得筋骨生鏽了，關節僵硬，又有點想家。湯姆認出思鄉症的跡象，儘可能逗大家開心，無奈他們不想玩彈珠，對馬戲團、游泳，以及所有事情，全都提不起興趣。他提醒同伴，大好的祕密即將揭曉，這才激起一線快慰。趁他們心情仍好之際，他再出新招，燃起他們的興趣。他提議，大家暫時忘掉海盜生活，換換口味，改當印第安人一陣子。他們深受這主意吸引；不消一會兒，他們脫掉衣服，以黑泥巴從頭到腳抹出一道道條紋，化身為斑馬。他們各個是酋長，那還用說——接著，大家飆進森林，攻打一座英國人的墾植區。

未久，他們分成三支敵對的部落，以嚇人的戰呼突襲對方，奪走敵方數千條人命並割取頭皮。這是腥風血雨的一場戰役，因此也是極為心滿意足的一天。

接近晚餐時刻，他們在營地集合，肚子餓，心情歡樂，但有個小難題出現了——敵對的印第安人如果想把酒言歡，必須先談和，而和解必須靠和平菸斗之助，不抽和平菸根本交不成朋友。他們沒聽過其他的和解方式。其中兩個印第安人幾乎後悔自己不乖乖當海盜。既然想不出其他辦法，他們只得儘可能強擠笑臉，照習俗傳著菸斗各抽一口。

結果，大家全慶幸過著印第安蠻族生活，因為他們學到東西；他們發現，現在他們能抽一點點菸，不至於急著託詞去找遺失的刀子，也不至於反胃到像生重病。好日子近在眼前，他們可不想因為不肯努力學習就讓到手的福氣飛走。飯後，他們謹慎練習抽菸，成效顯著，所以晚上情緒高昂。學會抽菸，成就感高於剝遍了印第安六族的頭皮和皮膚，他們更驕傲更快樂。我們暫且離開他們，隨他們去抽菸、閒聊、吹噓，因為目前他們派不上用場。

第十七章

然而，在同一個祥和的星期六下午，村子裡全無歡欣的氣息。哈普爾家以及寶莉姨媽家正在辦喪事，哀痛逾恆，淚水流不完。儘管憑良心說，村子平常夠寧靜了，這時更靜得詭異。村民的舉止失魂落魄，話不多，卻頻頻嘆氣。星期六不上課，對孩童而且卻如負擔，他們無心玩樂，玩一玩就失去興致。

下午，貝琪．柴契爾在無人的校園無精打采閒晃，感覺十分憂鬱，但找不到東西來消愁。她自言自語：

「唉，要是我能再有一個壁爐柴架的銅柄就好了！可惜，現在我沒有銅柄來懷念他了。」小小的嗚咽聲被她硬嚥下。

不久，她停頓下來，對自己說：

「那時候就是在這裡。唉，如果能重新來過，我就不會講那天那種話，死也不會。不過，現在他走了，我永遠、永遠、永遠不會再見到他了。」

想到這裡，她崩潰了。她漫步離開，淚水嘩嘩滾落小臉龐。這時候，一大群男生女生走來，他們是湯姆和喬的玩伴，站著朝圍牆裡面憑弔，以恭敬的語調說著，最後一次見他時，他做這做那，喬說著什麼小事（語氣飽含悲慘的預言，現在一眼就看得出來！）輪到講話的人，每個都指向當時他們站的地方，補上一句「而我那時站的姿勢像我現在這樣，他呢，就站你這樣，可見我那時候有多接近他，結果他這樣微笑著，然後，我全身好像有一種感覺，好像——很恐怖的，你知道——我那時根本搞不懂為什麼，當然，不過現在一想就懂！」

見到他們最後一面的人是誰？大家爭辯起來。為了爭取這項不幸的榮銜，很多人提出證據，可惜全是遭證人動過手腳的證據。終於能判定見到他們最後一面、最後一次交談的人了，贏家帶著自命不凡的態度，受其他人一致注目羨慕。有個可憐的小孩沾不到光，以一件往事朝自己臉上貼金說：

「我嘛，湯姆．索耶揍過我一次。」

以這件事爭取榮耀是失策，因為多數男生都能這麼說，沒啥了不起。這群人逐漸解散，仍以敬畏的語調緬懷著逝世英雄。

隔日上午，主日學結束時，教堂的鐘聲一反常態，響起喪鐘。今天是安息日，分外肅穆，喪鐘似乎和寂靜的天地一同沉吟著。村民開始聚集，在玄關徘徊片刻，低聲聊著喪事。然而，在教堂裡，沒有人講悄悄話，只聽見婦女入座時喪服悉悉窣窣的摩擦聲。這座小小的教堂何曾如此爆滿過，沒人有印象。最後，全場靜下來期待，這時寶莉姨媽才進場，席德和瑪莉跟在她背後，隨後進來的是哈普爾家，全穿著深黑色的衣物。信眾全體以及老牧師起立致意，等喪家在前排入座之後才坐下。全場又默哀一陣，偶有悶悶的啜泣聲穿插其中，接著牧師才攤開雙手，然後祈禱。動人的聖歌揚起，唱完後再朗誦耶穌名言：「復活在我，生命也在我。」

儀式進行中，牧師把亡者描繪成風采宜人、廣得人心的三奇才，勾動在場所有人共鳴。大家想起自己始終不把這三童看在眼裡，始終只見他們的缺點和過失，這時心若刀割。牧師也追思亡者生前諸多感動人心的事跡，以刻畫他們乖巧慷慨的本性。現在，大家總算一眼即可看清他們生前的事跡多麼高尚美麗，也憶起當時曾抱怨小孩冥頑不化，天天都該打，想到這，大家不禁懊喪。牧師繼續追憶催淚往事，信眾的感動有增無減，最後全場情緒失控，加入苦主的哭喪行列，同聲啜泣，連牧師自己也把持不住情緒，在臺上當場痛哭失聲。

這時教堂廊臺傳來嗦嗦聲響，沒有人留意到。過了幾秒，教堂門咿呀開啟，以手帕掩面的牧師抬起淚眼，傻傻直瞪，愣住了！有一人循著牧師的視線望去，第二人隨即跟進，然後全體信眾幾乎不約而同，起身凝視，看著三個已歸陰的小孩在走廊上邁步前進！湯姆帶頭，喬跟在他後面，縮頭縮腦殿後的是渾身襤褸的哈克。剛才他們躲在閒置的廊臺裡，聆聽自己的祭悼文！

寶莉姨媽、瑪莉、哈普爾家飛撲向失而復得的親人，吻得他們無法呼吸，感恩之情氾濫，可憐的哈克則靦腆站著，感覺侷促，手足無措，不知該躲進哪裡，才可擺脫這麼多不歡迎他的目光。他躊躇著，正想開溜，卻被湯姆拉住。湯姆說：

「寶莉阿姨，這不公平啦。總該有人高興見到哈克吧。」

「說得好。我就很高興見到這個孤苦無母的孩子！」姨媽以溫情傾注哈克全身，反而讓他比剛才更不自在。

突然間，牧師扯嗓喊：「讚美上帝恩澤——高歌吧！——用心高歌！」

信徒照牧師的意思去做。《舊版詩篇一百》的歌聲在教堂裡歡騰，撼動屋椽，海盜湯姆則看著四周羨慕他的孩童，暗自承認，現在是他一生最值得驕傲的時刻。

「被愚弄」的信眾魚貫而出，邊走邊說，他們幾乎願意再上當一次，這樣就能再聽聖歌唱得那麼激昂。

那一天，寶莉姨媽的心情上沖下洗，湯姆獲得的吻和耳光數不清，總數比一整年還多。他也搞不太清楚姨媽哪種心情最能傳達謝天的心意，最能表示對他的母愛。

第十八章

湯姆深藏的那個大祕密，就是帶海盜弟兄回村子，參加自己的喪禮。上星期六黃昏，他們三人乘坐一根樹幹，划水至密蘇里州岸邊，在村子下游九公里處上岸，然後睡在村外的樹林裡，近日出才醒來，鑽小巷弄潛行，然後躲進教堂廊臺，在毀損的長椅之間補睡一覺。

星期一早餐時，寶莉姨媽和瑪莉對湯姆非常溫馨，對他有求必應，健談超乎常態。在這期間，寶莉姨媽說：

「你們啊，湯姆，逃家去玩了將近一個星期，害大家傷心，我不是說你的惡作劇不高明啦，不過呢，可惜啊，你的心腸未免太硬了吧，怎麼狠心害我苦成那樣。既然你能坐在樹幹上過河參加喪禮，為什麼不能早一點回家報平安，給我一點暗示，說你只不過是逃家一陣子而已？」

「對啊，湯姆，你怎麼不暗示呢？」瑪莉說：「我相信，你如果考慮過，應該辦得到才對。」

「你辦得到吧，湯姆？」寶莉姨媽說，帶著希望的笑臉。「快說啊，湯姆，你有沒有想過？」

「我……呃，我不知道。暗示嘛，會搞砸整個計畫。」

「湯姆，我希望你愛阿姨愛得夠深，」寶莉姨媽語帶哀痛說，令他於心難安。「就算你沒實地做，如果真的想過也好啦，表示你為我著想過，這樣就不錯了。」

「好了啦，阿姨，無濟於事了啦，」瑪莉求情。「湯姆個性就是莽撞嘛，他做事老是急得很，從來沒考慮過。」

「太可惜了。換成席德，席德就會考慮一下。而且，席德一定會回來暗示。湯姆，總有一天，等到一切都太遲了，你回想起這件事，會但願你能為我多著想一點，反正對你自己的損失也不大。」

「哎喲，阿姨，妳明明曉得我把妳放在心上。」湯姆說。

「如果你以行動表示，我會比較相信。」

「要是我當時想到就好了，」湯姆語帶悔恨說：「不過，再怎麼說，我有次睡覺夢見妳。

這樣也算關心吧？」

「不太算，這一點小事連貓也辦得到，不過，有總比沒有好。你夢到什麼？」

「哇，星期三晚上，我夢到妳坐在床鋪旁邊的那裡，席德坐在木箱旁邊，瑪莉坐在他身旁。」

「對呀，我們的確這樣坐著。我們一向都這樣坐。你連作夢都有心，夢得好詳細，我很高興。」

「我夢到喬．哈普爾的母親也在。」

「對呀，她的確來了！你另外還夢到什麼？」

「另外還多著咧。不過現在印象好模糊。」

「儘量回憶看看，不行嗎？」

「我好像記得，有風……風吹著……吹動了……」

「再加油一點，湯姆！風的確吹動了一個東西。快呀！」

湯姆以手指按額頭，動作延續一分鐘，引人焦躁。接著他說：

9　譯注：寶莉是瑪莉的母親，此照原文直譯。

「有了！我想出來了！風吹動燭火！」

「老天恩德呀！繼續啊，湯姆……繼續講！」

「我好像記得妳說：『哇，一定是那門——』」

「繼續呀，湯姆！」

「讓我仔細想一下，一下子就好。有了……妳說一定是那門開了。」

「我就坐在這裡，我真的講過！對不對，瑪莉？繼續！」

「然後……然後……呃，我不確定，不過，我好像記得，妳好像叫席德去……去……」

「去怎樣？怎樣？我叫他去做什麼事，湯姆？我叫他去怎樣？」

「妳叫他……妳……對了，妳叫他去關門。」

「哇，地爺爺啊！我一輩子從沒聽過這種東西！再也不要告訴我說，夢完全沒意義。待會兒，我馬上去告訴席倫妮．哈普爾這件事。她老愛勸人不能迷信，這下子看她能瞎掰什麼鬼話來解釋這個。繼續講呀，湯姆！」

「現在，我全記得了，記得清清楚楚。接下來妳說，我本性不壞，只是淘氣而且，冒失鬼一個，責任感和——和什麼差不多？好像是幼馬或什麼動物吧？」

「對呀！哇，不得了啊！繼續講呀，湯姆！」

「然後妳哭起來。」

「我確實哭了。真的是。而且不是第一次。然後——」

「然後哈普爾夫人她也哭了，說喬生前也一樣，還說她不該為了奶油的事打兒子，因為奶油是她自己扔掉的……」

「湯姆！聖靈附身啊！你的夢能預言……真的是！地爺顯靈了呀。繼續講，湯姆！」

「然後席德他說……他說……」

「我好像一句話也沒講。」席德說。

「你有啦，席德。」瑪莉說。

「閉嘴，讓湯姆繼續講！湯姆，他當時說什麼？」

「他講說……他好像講說，希望湯姆現在會比較好過一些，不過，假如他生前乖一點……」席德說。

「果然是，你們聽見沒！一字不漏啊！」

「然後妳罵他，叫他住嘴。」

「我真的有！當時一定有個天使。真的有個天使，當時不知躲在哪裡！」

「哈普爾夫人提到，有一次喬放鞭砲嚇她，妳也提到彼得和鎮痛藥水——」

「千真萬確呀！」

「然後，你們聊了好多東西，提到河裡打撈我們的事，提到星期天的葬禮，後來妳和哈普爾夫人抱著哭，然後她才走。」

「事情經過確實是這樣呀！和你說的完全一模一樣，我能擔保。湯姆，照你這樣說，倒比較像是你當時親眼看到！然後呢，怎樣？繼續說啊，湯姆！」

「然後我想到，妳為我祈禱，我看得見妳，聽得見妳講的每一個字。然後妳上床睡覺。我好難過，拿出一張懸鈴木樹皮寫下：『我們沒死，只是跑去當海盜而已，』然後放在蠟燭旁的桌上。看妳躺著睡得好安祥，我好像走過去，彎腰親妳嘴唇一下。」

「真的嗎？湯姆，真的呀！那我完全原諒你了！」她把湯姆拉進懷裡，抱得他差點碎骨，反而讓他覺得像犯下滔天大罪。

「動作是非常親切啦，即使只是一場夢。」席德以小得幾乎聽不見的音量自言自語。

「住嘴，席德！夢如其人呀，白天不會做的事，作夢才不會夢到。我留著這顆蜜倫姆大蘋果，想等你出現才給你，吶，你拿去吃吧——好了，快去上學吧。你今天能回家，我感謝慈愛的上帝和天父。對於篤信上帝的人而言，這段日子苦太久了，總算得到憐憫，上帝終於信守承諾。只不過，我何德何能呢？反過來說，假如只有夠格的人能得到上帝的祝福，能獲得上帝施恩渡過苦日子，那麼這世上笑得出來的人一定不多，也沒有太多人長眠時能躺進上帝的懷抱。走吧，席德、瑪莉、湯姆，該上路了，你們耽擱我太多時間了。」

三個小孩離家去上學，姨媽則去找哈普爾夫人，想以湯姆的奇夢擊垮她實事求是的個性。臨走時，席德夠明智，憋著一個想法不講：「夢做得那麼長，回憶起來完全沒記錯——太難讓人相信了！」

現在，湯姆搖身成為大英雄！他走路時不輕盈跳躍，而是步姿莊重，符合廣受眾人注目的海盜之風範。的確，到處是注目禮，他經過時儘量裝作沒看到，也沒聽見大家的評語，但這些反應讓他如魚得水。比他年紀小的男生成為他的跟班，覺得和他在一起被人看見好光榮，他也容忍這些小朋友，彷彿自己是率領樂隊遊行的鼓手，彷彿自己是走在馬戲團前面進城的大象。和他同年的男孩故作不知他失蹤的事，內心卻嫉妒到不行。他們不惜犧牲一切換取湯姆耀眼的知名度，換取他被晒成古銅色的帥模樣。如今，即使馬戲團向湯姆招手，湯姆也不願放棄這兩件寶貝。

在學校，由於同學對著他和喬小題大做，以目光訴盡仰慕之意，不消幾天，兩位小英雄「跩」得不可一世。面對想知道他們遭遇的聽眾，他們會娓娓道來，但只講開頭。這種東西在他們以想像力加油添醋之下，不太可能有結尾。最後，他們取出菸斗，神態自若地吞雲吐霧時，才算登抵榮耀的巔峰。

湯姆認定，現在他沒有貝琪也活得下去。光靠著榮耀，他就能存活了。他願為榮耀而活。既然他變成名人了，也許貝琪．柴契爾會想「復合」。愛想隨她去想吧！反正也該讓她知道，他也能變得像有些人那樣冷漠。不久後，她來了。湯姆假裝沒看見她。他走開，加入一群男生同學，開始講話。沒過多久，他觀察到，她踩著輕快的步伐來回跑，臉色紅暈，視線瞟來瞟去，假裝忙著追趕同學，逮到人的時候尖聲狂笑。然而，湯姆留意到，她總在跑到他附近時才抓人，而且似乎這時才朝他的方向不自然瞄一眼。湯姆發現這一點，邪惡的虛榮心獲得徹底的滿足。因此，貝琪非但無法贏回他的心，反而只讓他更有「高傲」的本錢，讓他更致力佯裝不知她的用心。此時，她不再胡鬧，只是東走西走，猶疑不決，嘆氣一、兩聲，以期盼的眼神偷瞄湯姆。隨後，她注意到，現在湯姆的交談對象側重艾咪．羅倫斯，比較不理會其他人。貝琪覺得心像被狠狠割一刀，情緒立刻焦躁難安。她想走開，腳卻不聽使喚，反而把她帶向湯姆那群同學。有個女生幾乎貼著湯姆肘邊，貝琪以假活潑的口吻對她說：

「瑪麗．奧斯丁！妳這個壞女孩，為什麼主日學蹺課？」

「我去了啊！妳沒看到我嗎？」

「妳才沒有！有嗎？妳坐哪裡？」

「我跟彼特絲老師那班坐在一起啊，跟平常沒兩樣。我看見了妳呀！」

「有嗎？哇，好奇怪，我沒看到妳。我本來想通知妳野餐的事。」

「野餐？太好玩了！誰辦的？」

「我媽想讓我辦一場。」

「哇，好好喔！希望她能讓我參加。」

「她會啊。野餐是為我辦的，我想邀請誰由我決定，而我想邀妳。」

「妳好好心喔。哪一天辦？」

「就快了。大概在假期的時候。」

「那一定好好玩！妳會邀請所有的女生和男生嗎？」

「會呀，我會邀我所有的朋友，想和我交朋友的人也會被邀請。」說著，她偷偷瞥向湯姆，見他繼續對著艾咪敘述孤島上的惡劣天候，說著閃電把一棵大懸鈴木劈得「粉碎」，而他當時「正好站在不到一公尺外」。

「哇，我也可以參加嗎？」葛蕾絲．米勒說。

「可以。」

「我呢？」莎莉．羅傑斯說。

「可以。」

「那我呢？」蘇西．哈普爾說：「喬呢？」

「可以。」

整群同學一個接一個要求，全獲得邀請，樂得拍手，唯獨湯姆和艾咪例外。後來，湯姆冷冷轉身，仍講個不停，帶著艾咪一起走。貝琪的嘴唇顫抖著，淚水湧上眼眶，強顏歡笑以掩飾失意的跡象，繼續聒噪著，可惜野餐的活力已經全流失了，人生的動力也不復存在。她儘快脫離這一群同學，自己躲起來，以女生的用語是「好好痛哭一場」。哭夠了，她鬱悶坐著，自尊心受損，一直坐到上課鈴響。她打起精神來，目光帶有不甘心的意味，甩一甩辮子，說她知道下一步該怎麼走。

下課時間，湯姆繼續和艾咪打情罵俏，自滿又興高采烈，而且不斷四處走動找貝琪，想以相同的舉動撕裂她的心。最後，他瞧見貝琪了，自己的心卻急速冷卻。她坐在教室後面的小長椅上，姿態舒服，和阿福列德．譚普一同翻閱著圖畫書，沉浸在兩人世界中，低頭湊得好近，似乎把周遭的事物全忘光了。火辣辣的嫉妒在湯姆的血脈裡竄流。他開始恨自己浪擲貝琪提供的復合機會。他罵自己笨蛋，進而想盡一切難聽的字眼痛罵自己，懊惱得想大哭。

湯姆和艾咪走著，心情洋溢音符的艾咪則高高興興講著話，但湯姆的舌頭已經喪失機能。他也沒聽見艾咪的言語。每當艾咪歇口，等他接話，他只能支支吾吾稱是，常牛頭不對馬嘴。他的方向一直往教室後面偏移，讓自己的眼珠一再被他痛恨的場面燒灼。他無法控制自己。更讓他抓狂的是，他認為她沒看到他，彷彿世上根本沒有他這人的存在。其實貝琪的確看見了，她也知道自己勝券在握，樂見湯姆和她剛才一樣受折騰。

艾咪快樂地喋喋不休，漸漸讓湯姆受不了。湯姆暗示說他有事想去做，有些事情他非做不可，時間飛逝中，但艾咪沒聽懂暗示，繼續長舌。湯姆暗忖：「可惡啊，什麼時候才能甩掉她？」最後，他非得去辦他的事不可了，而她也天真說，放學後，她會「留下」。他急忙走開，討厭講這種話的艾咪。

「全村子的男生這麼多，」湯姆咬牙切齒暗罵：「她為什麼偏偏看上那個聖路易斯來的時髦小子！他自以為衣服多高級，多像貴族！哼，也好，臭小子，你來這村子的第一天就討打，看我會不會再教訓你一頓！等著瞧，小心別被我堵到！看我——」

說著，他比手畫腳起來，對著想像中的敵手拳打腳踢，猛捶著空氣，又踹又摳。「怎樣，得意了嗎？叫夠了沒？再叫啊，看你會不會學乖！」他對著空氣死纏爛打，過足癮了才停下。

午休時間，湯姆逃回家，良心再也無法忍受艾咪感恩歡樂的態度，嫉妒心也無法再承受其他壓力。貝琪繼續陪阿福翻閱圖畫書，但隨著時光流逝，她不見湯姆在一旁痛苦，得意的心開始陰霾，興趣頓失，隨之而來的是沉重的心情，心不在焉，接著是憂鬱。她兩、三次聽見腳步聲接近，豎耳傾聽，希望卻落空，來人又不是湯姆。最後，她的情緒變得悽慘至極，自責為何把遊戲玩得這麼絕。可憐的阿福發現再也掌握不住芳心，不知如何挽回，只一味驚呼：「哇，這個好好看！快看這一幅！」她最後失去耐心，說：「唉，少煩我了！我不喜歡看！」說完，她痛哭起來，起身走掉。

阿福跟進，正想試圖安慰她，但她說：

「走開啦，不要再煩我了，不行嗎？我討厭你！」

阿福愣呆了，納悶自己做錯了什麼事，因為她早上說過，午休期間她想一起看圖畫。她繼續邊走邊哭。在空曠的教室裡，阿福獨自沉思著，既生氣又覺得被羞辱。他輕易猜到了真相，貝琪根本是為了報復湯姆而利用他。想通了這一點，他對湯姆的恨意便有增無減。他考慮著，怎麼陷害湯姆才不至於惹一身腥。湯姆的拼字書躺在他眼前。機會來了。他高興地打開今天下午要上的那一頁，拿起墨水灑下去。

貝琪正好在他背後的窗外，看見這舉動，繼續走，不動聲色。她開始往回家的方向走，本想去找湯姆告狀。湯姆聽了一定很感謝她，兩人的瓜葛可以一筆勾銷。然而，在她回家的半路上，她改變心意。一想到她談野餐時湯姆對待她的嘴臉，怒火又重新在心中燃起，恥辱灌滿她的想法。她決心讓他為了拼字書毀損而挨打，也決心永遠恨他。

第十九章

湯姆帶著陰霾的心情回到家中，但從姨媽對他說的第一句話得知，回家找人訴苦也沒輒。

「湯姆，我真想活活剝掉你的皮！」

「阿姨，我做錯了什麼事？」

「哼，你太過分了。我像個老傻子，帶著你胡扯的夢去席倫妮．哈普爾家，想叫她相信，結果呢，她早已從喬嘴裡知道你那晚回過家，偷聽到我們講的所有東西。湯姆，我不知道，做得出這種事的小孩長大會變成什麼？你眼睜睜讓我去席倫妮．哈普爾家，害我傻乎乎的，而你竟然一句話也不說，讓我現在心情很難過。」

沒想到事情的轉變如此大。今早湯姆耍小聰明，自以為開了一個好玩笑，非常高明，現在同一個玩笑卻顯得惡劣而低級。他抬不起頭，一時想不出該說什麼。隨後他說：

「阿姨，我但願我沒做過那種事，都怪我沒動腦筋。」

「唉，孩子，你從來不動腦筋。你太自私了，從來不為別人著想。你的腦筋好到能摸黑從賈克森氏島回家，嘲笑大家愁眉苦臉。你的腦筋也好到可以掰出一個夢的謊話。你卻從來沒想過可憐可憐我們一下，省得我們為你空傷心。」

「阿姨，我現在知道我那樣做很惡劣，不過我不是故意那樣的，老實說，真的。何況，我那晚偷偷回家，目的又不是嘲笑你們。」

「不然你回家做什麼？」

「我是想叫你們別為我們著急，因為我們沒被淹死。」

「湯姆，湯姆，假如你真有這麼體貼，那我會是全天下最感恩的一個人，不過你知道你從來沒有那念頭，我也知道，湯姆。」

「真的，我是真的有那種想法，阿姨，如果沒有，我不得好死。」

「唉，湯姆，別說謊了，再掰下去，你只會讓情況更糟一百倍。」

「我不是在說謊，阿姨，是事實。我偷偷回家的目的只有一個，就是不想讓妳再傷心。」

「我是死心塌地想相信你，假如你有那份心，湯姆，犯再多罪過，我也不計較，說不定也慶幸你逃家調皮搗蛋。但這不合理，因為，你當時為什麼不乾脆告訴我呢，孩子？」

「這個嘛，是這樣的，那時候你們提起喪禮的事，讓我心生鬼主意，計畫著帶他們回來，躲進教堂。就這樣，我才狠不下心破壞妙計。所以我把樹皮放回口袋，決定不講話。」

「什麼樹皮？」

「我事先在樹皮上寫字，告訴妳說，我們去當海盜了。那時候我趁妳睡覺親妳一下，現在我倒希望當時妳能醒過來，我是說真的。」

姨媽臉上的愁苦皺紋鬆懈了，眼神突然綻放柔光。

「你真的親過我嗎，湯姆？」

「對呀，真的。」

「你確定嗎，湯姆？」

「對呀，真的，阿姨，絕對確定。」

「你為什麼親我呢，湯姆？」

「因為我好愛妳，而且那時候我見妳躺著嗚咽，心頭好難過。」

他的語氣聽起來真誠。姨媽無法掩飾顫音說：

「湯姆，再親我一下！然後趕快上學去，別再煩我了。」

湯姆一走，她跑去衣櫥，取出湯姆逃家時穿走的外套。這件衣服現在破爛不堪，她拿在手裡，停止動作，對自己說：

「不行，我不在乎。可憐的孩子，我猜他剛才又撒謊了——不過，這謊話講得好溫馨，帶給人一份安慰。我希望天主——我知道天主會寬恕他，因為能講那種話，表示他心地好善良。現在我不想查清他是不是又撒謊。我不想檢查他的衣服。」

她把外套放回衣櫥，站在旁邊沉思一分鐘。她兩度伸手去拿外套，兩度又縮手。她再一次動作，這次以這想法鞏固意志：「他這謊撒得好，撒得好，即使拆穿，我也不會傷心。」於是，她伸手進外套口袋。片刻之後，她讀著湯姆留言的樹皮，淚眼婆娑，說著：「如果那孩子犯一百萬個錯，現在我也能原諒他。」

第二十章

寶莉姨媽的態度有所轉變，在湯姆上學前吻他一下，溫情將他的鬱悶一掃而空，讓他又變得心情輕鬆快樂。他前進學校，在牧草巷頭巧遇貝琪・柴契爾。他的心情總能決定他的言行。他絲毫不遲疑就奔向貝琪說：

「我今天做了一件很惡劣的事，貝琪，我向妳道歉，保證只要我活在世上一天，永遠不會再做那種事，求求妳和我復合，好不好？」

貝琪止步，看著他，臉上寫滿鄙夷。

「你想講的事最好全憋在心裡，我會感激不盡的，湯瑪斯・索耶先生。我再也不想跟你講話了。」

她甩甩頭，繼續走。湯姆愣得一時來不及回上一句：「沒啥了不起，自作聰明小姐。」等到他回神過來，已經錯過時機了，所以他什麼話也沒說。但他氣炸了。他垂頭喪氣進校園，但願貝琪是男生就好了，因為他想像自己能痛毆她一頓。不久後，他撞見貝琪，擦身而過時講了一句惡毒話，她也以惡毒話回敬，憤怒決裂的步驟就此完成。盛怒之中，貝琪幾乎巴不得趕快上課，因為她等不及看湯姆為了拼字書毀損而挨揍。如果她仍想揭穿墨水事件，現在被湯姆如此攻擊，她也完全不想拱出阿福了。

可憐的女孩，她不知道自己的麻煩近在眼前。他們的老師姓達賓斯，曾立志當醫生，但礙於家境，被迫屈就於村裡的教職，中年鬱鬱不得志。每天，學生不必背書給他聽時，他會從桌子的抽屜取出一本神祕書，埋首其中。這本書被他鎖在抽屜裡。全校沒有一個小毛頭不想一窺究竟，只可惜一直等不到機會。那本書裡寫的是什麼東西，每個男生女生都自有一套理論，眾說紛紜，卻苦無事實根據。老師的桌子在教室門邊，貝琪這時經過，發現鑰匙居然插在鎖孔！機不可失。她左顧右盼，發現四下無人。轉眼間，神祕書捧在她手上。扉頁寫著「某某教授之人體結構學」，她看不出所以然，所以再掀開幾頁，立刻見到一張刻印精美的卷首插圖，那是幅一絲不掛的彩色人體畫。就在這時刻，一個人影落在書頁上，原來是湯姆正好進門，瞧見這幅彩圖。貝琪急忙合上書，彩圖不巧被她從中間撕破一半。她趕緊把書放回抽屜，鎖起來，既羞愧又懊惱，嚎啕大哭起來。

「湯姆．索耶，你太惡劣了，怎麼能從背後偷看人家在看的東西嘛。」

「我哪知道妳在看什麼？」

「你應該覺得可恥才對，湯姆．索耶。你一定會去告狀。唉，我怎麼辦，我怎麼辦！我一定會挨打，而我在學校從來沒被打過。」

接著，她頓足說：

「你想使壞，儘管使壞吧！有大事快發生了，你等著瞧吧！可恨，可恨，可恨！」她衝出教室，繼續再縱聲痛哭。

莫名其妙挨罵，湯姆愣成木頭人。未久，他告訴自己：

「女生是多麼奇怪的笨蛋啊！從沒挨老師打過！什麼嘛！挨打又算什麼！女生就像那樣，臉皮好薄，膽子好小。哼，我當然不會向老老師揭穿這個小傻瓜，因為可以報復她的方法多的是，而且不會見不得人；只不過，不告密會有什麼結果？老師會問是誰撕破他的書，沒人回答，然後老師會照他的老方法，一個接一個問。等他問到犯錯的女生，女生不必開口，他就知道了。女生的表情藏不住祕密。她們一點骨氣也沒有。她肯定會挨揍的。貝琪．柴契爾這下可慘了，因為她找不到退路。」湯姆再深思此事片刻，又自言自語：「也好吧，因為假如闖禍的人是我，她也會想看我急成熱鍋螞蟻，讓她去乾著急吧！」

教室外有一群同學正在胡鬧，湯姆加入他們。幾分鐘後，老師來了，宣布上課。湯姆對課業提不起興趣。每次他偷瞄女生那邊的教室，見到貝琪的臉，便不禁煩惱。由於兩人的心結仍在，他不想憐憫她，卻一直隱隱同情她，提不起歡欣鼓舞的興致。一會兒後，他發現拼字書遭潑墨水，心思完全集中在自己身上。貝琪原本顯得苦悶懶散，這時振奮起來，對事情的發展露出濃厚的興趣。她認為，湯姆如果否認墨水是他自己灑的，絕對也難逃老師一頓揍。她猜對了。否認似乎只加深湯姆的困境。貝琪以為自己會為此高興，也儘量相信自己正在高興，但她發覺自己未必樂在其中。假使最壞的情況發生，她一衝動之下會起立，告發阿福做的好事，但她努力逼自己坐好，因為，她暗自告訴自己，「以後他會抖出我撕破彩圖的事。現在就算能救他一命，我也不肯開口。」

挨打完後，湯姆回座位，絲毫沒有心碎的感受，因為他認為，說不定是他自己胡鬧時不慎打翻墨水而不自知——剛才否認是做一做表面工夫，因為這是習慣，他只是依循原則堅持否認罷了。

經過整整一小時，坐在寶座上的老師打著盹，教室裡昏沉沉，瀰漫著嗡嗡讀書聲。一陣子後，達賓斯老師打直腰杆，打個哈欠，接著打開抽屜的鎖，伸手進去，想取書，卻似乎三心兩意起來。多數學生懶洋洋向他瞥一眼，但其中兩人專心監視著他的一舉一動。老師摸著抽屜裡的書，若有所思，然後拿書出來，就座，打開書！湯姆急忙望向貝琪。他見過兔子被追殺、頭被槍口瞄準時無助的眼神，貝琪正有相同的表情。剎時，他忘記心結。快——不趕快想辦法不行！而且動作要快！有了！——靈感來了！他可以衝過去搶書，奪門而出，逃之夭夭。無奈他的決心動搖一小瞬間，良機一去不回——老師打開書了。湯姆但願錯失的機會能再出現。太遲了。他暗忖，這下子貝琪沒救了。接下來一秒，老師面對全班，所有小眼珠被他瞪得抬不起來。連無辜的人被他這麼一瞪，無不打從心底畏懼。經過一陣可以默數到十的沉寂，老師正在蓄積怒火，過了一會，他才說：「這書是誰撕的？」

鴉雀無聲，靜到一支大頭針落地都聽得見。寂靜持續；老師的視線從一張臉轉向另一張臉，搜尋做錯事的跡象。

「班哲明．羅傑斯，這本書是不是你撕的？」

否認。另一陣寂靜再起。

「喬瑟夫．哈普爾，是不是你？」

又是否認。這些步驟拖拖拉拉的，太折騰人了，湯姆七上八下的心情愈來愈強烈。老師再以視線掃瞄排排坐的男生——思索片刻，然後轉向女生。

「艾咪．羅倫斯？」

搖搖頭。

「葛蕾絲・米勒？」

同樣動作。

「蘇珊・哈普爾，是不是妳撕的？」

又是否認。下一個女生是貝琪・柴契爾。湯姆緊張絕望得從頭到腳顫抖。

「蕾貝佳・柴契爾，」（湯姆望向她被嚇白的臉）「是不是妳撕的？喂，正眼看著我！」（她舉起雙手想求情）「這本書是不是妳撕的？」

湯姆的腦海閃現一個點子。他一躍而起，高喊：「是我撕的！」

全班被這個不可思議的愚行弄糊塗了，盯著湯姆看。湯姆呆立一秒，把剛飄走的魂魄全抓回來，強行鎮定。當他上前接受體罰之際，貝琪的目光閃爍著驚喜、感激、愛慕，讓他覺得，挨一百頓毒打也值得。達賓斯老師以前所未見的毒手、以最不留情的動作剝他的皮，他卻毫不喊痛，因為他為自己的義舉感到光榮無比。挨打完畢，老師加罰他放學後留校兩小時，他也淡然接受，因為他知道，等他重獲自由的那一刻，有人會在學校外面等他，他也不會把那兩小時視為虛度。

那一夜，湯姆就寢時，策畫如何報復阿福，因為放學後，貝琪帶著羞愧和悔意，無法原諒自己狡詐的心計，對他供出一切。然而，縱使他的復仇心再重，不久後，思緒也往甜美的境界飄去，入睡前，貝琪最近說的一句好話言猶在耳——

「湯姆，你怎麼能如此高尚！」

第二十一章

假期將近。作風一向嚴格的達賓斯老師變本加厲，比以往更苛刻，因為他想在學校的「考察日」好好表現教學成果。他的教鞭和戒尺現在鮮少閒置不用，唯有年紀最大的男生和十八到二十歲的小女人不會挨打。老師打人的力道也十分強勁。雖然假髮下面是一顆大光頭，他才到中年，肌肉毫無衰退的跡象。隨著重要的考察日逼近，潛藏他心裡的暴君意識一一浮現，學生犯再小的錯，肯定被他一打為快。結果是，年紀較小的男生上課時提心吊膽，苦不堪言，晚上則策畫復仇。他們一逮到機會就對老師惡作劇，但總被老師見招拆招。每次同學報復成功，遭老師懲罰得更轟轟烈烈，從戰場敗陣下來的男生無不挫折深重。最後，他們聚在一起策反，構思出一套計畫，斷言光彩全勝的日子即將來臨。他們找招牌工的兒子，向他透露陰謀，要求他宣誓加入幫忙。他自有樂意參加的原因，因為老師在他們家搭伙食，常妨礙到他的好事。過幾天，師母即將下鄉一趟，屆時無人能干擾大計。出席大場面之前，老師總是喝得醉意濃濃。招牌工的兒子說，在考察日那天的晚上，等老師在家中椅子上打瞌睡，他會對老師「動手腳」，然後在時機成熟時喚醒老師，催他趕快去學校。

考察日當天，好戲登場。晚上八點，校園燈火輝煌，以花卉製作的花圈和綵帶妝點。老師高高坐在講臺上的大椅子，背對著黑板，神態慵懶不失和氣。他前面有六排座位，兩邊各有三列長椅，全坐著本村的權貴和學生的家長。老師左邊的村民座位後面有一座寬廣的臨時講臺，上面坐著即將參與今晚盛事的學生——幾排梳洗乾淨的小男生穿得好體面，態度侷促難耐；幾排傻頭傻腦的大男生；幾排大小女孩穿著上等細麻布和軟棉紗白衣，蔚為白雪坡，明顯意識到赤裸的手臂、祖母的古老首飾、結在頭髮裡的藍色和粉紅小緞帶以及小花。教室裡的其他空位由不參與盛事的學生填滿。考察開始。一個非常幼小的男生上臺，怯生生，死背著「各位鮮少見到如我這般年幼的孩童上臺演講」諸如此類的話，伴隨著機械化的手勢，時揮時停，精確到不忍卒睹，讓人嘀咕這機器不太靈光吧。幸好他安然過關，只是怕得失魂落魄，以制式動作鞠躬下臺，獲得熱烈掌聲。

一個靦腆的小女孩上臺，咬字不清晰，高歌《瑪莉有隻小綿羊》等等，然後行屈膝禮，激發觀眾同情，獲得她應得的掌聲，紅著臉快樂坐下。

湯姆・索耶抱著自負的信心上前，朗誦「不自由毋寧死」，氣勢蕩氣迴腸，堅不可摧，怒火適且，手勢劇烈，演講到一半竟然忘詞。怯場心赫然制住他，令他雙腿頻頻顫，呼吸似乎困難。全場明顯對他投以同情之意，沒錯，但全場也同時報以沉默，比同情更糟糕。老師皺眉頭了，他的朗誦正式成為一場災難。湯姆在臺上再掙扎片刻，然後下臺，氣餒極了。有意以掌聲鼓勵的人稀疏，兩、三下就不再鼓掌。

接下來是《少年佇立火船上》、《亞述王壓境》等適合朗誦的文學瑰寶。隨後上演的是幾場朗讀練習和一場拼字比賽。拉丁文班的學生雖少，卻朗誦得氣宇軒昂，輸人不輸陣。接著登場的是今晚重頭戲——少女自創作品。輪流上臺的女生向前站到講臺邊緣，清一清嗓子，舉起稿子（以俏麗的緞帶綁著）當眾朗讀，側重「表達方式」與抑揚頓挫。這些作品的主題千篇一律，她們的母親與祖母在類似場合也表演過，最早甚至連十字軍時代的女性祖先想必也朗誦過個人佳作。常見的主題包括「友誼」、「追憶往昔」、「歷史上的宗教」、「夢境」、「文化之優勢」、「政府體系之異同」、「憂傷」、「孝心」、「心之所欲」等等。

這一型的作文裡，普遍的特徵包括為賦新詞強說愁，吹捧「用語文雅」的重要性，特別愛用的辭彙與成語浮濫，找機會儘量用，榨光它們的油水才甘願似的。另一種礙耳礙眼的特徵是根深蒂固的宗教八股文，像一條累贅尾巴，在作文結尾搖個意思意思。無論文章的題目是什麼，作者絞盡腦汁，總以宗教和道德的角度看待事物，以教誨社會大眾。這種說教文明顯口是心非，但延續至今仍不被革除，也許只要這世界存在的一天，這種文體絕不會遭摒棄。以我國而言，所有學校的少女無不在作品結尾套幾句說教文。各位會發現，全校最輕浮、信教最不虔誠的女生寫這種作文時，總是拖得最長、寫得最虔敬無比。醜陋的事實不堪入目，我在此點到為止即可。

且讓我們重返考察日的場景。第一篇朗讀文章的題目是〈難道這就是人生？〉在此摘錄一段，願讀者包涵。

在日常生活的當中，年輕的心何其欣然神馳著心目中的歡慶美景啊！想像力忙碌著描繪瑰麗的歡樂景象。在想像的世界裡，愉悅的上流社會教徒憧憬自己置身於歡慶之領域，被所有觀察者觀察。她的風雅身段，以雪白的女袍妝點著，週旋在歡欣舞會的迷宮中，在歡舞群眾之間，她的目光是雪亮至極的，舞步是輕盈至極的。

在如此美味的想像之中，光陰似箭，極樂世界振臂迎接她的光臨。她曾對此世界做過如此美妙的好夢。在她著魔的眼光之中，一切顯得多麼酷似童話故事啊！每一個新的場景都比前一場景更加迷人。然而，經過一段時刻，她發覺，在美好的表象之下，一切皆虛華不實，曾經迷醉她心靈的花言巧語，如今聽來是刺耳的；交際舞廳之魅力全失；如今，浪擲健康的她，心懷苦怨的她，毅然決然排斥所有感官樂趣，因為它們無法滿足她那心靈的渴望！

諸如此類。朗誦期間，觀眾不時報以滿意的沉吟聲，也不乏有人低呼「真甜美啊！」「說得好！」「有道理！」等等。文章最後是格外折騰人的說教文，引發熱烈掌聲。

接著起立的是一位神色憂鬱的瘦弱少女，臉色是「耐人尋味」的蒼白，原因不外乎是太常吃藥和消化不良。她朗誦的是一首「詩」。在此引述兩段即可見一斑：

《密蘇里少女揮別阿拉巴馬》

阿拉巴馬州，再會！我深愛著你！
容我暫且離你遠去！
傷感乎傷感，鄉愁盈灌我心意，
熾熱的往事灼燙我眉宇！
因我曾周遊你那花朵遍野的林地；
亦曾遊讀於塔拉普薩溪旁；

亦曾聆聽塔拉希洪流對抗，
在庫薩河岸迎求曙光。
滿腔情愫不羞赧，
淚眼婆娑不害臊；
我今揮別故土，
聽我喟嘆者皆父老。
往昔阿州迎我安居，
而今告別河谷，尖塔遠颺，
吾眼吾心與簪冠已寒，
情繫阿州意未央！

懂得「簪冠」是什麼東西的人沒幾個，但這首詩仍博得在場人士讚賞。

隨後登場的是黑眼珠、黑頭髮、皮膚偏黑的少女，她的動作停頓一下，以加深印象，表現出悲愴的神態，開始以慎重、莊嚴的語調朗誦：

《美景》

夜色陰暗而風雨交加。天庭之星無一不顫抖；沉厚的雷聲持續震耳，驚人閃電怒而穿透天雲直下，似乎蔑視富蘭克林爐散發之無懼光力！縱使是咆哮的風聲也從神祕家園傾巢而來，橫衝直撞，彷彿想強化此景之狂亂。

我的摯友，對我循循善誘者——

在我傷心時帶來歡樂，

在我歡樂時喜上加喜，前來相隨。

她宛如浪漫青年幻想出的仙子，行走豔陽伊甸之中，毫無矯飾之美人胚，肌膚美如凝脂。腳步是如此之輕緩，觸地無聲。若非因她毫不突兀之美感，若非因她誠摯撫觸而產生的神氣震顫，飄走了勢必無人察覺——一去杳無蹤。她指向屋外交錯的風雨，要我思索兩者的內涵，此時異樣的傷感籠罩她的五官，如同冰淚滴落臘月袍。[10]

---

10 作者注：本章假想「作文」援引自《西部一女士之散文與詩集》(*Prose and Poetry, by a Western Lady*)，一字未改，其風格與女學童的文體完全相符，作者若有心仿傚也難媲美這幾則的鮮活度。

這場夢魘延續大約十頁，長老會以外的教徒聽到結尾的說教時，升天的希望頓時破滅。她最後勇奪首獎，咸信是今晚最精采的一篇作文。村長頒獎表揚作者，也發表溫馨的演講，稱讚這篇是他至今聽過寓意最最「豐富」的作品，連國務卿韋伯斯特聽了都可能引以為傲。

順帶一提，許多這一類作文過度染指「華美」一詞，以「人生之頁」比喻生活經驗的次數則和平常一樣多。

之後，老師起立，溫和的態度近乎和藹，推開椅子轉身，背對觀眾，在黑板上畫起美國地圖，想練習地理課題，可惜手欠穩，地圖畫得四不像，引發此起彼落的掩嘴竊笑聲。他知道大家在笑什麼，打起精神來糾正。他擦掉幾條線，重新畫，卻改得更加扭曲，嗤嗤笑聲也更加顯著。這時，他把全副注意力擺在黑板上，彷彿決心不要被笑聲鎮壓。他覺得眾人視線黏在他身上，想像自己快把地圖畫對了，嗤嗤笑卻延續，音量甚至有明顯增強的跡象。笑得有理，因為老師頭上有個小開口，被繩子綁住腰的一隻貓從中垂掛下來，嘴和頭被一塊布條蒙緊，以免她亂喵。貓被緩緩降下來，前腳一度反轉向上抓繩子，接著全身向下垂，對著空氣亂抓一通。嗤嗤笑聲愈來愈高亢——貓爪降到老師頭上不到兩公尺，而他心無旁騖畫著黑板。下降，下降，再降一點。貓爪拚命亂抓之餘，勾中老師的假髮抱住，接著連貓帶假髮，立刻被繩子拉回頂樓！老師的大禿頭多麼光輝奪目——因為招牌工的兒子事先在他頭皮塗上金漆！

大夥兒就此散場。報仇成功了。暑假來臨。

第二十二章

湯姆加入新社團「節制少年團」，看中的是它的絢麗「華服」。入會的誓言是戒抽菸、禁嚼菸、忌瀆神[11]。現在他體會到一個新現象——只要叫一個人承諾不做某件事，那人鐵定會更想做。湯姆不久發現自己極想喝酒罵髒話，想得快發瘋，而這種衝動愈來愈強烈，使得他想退出少年團，而能挽留他的誘因唯有披上制服紅飾帶的機會。七月四日國慶即將到來，但他被團規束縛不到四十八小時就放棄了，熬不到國慶日，只好把心願寄託在治安法官富雷澤身上。據說老法官快病死了，位居高官的他去世後免不了公開舉行隆重喪禮。三天下來，湯姆深切關心法官的病況，渴求他的消息。有時候，他的希望濃厚，令他高興得穿上制服，照著鏡子練習。然而，老法官的狀況時好時壞，令人氣餒不已。最後，法官病情好轉的消息傳來，後來竟然康復了。湯姆感到厭煩，有一種受傷的感覺。他馬上退團——不料就在當晚，老法官病情復發去世。湯姆決心再也不相信那種人。

喪禮辦得隆重。社員列隊遊行著，用意在於讓剛退團的人嫉妒到想死。然而，湯姆重獲自由之身，值得欣慰。他現在能喝酒罵髒話了，令他訝異的卻是他居然不想。這道理很簡單：沒人約束他，他不但意願全消，這些事對他的魅力也不再。

後來，湯姆發覺，令他垂涎已久的暑假反而遭他嫌沉悶，漸漸在他心頭形成負擔。

他試著寫日記，可惜三天以來什麼事情也沒發生，他只好放棄日記。

第一批黑人說唱團來了，造成轟動，湯姆和喬．哈普爾也組成一支說唱團，快樂表演了兩天。

即使是光輝燦爛的國慶日也不起勁，因為當天豪雨一直下，遊行因此被取消，而且（湯姆心目中）全世界最偉大的人班頓先生——聯邦參議員——令他失望透頂，因為參議員身高沒有七公尺高，甚至連一半都沒有。

馬戲團來了。之後，男生玩馬戲團遊戲，以碎呢毯搭帳篷，入場費是男生付三個別針，女生付兩個。玩了三天後，馬戲團也玩不下去了。

一位骨相專家和一位催眠師來了又走，使得村子比以往更沉悶、更無聊。

---

11 譯注：驚嘆語夾雜「上帝」。

男女生皆可參加的聚會是辦了幾場，但由於場次很少，玩得又暢快，沒有聚會可玩的空檔反而更加痛苦難熬。

貝琪·柴契爾暑假隨同父母回康司坦丁諾普鎮的家，因此湯姆的生活慘淡無光。命案的祕密隱藏心中，緩緩折磨著湯姆，蓄積成永久性的病灶，讓他苦不堪言。

接著，湯姆罹患麻疹。

湯姆病情嚴重，拖了兩星期無法出門，與外界斷絕聯繫，對所有事物提不起興致。等到他終於能下床，能拖著虛弱的身子進鬧區，他赫然發現人事景物變了，全蒙上一股憂鬱的氣息。原來，最近村民流行「宗教復興」，大家都「信教」了，不只成年人如此，連兒童也不例外。湯姆走走看看，抱著一線希望，尋找他期望的罪人，奈何他所到之處只見得到失望。他找到喬·哈普爾，發現他正在研讀《聖經》，湯姆只好黯然轉頭就走，不忍再看這幅悲哀的景象。他去找班·羅傑斯，發現他正拎著裝滿宗教傳單的籃子拜訪窮人。他去找吉姆·荷里斯，卻被吉姆提醒說，最近罹患麻疹是天賜的警訊，難能可貴。他每見一男孩，沉重的心情就再添一噸。絕望之中，他最後投奔哈克的懷抱，竟然聽哈克對他引述《聖經》，心因而粉碎，垂頭喪氣回家，爬上床，心裡明白全村唯有他一人迷惘，永永遠遠不見天日。

那一晚，夜裡變天，狂風暴雨，驚人的雷聲轟隆隆，眩目的閃電一陣接一陣。他以床單蒙頭，駭然等候死期來臨，因為他毫無疑問地明瞭：天地亂成這樣，一定是衝著他而來。他深信自己做過的壞事太多，已超出上蒼能寬容的限度，今晚的暴風雨就是他造孽的結果。他或許想過，老天爺動員砲兵團，以全套軍火伺候，為的只是轟死小蟲子一隻，未免太浪費了吧！但他再想一想，耗資揮灑雷陣雨整死他這樣的小昆蟲，好像也不怎麼突兀。

久而久之，風雨後繼乏力，未達成任務便陣亡。湯姆的第一個衝動是感恩並改過自新。第二個衝動是等一陣子再說，因為風雨可能不會再起。

隔天，醫生又來了；湯姆的痲疹復發。這一次，他一躺就是三星期，感覺像一世紀。到他終於能外出時，他幾乎不因撿回一條小命而感恩，因為他記得自己的處境多麼孤寂，多麼惆悵無依。他向幽魂似的上街，發現吉姆．荷里斯扮演少年法庭的法官，正在審判一隻貓，被貓咬死的鳥也在場。他也撞見喬．哈普爾和哈克，發現他們躲在巷子裡吃偷來的甜瓜。這些小可憐蟲啊！他們也像湯姆，舊病復發了。

第二十三章

最後，昏沉沉的氣氛終於動了起來，而且是大動特動：凶殺案開庭了。這件事瞬間成為全村沉迷的焦點。湯姆想躲也躲不掉。每當有人提及命案，每一句話必定導致湯姆暗中打哆嗦，因為他既恐懼又良心不安，差點認定這些話全在「刺探」他。大家沒理由懷疑到他身上，但他不理解這一點，在村民議論紛紛的時候，他就是無法淡然處之，反而時時冒著冷汗。他把哈克帶到僻靜的地方聊一聊。能鬆綁舌頭一下子也好，能稍微舒解情緒，能和另一個有苦難言的人分擔壓力。更重要的是，他想確定哈克也一直嚴守祕密。

「哈克，你有沒有告訴過任何人──那件事？」

「哪件事啊？」

「你知道。」

「喔──當然沒有。」

「一個字也沒提過？」

「一個字也沒，對天發誓。你為什麼問？」

「我，呃，好害怕。」

「拜託，湯姆・索耶，這祕密一洩露，包準我們活不過兩天。你明明知道。」

湯姆的心情舒坦了不少。停頓一陣之後：

「哈克，沒有人能逼你開口吧？」

「逼我開口？哼，如果我想叫那個混血妖魔淹死我，就有人能逼我開口。否則我不會開口。」

「那就好。我猜只要我們不講出去，就不會有危險。不過，我們還是再發誓一遍吧，比較保險。」

「我贊成。」

他們於是抱著懼怕的心，再鄭重發誓一次。

「哈克，最近大家在講什麼東西？我聽到好多東西。」

「講什麼？講來講去，全是麻夫・波特、麻夫・波特、麻夫・波特而已，害我一直緊張冒汗，好想找個地方躲起來。」

「我也一樣。我猜他是完蛋了。有時候，你不會為他難過嗎？」

「差不多天天都會，差不多每天。他沒啥價值，沒錯，不過他又沒害到誰，只不過釣釣魚，弄點錢去買醉而已，常常沒事到處蹓躂。不過，天啊，我們大家不也常做？至少多數人是。連牧師之類的人也不例外。不過，他有點善良，有一次，他釣到魚，不夠兩人吃，他卻慷慨分給我一半。也有好多次，我日子過得很不順利，他為我打氣。」

「對啊，哈克，他也幫我修過幾次風箏，幫我綁魚鉤。要是我們能把他救出監獄就好了。」

「什麼！湯姆，我們沒辦法救他出來啦。更何況，救他出來也沒用，他一定又會被抓回去關。」

「對，應該會。不過，我真討厭聽他被虐待得好慘。他從來沒做過——那件事。」

「我也是，湯姆。天啊，聽村民說，他是全國凶相最惡毒的壞人，還說，這種人怎麼不早點被吊死。」

「對，村民常這樣講。我也聽說，要是他被釋放，他們想集體對他動私刑。」

「而且他們說到做到。」

兩人聊了許久，可惜產生的慰藉並不多。暮色降臨之際，他們不知不覺走到孤立的小牢房附近，徘徊著，也許是隱隱希望能遇到什麼現象，能排除他們的難題。然而，什麼事情也沒發生，似乎沒有天使或仙女同情這位運氣不好的囚犯。

湯姆和哈克和先前幾次一樣，帶著菸草和火柴，來到鐵窗前送給麻夫。他的牢房在一樓，沒有獄卒看守。

見麻夫感激他們的好禮，他們總禁不住良心的鞭笞，而這次良心受到的打擊更重。當麻夫開口時，他們聽了更因懦弱和歉意，自責得無以復加。

「孩子們，你們對我太好了，比村子裡的所有人都好。我不會忘記的，不會。我常對自己講啊，我講：『我以前常幫所有男生修理風箏之類的東西，哪裡魚多好釣，我也報給他們知道，儘量跟他們交朋友。現在，老麻夫麻煩大了，他們全忘掉他。』不過啊，湯姆沒忘記，哈克也沒忘記，他們沒忘掉他。我講啊，『我也不會忘記他們。』孩子啊，我做錯了一件事，當時發酒瘋，我也只能以酒醉為藉口了……這下子就要被吊死了，死了也好。對，吊死最好，我想……希望是這樣啊。好了，我們少談這件事。我不想害你們難過。你們看重我這個朋友。不過，我想說，我想說的是，你們千萬不能變成酒鬼，不然會落到我這個田地。再往西邊移一步，對，就這樣。搞出這一身腥，還能見到友善的臉，這是天大的安慰啊。別人都不來，只有你們來。善良友好的臉，善良友好的臉。你們輪流揹一揹對方，讓我摸摸你們的臉。對，就這樣。握個手吧，你們的手伸得進鐵窗，我的手太大，伸不出去。小小手，力氣不大，這幾天卻給麻夫．波特帶來好多幫助，而且如果他們辦得到，他們還會繼續幫忙。」

湯姆抱著愁苦的心回家，當晚惡夢連連。隔天和後天，他去法院附近流連，按捺住幾乎難以壓抑的衝動想進去，但他強迫自己待在法院外。哈克也有相同的處境。他們兩人刻意彼此迴避。有時候，他們會漫步離開，不久總又被血案勾回法院外。一有人步出法院，湯姆會豎起耳朵，每次都聽見壞消息——法網正逐步套牢可憐的麻夫。到了第二天傍晚，村民的說法是，印第安喬的證據堅不可摧，陪審團將鐵定會判麻夫有罪。

那一夜，湯姆夜深了才回家，爬窗戶回房間睡覺。他緊張得心驚肉跳，躺了幾小時才成眠。隔天早上，全村蜂擁向法院，因為今天是審判的大日子。法庭裡的觀眾男女各占一半。經過漫長的等候，陪審團走進來，各別入座。不久之後，蒼白憔悴的麻夫也被帶進來，態度怯弱，萬念俱灰，戴著手銬腳鐐，坐在在場好奇眼光全看得到的地方。和他同樣顯眼的印第安喬也在場，和往常一樣冷冰冰。現場又沉寂一陣子，法官才出場，警長宣布開庭。隨即，律師之間如常低語起來，整理著文件，步驟瑣碎，不斷耽擱時間，分秒凝聚成一股蓄勢待發的氣息，排場很大，令人著迷。

傳喚證人。他作證表示，他在命案事發那天的凌晨時分，發現麻夫在小溪洗澡，麻夫立刻溜走。經過進一步問答，檢方律師說：

「證人交給被告。」

麻夫抬頭看一下，聽見自己的律師說：「我無問題可問，」麻夫的視線再度下沉。

下一位證人作證表示，凶刀確實在屍體附近尋獲。檢方律師說：

「證人交給被告。」

「我無問題可問。」麻夫的律師回答。

第三位證人發誓說，他常看見麻夫身上帶這把刀。

「證人交給被告。」

麻夫的律師婉拒問話。觀眾開始面有煩色。被告律師真的願放棄客戶的生命，一點辦法都不想嗎？

幾位證人作證表示，麻夫被帶到命案現場時，言行顯露歉疚。這幾位證人獲准不經被告律師訊問即可下臺。

值得採信的證人接連作證，細數案發當天早上墓園發生的種種現象，在場所有人也記得清清楚楚，全對麻夫不利，麻夫的律師卻一概保留交叉訊問權。全庭竊竊私議，既困惑又不滿，引發法官喝斥。檢方律師此時說：

「在證人宣誓下，斷無疑點的證詞一致將罪證指向目前被囚禁的犯人身上，無庸置疑。檢方就此不再贅言。」

可憐的痲夫悶悶慘叫一聲，雙手摀臉，輕輕前後搖擺上身，痛苦的寧靜征服全庭，許多男士因此動容，許多婦女一掬同情之淚。辯方律師起立說：

「庭上，開庭之初，辯方曾預示，我方的用意在於證明，被告之所以犯下慘案，乃因酒醉一時失察，喪失責任感。現在，我方改變主意了。我方不願認罪以求減刑。」旋即轉向法庭書記開口：「傳喚湯瑪斯．索耶！」

全庭所有臉孔泛起驚惑的神色，痲夫亦然。每一顆納悶的眼珠全鎖定湯姆一人，盯著他起立，在證人席就位。湯姆緊張得半死，神情夠慌亂了。他宣誓作證。

「湯瑪斯．索耶，六月十七日午夜前後，你人在哪裡？」

湯姆瞥向鐵面的印第安喬，舌頭竟打結了。觀眾摒息聆聽著他，他居然吐不出一句話。幸好，經過幾秒，他的氣力恢復一些，能勉強藉以鼓動嗓門，讓一部分觀眾聽見：

「在墓園裡！」

「請稍微大聲一點。不要害怕。你當時在——」

「在墓園裡。」

輕蔑的笑容在印第安喬臉上一閃即逝。

「你當時在馬斯．威廉斯的墳墓附近嗎？」

「是的，律師。」

「高聲回答，再大聲一點點。你當時有多麼靠近？」

「和我現在和你的距離差不多。」

「你當時是否躲著？」

「我躲著。」

「躲在哪裡？」

「在墳墓邊緣的榆樹後面。」

印第安喬陡然一驚，旁人幾乎無法察覺。

「你身邊有人嗎？」

「有，律師。和我在一起的人是——」

「等一等——稍等一下。不必提同行友人的姓名，等時機成熟再說。你們當時帶著什麼東西去？」

湯姆猶豫一下，面露不解。

「說吧，孩子——不必畏怯。再小的事實都值得尊重。你們帶著什麼東西？」

「只有一——一隻——死貓。」

現場漾起一波笑浪，被庭上制止。

「我們將適時出示死貓之骨骸。現在，孩子，告訴大家當時發生的所有事情，以你自己的說法陳述，不要省略任何細節，也不要害怕。」

湯姆開口了，起初欲語還休，但熟悉話題之後，言語愈發流暢。不一會兒，全場噤聲聆聽他的敘述，所有目光聚集他一身。觀眾摒息，合不攏嘴聽著他講的字字句句，渾然不覺時光流逝，出神沉迷於慘案經過。現場情緒壓抑到極限，是在湯姆說出這句話之後：

「——醫師拿起木牌，用力一揮，麻夫．波特倒地，印第安喬撿刀子，跳過去，然後——」

轟！混血印第安喬宛如迅雷跳窗，不顧路人攔阻，逃逸無蹤！

第二十四章

湯姆再次搖身為耀眼的英雄，廣受老一輩的寵愛，備受年輕一輩的欽羨。他的大名甚至躍登紙面，受到本村報社焦點關注。更有人相信，如果麻夫能逃過死刑，湯姆有機會競選總統。

世事難料，凡事無常理可循，全村擁抱麻夫．波特，呵護他的動作和先前虐待他的動作一樣起勁，但這種行為是人之常情，不宜吹毛求疵。

白天，湯姆日子過得光彩而歡心，晚上卻是夜夜驚魂，每一場夢全被印第安喬滲透，惡眼總散發致命的光芒。入夜之後，再大的誘惑也不太能把湯姆引到戶外。可憐的哈克也好不到哪裡去，被嚇得失魂落魄，因為在審判日的前一夜，湯姆向律師吐露全面真相。儘管印第安喬當庭逃逸，哈克不須上臺作證，他仍深怕自己扮演的角色會被洩露。哈克曾要求律師答應保密，但答應又有什麼用？湯姆熬不過良心的折磨，不顧血誓在先，夜赴律師家吐實，幾乎徹底摧毀哈克對全人類的信心。

由於麻夫感恩，湯姆每天都慶幸自己當時敢出庭作證，但天一黑，湯姆就後悔自己大嘴巴。

湯姆一來惟恐印第安喬遲遲不落網，二來也擔心印第安喬被逮捕。他確信，只要不見印第安喬的死屍，他就無法再安心呼吸一口氣。

懸賞公告了，村子裡外全被翻遍，就是找不到印第安喬的影子。後來出現了一個無所不知、令人肅然敬畏的神話人物——一位遠從聖路易斯前來的警探，他四處走走探探，搖搖頭，擺出睿智的模樣，達成這一行常獲得的驚人突破——換言之，他「掌握一條線索」。可惜，辦凶殺案，單單找到一條線索有何用？總不能把線索送上絞刑臺吧。因此，偵探查不出結果，打道回府，湯姆忐忑不安的心情並未稍減。

日子慢慢一天接一天過。每過一日，憂慮的負擔便稍微減輕一些。

第二十五章

在每個身心健全的男孩生命中，有段時期難免會興起挖寶藏的欲望。有一天，挖寶的念頭忽然闖進湯姆腦海。他跑去找喬．哈普爾，撲了個空。接下來，他去找班．羅傑斯，發現班去釣魚了。不久後，他巧遇血手海盜哈克。哈克一定會附和的。湯姆把他帶到隱密處，向他透露心中的想法。哈克表現出意願。任何事業，只要能提供娛樂又不必出錢，哈克必定樂意參與，因為他的時間不是金錢，而他的時間多得令他發愁。「我們去哪裡挖寶？」哈克問。

「喔，哪裡都行。」

「寶物真的到處都有啊？」

「不是，沒那回事。哈克，寶物都藏在特定的地點，有時候藏在小島上，有時候埋在枯死的老樹下，半夜某根樹枝的影子會指出地點，寶物箱子都埋爛了。不過，最常見的地點是鬼屋的地板下面。」

「誰藏的？」

「當然是俠盜囉，這還用問嗎？不然你以為是誰？主日學的老師嗎？」

「我不曉得啦。如果寶物是我的，我不會拿去藏起來。我會全部花光，享受一下。」

「我也會。不過俠盜的習慣不是這樣。他們老是把寶物藏起來，留著不去動。」

「他們難道埋了就不回來挖嗎？」

「他們最初是想回來挖，不過日子一久，他們通常不是忘掉自己做的記號，就是死了。總之，寶物埋了好久，生鏽了，最後有人發現一張發黃的紙，教人怎麼找記號，像這種天書，要研究一個星期才能破解，因為上面寫的通常是符號和象形文字。」

「什麼『蚊子』？」

「象形文字啦！不就是圖形之類的東西嘛，一下子看不出意義。」

「湯姆，你有這樣的藏寶圖嗎？」

「沒有。」

「沒有？那你去哪裡找記號？」

「我用不著記號。寶物總是藏在鬼屋底下或小島上，不然就是藏在有一支樹枝往外伸的樹下。我們不是曾在賈克森氏島小試一下嗎？我們改天可以再試試看。從釀酒廠支流往上走，不是有一棟鬧鬼的老房子嗎？院子有好多枯枝的樹，多到數不清啊。」

「每一棵樹下都有寶物嗎？」

「什麼話！不是啦！」

「那你怎麼曉得往哪裡挖？」

「每一棵都挖挖看啊。」

「不會吧，湯姆，這樣一來，整個夏天都挖不完咧。」

「不然怎麼辦？如果挖出一個銅鍋，裡面有一百元，全都鏽成灰色。也有可能挖出裝滿鑽石的一個爛箱子，你覺得怎樣？」

哈克的眼睛燃起希望之火。

「太棒了。對我來說夠好了。給我一百元就好，鑽石我一顆也不要。」

「可以啊。不過，我可不願意把鑽石丟掉。有些鑽石一粒價值二十元——至於價值七毛五或一元的鑽石幾乎沒有。」

「少蓋！真的嗎？」

「當然！不信的話，你隨便去問問看。你有沒有見過鑽石，哈克？」

「印象中沒有。」

「做國王的，鑽石好多好多喔。」

「湯姆，我才不認識什麼國王。」

「我想也是，不過，如果你去歐洲，你會看見國王到處活蹦亂跳。」

「國王會跳啊？」

「跳什麼？扯到哪裡去了！不對啦！」

「哼，那你幹麼說他們跳來跳去？」

「哎喲，我的意思只是，那裡有很多國王。他們當然不會跳來跳去。國王跳什麼跳？我的意思是，你會看到很多國王，散見於各地嘛，大致上是這樣。就像那個駝背老國王理察。」

「理察？他姓什麼？」

「他哪來的姓。國王只有名，沒有姓。」

「沒有嗎？」

「沒有就沒有。」

「他們喜歡就喜歡，湯姆，我呢，我才不想當一個有名沒姓的國王。有名沒姓，豈不等於是個黑鬼嗎？閒話少說啦，你打算從哪裡開挖？」

「我，呃，還不曉得。釀酒廠支流對岸的小山上不是有一棵樹枝枯死的老樹嗎？我們可以先去那裡挖看看。」

「我贊成。」

於是，他們帶著一頭歪斜的十字鎬和一支鏟子，步行五公里，熱汗淋漓，氣喘吁吁，來到目的地附近一棵榆樹下，乘涼休息，抽幾口菸。

「我喜歡。」湯姆說。

「我也是。」

「對了，哈克，加入我們在這裡挖到寶，你打算怎麼用你分到的那一半？」

「我嘛，我每天買一塊派來吃，喝汽水，村子裡每來一個馬戲團，我就去看。我敢說，日子一定爽翻天。」

「呃，那你不打算存點錢嗎？」

「存錢？存錢有啥用？」

「可以當作以後的生活費啊。」

「那有啥用？我爸說不定哪天回村子來，如果我不趕緊花光，包準被他搶去幫我花，一下子清潔溜溜。你呢，湯姆，打算怎麼花？」

「我想買一個新鼓、一把仿造劍、一條紅領帶、一隻小鬥牛犬，然後結婚。」

「結婚！」

「對啊。」

「湯姆，你……哇，你腦筋不正常。」

「你等著瞧。」

「你能做的事情，沒有一件比結婚更傻了。你看看我爸和我媽。吵得多厲害！他們以前天天吵架啊。我記得很清楚。」

「那跟我有什麼關係？我想娶的女孩才不會吵架。」

「湯姆，我猜她們全一樣，全會搞得你七葷八素。勸你考慮一下再說吧。我勸你不要。你的那個妞叫什麼名字？」

「不是妞啦。是女孩。」

「全都一樣啦；有些人說妞，有些人說女孩，統統都對啦。快說吧，湯姆，她叫什麼名字？」

「改天再告訴你，現在不行。」

「好吧，可以。只不過，你一結婚，我會比現在更寂寞。」

「你才不會哩。你可以過來跟我一起住。好了，不要再囉唆了，我們趕快去挖寶。」

他們揮汗挖掘半小時，不見成果。他們再奮戰半小時。仍無結果。哈克說：

「寶藏全都埋這樣深嗎？」

「有時候是，不是全部都這樣。一般而言不是。大概是沒挖對地方吧。」

於是，他們另尋一地，再度開挖。他們的進度稍微拖延，但仍有進展。他們默默挖了一陣子。最後，哈克倚著鏟子，以袖子拭去額頭上的汗珠，說：

「挖過這裡之後，你打算去哪裡挖？」

「可能去卡迪福丘寡婦後院的那棵老樹下吧。」

「大概是個好地方。不過，湯姆，如果我們挖到寶，會不會被寡婦搶走啊？寶物在她的土地上。」

「被她搶走！她試試看再說。寶藏被誰挖出就歸誰，那地方是誰的土地根本不重要。」

哈克心服了。挖掘持續進行。不久，哈克說：

「可惡，一定又挖錯地方了啦。你覺得呢？」

「的確很奇怪，哈克。我不懂。有時候，挖寶會被巫婆干擾。現在的問題八成就出在巫婆。」

「什麼嘛！巫婆在白天不會施法啦。」

「嗯，有道理。我倒沒想到這一點。有了，我知道問題出在哪裡了！我們傻過頭了啦！應該在半夜看樹枝的影子指向樹下的哪裡，然後才開挖才對！」

「可惡，我們傻傻挖了這麼久，白費力氣了啦。哼，結果我們晚上還得回來。這裡亂遠的耶。你溜得出來嗎？」

「我應該可以。我們應該今晚就回來挖，因為這些土坑如果被人發現，馬上就知道這地下有寶物，一定會接著挖下去。」

「那我今晚去你家外面學貓叫。」

「好。我們把工具藏進草叢裡。」

在預訂時間前後，兩人回到同一地方，坐在樹蔭等候。此地環境寂聊，夜半勾起古老的迷信，更顯陰森。幽靈在悉嗦的樹葉間呢喃，鬼混潛伏在陰暗的角落裡，一條獵犬的低嗥藉夜風飄上來，貓頭鷹以鬼魅似的調子呼應。兩人因肅穆的情景而內斂，話不多。未久，他們研判十二點了，找到樹影指的地方開挖。他們的希望漸漸攀升，興趣愈來愈濃，動作也隨之勤奮。土坑深了，繼續加深，但每次十字鎬敲中異物，他們聽了怦然心動，卻只有再度失望的份。原來，他們挖到的只是石頭或土塊。最後湯姆說：

「再挖也沒用，哈克。我們又搞錯了。」

「我們哪可能搞錯？我們剛照著影子指的地方，範圍縮小到一個小點啊。」

「我知道，不過另外還有個關鍵。」

「什麼關鍵？」

「時間點可能沒抓準，我們八成是遲來一步，不然就是太早來了。」

哈克放下鏟子。

「沒錯，」他說：「問題就出在這裡。我們不能再挖下去了。時間點哪抓得準嘛。何況，幹這種事亂可怕的，夜這麼深，巫婆和鬼飄來飄去的。我老是覺得背後有東西，害怕轉頭看，因為搞不好我一轉頭，另一隻鬼會在我前面冒出來嚇我。我一來這裡，渾身雞皮疙瘩就沒停過。」

「我也半斤八兩，哈克。寶藏被埋進樹下的時候，八成也連帶埋葬一個人看管寶物。」

「天啊！」

「對，一定是。我常常聽說。」

「湯姆，我不喜歡去有死人的地方走動。活人跟死人在一起，一定會搞出麻煩。」

「我也不喜歡打擾他們。埋在這下面的死人如果探骷顱頭出來講話，那還得了！」

「別嚇我了，湯姆！好可怕。」

「真的很可怕，哈克。我渾身不自在。」

「這樣吧，湯姆，放棄這地方吧，改去別的地方試試運氣。」

「好吧，最好還是換個地方。」

「換哪裡？」

湯姆思索片刻，然後說：

「有了！那棟鬼屋！」

「算了吧，我不喜歡鬼屋，湯姆。鬼屋啊，比死人更恐怖。就算死人會講話，也不會披著壽衣飛來飛去，而且還會趁人不注意，突然從你肩膀後面探頭磨牙，做鬼常做的事。湯姆，我碰到鬼會受不了——沒人受得了。」

「對是對，不過，哈克，鬼只在晚上搞鬼，白天他們不會跑出來妨礙我們挖寶。」

「好吧，有道理，不過你也清楚，不管是白天晚上，正常人絕對不會進去那棟鬼屋。」

「那多半是因為他們不想進凶宅啦。不過，除了晚上，沒有人見過那棟房子出現什麼怪現象，只有藍光飄過窗戶而已，沒有一般的鬼魂。」

「哼，看見藍光飄呀飄，湯姆，那表示附近一定有鬼跟著。這不是沒道理喲。因為，只有鬼，才會拿著藍光四處照。」

「對，說得對。不過，反正在白天，鬼不會出現，我們何必害怕？」

「好吧。照你這樣說，我們就去鬼屋挖寶囉——不過八成也是碰運氣而已。」

討論到這裡，他們已開始下山。月光照亮下面的谷地，「鬧鬼」的危樓座落正中央，完全孤立，圍牆早已傾倒，雜草淹沒門階，煙囪倒塌，窗框裡沒玻璃，屋頂一角坍陷。湯姆和哈克注視片刻，不時以為窗內會有藍光飄盪。他們沉聲交談，以配合當前的時刻和客觀環境，儘量往右走，遠遠迴避鬼屋，穿越卡迪福丘後方的樹林回村裡。

第二十六章

翌日正午時分，湯姆和哈克來到枯樹下，帶著挖掘工具。湯姆急著想去鬼屋，哈克的意願也高，但他忽然說：

「咦，湯姆，今天是星期幾？」

湯姆低頭心算著，倏然抬頭，目光驚愕。

「完了！我怎麼沒想過，哈克！」

「我也沒想到。剛剛我才突然想到今天是星期五。」

「可惡，哈克，做事不能太粗心啊。在星期五做這種事，我們可能是找死啊。」

「找死！必死才對啦！吉日多的是，星期五例外。」

「傻瓜都懂這道理。你大概不是頭一個知道這事實的人，哈克。」

「哼，我哪有說是我發明的？除了星期五之外，我昨晚做了一個惡夢，爛透了，我夢到大老鼠。」

「糟糕！絕對是惡兆。夢裡的老鼠是不是在打架？」

「沒有。」

「那就好，哈克。如果老鼠沒打架，那夢只預言說，麻煩可能會來，我們多提防一些就能躲掉危機。我們今天就不要挖寶吧，改玩玩遊戲。你聽過羅賓漢嗎，哈克？」

「沒聽過。誰是羅賓漢？」

「他呀，英國史上比他更高竿的人沒幾個，很厲害。他是個俠盜。」

「哇塞，但願我也是。他搶誰？」

「只搶警長、主教、有錢人、國王之類的，不過他從來不搶窮人。他愛窮人。他搶到的東西總是跟窮人平分。」

「那他一定是好漢一條。」

「他當然是囉，哈克。他是有史以來道德最高尚的人。現代沒有他這種人了，我敢說。他即使一手被綁在背後，照樣能打遍全英國。他也能用他的紫杉弓射箭，每次都能射中兩公里以外的一角銅板。」

「什麼是紫杉弓啊？」

「我不知道。當然是一種弓囉。如果他只射中銅板的邊邊，他會放下弓，哭出來，咒罵一頓。我們玩玩看羅賓漢，好吧，保證好玩。我可以教你。」

「贊成。」

羅賓漢遊戲讓這兩個孩子耗掉整個下午。他們偶爾以嚮往的目光，望向山下的鬼屋，隨口說說明天進鬼屋挖寶的展望和可能性。太陽逐漸西垂，他們踏上回家的路，橫跨拖得長長的樹影，不久被卡迪福丘的森林埋沒。

星期六中午才過，湯姆和哈克重返枯樹下，在樹蔭抽菸閒聊，然後對著前天挖過的坑再鏟幾下，不抱太大的希望，只因湯姆說，很多人挖寶挖到只差十五公分就放棄，結果別人接著挖，只鏟一下就挖到，這種例子多到數不清。可惜，這一次不盡人意，他們只得扛起工具離開。他們覺得，空手而回不表示他們不愛財寶，但他們至少盡了挖寶這一行的所有行規。

抵達鬼屋時，豔陽酷熱，萬籟俱寂，氣氛怪誕，令人毛骨悚然。這一帶也孤立荒涼，令人沮喪，他們一時之間怕得裹足不前。他們悄悄來到門口，哆嗦著往裡面望一眼，見到雜草蔓生的客廳，地板不見了，牆壁的石灰脫落，壁爐古老，窗戶空盪盪，樓梯破敗，棄守的殘破蜘蛛網到處垂掛著。他們輕輕踏進門，脈搏加速，低聲交談著，豎耳捕捉微乎其微的聲響，繃緊肌肉，做好及時撤退的準備。

過了一陣子，他們熟悉了環境，恐懼感趨緩，於是以批判的目光津津有味審視屋內，也相當欽佩激賞自己的膽量。接著，他們想上樓看看。上樓形同自斷退路，但他們慫恿著對方，結果當然只有一個——他們把工具扔進角落，踏上樓梯。樓上同樣殘破不堪，他們在一角發現一座衣櫃，可能暗藏玄機，可惜他們上當了，裡面空無一物。現在，他們培養出勇氣了，不再害怕。他們正準備下樓開始幹活時——

「噓！」湯姆說。

「怎麼了？」哈克低語，嚇得臉色發白。

「噓！來了！聽見沒？」

「有耶！慘了！我們快溜吧！」

「別動！你可別亂動！他們正對著門走過來。」

湯姆和哈克趴在二樓地上，透過地板的小窟窿窺視，畏懼得苦不堪言，趴著靜候。

「他們停下來了……不對……又來了……他們在門口外面。哈克，別再講話了。慘了，但願我沒來就好了！」

兩個男人走進門。湯姆和哈克各自暗想著，「一個是最近在村子出現過一、兩次的聾啞西班牙老人，另一個從來沒看過。」

「另一個」衣著襤褸，不修邊幅，臉上毫無一絲善意。西班牙人以幾何圖形的毯子裹身，滿臉白鬍鬚，寬邊大草帽遮不住長長的白髮，戴綠色眼鏡。這兩人進門時，「另一個」低聲講著話。他們在地上坐下，面對門口，背對著牆壁，「另一個」繼續講。他的態度少了一份戒心，言語變得比較清晰。他繼續說：

「不行，」他說：「我考慮過了，我不喜歡。太危險了。」

「危險！」「聾啞」西班牙人以鼻子出氣說話，令湯姆和哈克大吃一驚。「懦夫！」

西班牙人的嗓音嚇得他們發抖，倒抽一口寒氣。西班牙老人居然是印第安喬！兩人沉默一陣，隨後印第安喬說：

「還有比那邊的那案子更危險的嗎？結果你照樣活得好好的。」

「那可不一樣。那裡離河邊那麼遠，而且那附近一戶居民也沒有。就算沒成功，也不會被人發現我們試過。」

「不會比白天過來這裡更危險吧！見到我們的人都會起疑心。」

「我知道。不過，搞了那件烏龍以後，找不到比這裡更便利的地方了。我不想再待在這個爛村子了。我昨天就想走，只不過，想離開這裡也走不成——山坡上那兩個死兔崽子一直玩，一眼就看得見我。」

「那兩個死兔崽子」被這話一驚，再度顫抖不止，心想著，幸好昨天決定星期六再來挖。再等一整年也行。

門口的兩人取出午餐。默然沉思良久之後，印第安喬說：

「這樣吧，小子，你往上游回去老家吧，等我通知。我想冒險再潛進這個村子一遍看一看。等我稍微觀察過後，等我覺得時機成熟，我們再去幹那個『危險』的案子。然後去德州！我們可以一起走！」

對方心服了。不久後，兩人開始打哈欠，印第安喬說：

「我睏死了！輪到你站崗了。」

說完，印第安喬蜷縮在雜草堆中，轉眼打起鼾來。他的同夥搖他一、兩下，他才安靜。未久，負責站崗的人也打起盹來，頭愈垂愈低，最後，兩人都開始打起鼾來。

湯姆和哈克長長嘆出慶幸的一口氣。湯姆悄悄說：

「機會來了，走吧！」

哈克說：

「我走不動，要是吵醒他們，我是死定了。」

湯姆再催，哈克再抗拒。最後，湯姆輕輕緩緩站起來，單獨踏下樓梯。不料，第一步竟然在爛樓梯踏出吱嘎巨響，他癱坐下來，差點被嚇死。他不敢再踏第二步。兩個頑童在二樓繼續等候，分秒如蝸步推進，直到光陰似乎流盡，似乎地老天荒了，他們才欣然發現總算即將天黑。

這時候，其中一人停止打呼。印第安喬坐起來，四下張望，見到同伴睡著了，冷笑一笑。同伴的頭垂在兩膝之間。印第安喬用腳推他一下，說：

「喂！站崗的人是你啊！算了，反正四周沒動靜。」

「哇！我睡著了？」

「還好，沒睡死，沒睡死。我們差不多可以動身了，伙伴。贓物只剩一點，該怎麼處理？」

「不知道，就留在這裡，和以前一樣吧。下南方之前再帶走就好。六百五十個銀幣，扛起來不輕啊。」

「好吧，再回來這裡一趟也無所謂。」

「對，不過，我建議還是照以前那樣，晚上再過來比較保險。」

「對。不過，我可能要等好一陣子，才有機會作案，因為那地點不太好，可能會橫生枝節。我們就照常埋起來吧，埋深一點。」

「好主意。」同伴說，走向客廳另一邊，跪下去，撬開靠近後面的壁爐石，取出一個叮噹聲悅耳的袋子，從裡面數二、三十元給自己，也分同樣的數目給印第安喬，然後把袋子交給印第安喬，換他跪向角落，以匕首挖地。

剎那間，恐懼和苦水全從湯姆和哈克心中消失了。他們以得意的眼光，觀察樓下的一舉一動。走運了！作白日夢都想不到的好運！六百元足以讓六、七個男孩搖身變成闊少爺！挖寶物碰到的好運不可能比現在更好了，再也用不著亂挖一通。他們不停以手肘抵一抵對方，彼此懂對方的心意，盡在不言中，含義不外乎：「看吧，你不高興我們今天來這裡才怪！」

印第安喬的刀子挖到東西。

「哈囉！」他說。

「什麼東西？」同伴說。

「半爛的木板，不對，是木箱子吧。過來幫我一下，看看裡面是什麼。不用了，我已經挖開一個孔。」

印第安喬伸手進去，掏出——

「哇，是錢啊！」

兩人細看著滿手錢幣。金幣。樓上的小孩也同樣興奮欣喜。

印第安喬的同伴說：

「我們趕快動手挖挖看。壁爐另一邊的角落雜草裡有一支生鏽的舊鎬子，我剛剛看過。」

同伴跑過去，帶回湯姆和哈克的鎬子和鏟子。印第安喬接下鎬子，以批判的眼光反覆看著，搖搖頭，嘟噥一句，開始用鎬子挖掘。不久，木箱出土。這口箱子不大，以鐵條包住，原本堅固，經過歲月緩蝕，現在已不堪一擊。兩人默默高興著，看著寶物，沉思片刻。

「伙伴，這箱子裡藏了好幾千元啊。」印第安喬說。

「常聽人說，有一年夏天，穆若爾那幫人常來這附近。」同伴有感而發。

「我知道，」印第安喬說：「看來，這應該是他們藏的，準沒錯。」

「這下子，你不必去幹那個案子了。」

印第安喬皺眉說：

「你不懂我的個性，完全不懂那回事。整體來說，那不是搶劫，而是復仇！」他眼睛燃起邪惡之火。「我需要你幫忙作案。事成以後，我們才去德州。你先回家去陪南絲和小孩吧，等我通知。」

「就照你吩咐吧。我們怎麼處理這箱子？埋回去嗎？」

「對。（樓上喜不自勝。）不行！看在大酋長的份上，不能！（樓上愁苦難耐。）我差點忘了。那支鎬上面黏著剛挖過的泥巴！（湯姆和哈克頓時驚恐萬分。）鎬子和鏟子怎麼會跑到這地方來？上面怎麼黏著剛挖過的泥巴？是誰帶過來的？人跑去哪裡了？你有沒有聽見人聲？有沒有看見人影？什麼！把箱子埋回原地，等他們回來，發現這裡剛被人挖過嗎？不行，不行。我們把箱子扛回我的窩。」

「那還用說嘛！都怪我沒早一點想到。你指的是一號？」

「不對，是二號，十字架下面。另外那地方不好，太常見了。」

「好。天色差不多夠暗，可以出發了。」

印第安喬站起來，走向窗口向外望，換個窗戶再看，然後說：「這些工具是誰帶來的？他們該不會躲在樓上吧？」

湯姆和哈克呼吸暫停了。印第安喬一手放在刀子上，猶豫片刻，然後轉向樓梯。兩童考慮躲進衣櫃，無奈全身被嚇得沒力氣。樓梯的吱嘎聲一步步接近，情況緊迫難忍，堅定了動搖的意志，他們正要拔腿奔向衣櫃之際，只聽朽木轟然迸裂，印第安喬跟著殘破的樓梯同聲墜地。他邊罵邊爬起來，同伴說：

「幹麼上樓？如果樓上有人，如果有人躲在上面，就讓他們留在樓上吧——管他們去死。如果他們現在想跳樓，跳下來找麻煩，誰會反對呢？再過十五分鐘，天色就全暗了。他們想跟蹤，就讓他們跟蹤吧。我不反對。照我看來，帶這些工具過來的人可能看見我們，把我們當成幽靈或惡魔之類的，逃命都來不及了。」

印第安喬嘟噥一陣，然後認同友伴的觀點，應把握僅剩的天色，好好收拾東西離開。不久後，他們在逐漸深沉的暮色裡出門，扛著寶箱走向河邊。

湯姆和哈克站起來，虛脫但如釋重負，從房子的木頭空隙窺望外面。跟蹤？他們才不敢。能平安下樓、不跌斷頸骨，他們就別無所求了。他們踏著上坡路，往村子的方向前進。兩人話不多。太專心恨自己了，自恨為何帶鎬子和鏟子過來。若非鎬子和鏟子洩露馬腳，印第安喬絕不會起疑心，一定會把金幣和銀幣全埋進地下，等到他「復仇」回來，才發現金銀不翼而飛。帶鎬鏟探鬼屋是人算不如天算！

打扮成西班牙人的印第安喬說過，他想進村子探勘復仇的良機，湯姆和哈克決心監視他，跟蹤他到地點不明的「二號」。接著，湯姆忽然想到一個恐怖的念頭。

「報仇？他指的該不會是我們吧，哈克！」

「哇，慘了！」哈克說著差點暈倒。

兩人詳細討論一陣，進村子時同意相信，印第安喬也可能另有所指，起碼他有可能只想找湯姆一人報復，因為出庭作證的只有湯姆。

對湯姆而言，只有他一人有危險，帶給他小之又小的安慰！他心想，要是有人跟他一起受難，起碼心情比較踏實一點。

第二十七章

當天的遭遇嚴重侵擾湯姆的夜夢。有四次，他雙手摸到寶箱，寶箱卻每次都在他手裡化為空氣，他陡然驚醒，面對冷冰冰的事實。清晨，他躺在床上，回想昨天的大事，卻注意到印象是異樣的朦朧遙遠，有點像是發生在另一個世界的事，或發生在古早的時代。隨即他忽然想到，昨天的大事肯定是一場夢！有個強有力的論點支持這理論──他見到的錢幣數量太多，不可能是真的。在這之前，他頂多一次見過五十元。他和同年齡、同階級的所有小孩一樣，聽人提起「幾百」、「幾千」的數目時，總以為全是打比方，以為這世上不存在如此龐大的數字。在他觀念裡，一個人身上不可能帶著像一百元這麼大的數目。如果剖析他對寶藏的觀念會發現，他所謂的寶藏只含滿滿一把一角的硬幣，外加一堆朦朦朧朧、金光閃閃、看得見卻抓不到的銀元。

然而，他愈回想昨天的奇遇，愈覺得真實而明晰，所以他傾向於認為，昨天的事可能不是夢。這種無所適從的感覺非掃除不可。他想匆匆吃完早餐，趕快去找哈克。哈克坐在一艘平底船的舷邊，兩腳無神蕩著水，表情至為憂鬱。湯姆決定讓哈克主動提起昨天的事。如果哈克不提，表示昨天的奇遇純屬夢境。

「哈囉，哈克！」

「哈囉。」

沉默，維持一分鐘。

「湯姆，要是我們把可惡的工具留在枯樹下，錢現在就到手了。唉，太可惜了！」

「原來不是夢，不是夢啊！不知怎麼著，我多希望是作夢。可惜不是夢，哈克。」

「什麼不是夢？」

「不就是昨天的事嘛。我有點以為是作夢。」

「夢！要不是樓梯垮了，你就會知道那場夢多實在！我昨天晚上做過太多夢了，一直夢見那個蒙眼西班牙惡魔追著我跑。我真是恨死他了！」

「不必恨他，應該去找他才對！追查出那筆錢！」

「湯姆，我們休想找到他了。那麼大的一筆錢，一個人一生只能碰到一次，而我們的大好機會溜走了。再怎麼說，我要是再碰到他，一定會抖得半死。」

「我也是，不過我倒是想見他，想追蹤他，追到他的『二號』。」

「二號……對耶。我一直在想，怎麼也想不出是哪裡。你覺得呢？」

「不曉得。太深奧了。對了，哈克，說不定二號是門牌號？」

「什麼話！不可能啦，湯姆。如果二號指的是門牌，像我們這種小不拉幾的村子，地址根本沒有號碼。」

「也對。讓我想想看。對了，二號指的是房間的號碼，客棧裡的房間啦！」

「對，被你破解了！村子裡只有兩間客棧，我們一查就知道。」

「你待在這裡，哈克，等我回來。」

湯姆立刻出發。他不想帶哈克出現在公眾場合。他花了半小時，發現在最好的一間客棧裡，二號房長年由一位年輕律師租用，至今仍是。而在比較不體面的那間客棧裡，二號房是一團謎。客棧主人的小兒子說，二號房常常鎖著，只有晚上才有人進出，至於有何特別的理由，他不清楚。他對二號房好奇過，但好奇心相當微弱。他把疑雲歸因於「鬧鬼」，以此自娛。他曾注意到，昨晚裡面有燈火。

「這是我目前為止查到的線索，哈克。我們想找的二號大概是這間。」

「我想也是，湯姆。接著該怎麼辦？」

「讓我想想。」

湯姆思考了好久，然後說：

「我告訴你，二號的後門外面有一條窄小的死巷，在客棧和那間破爛磚窯廠之間。你趕快去收集你能弄到手的所有門鑰匙，我回去偷走阿姨所有的鑰匙。一等到月亮不出來的晚上，我們可以拿著所有鑰匙，去二號的後門試開看看。對了，最好當心印第安喬，因為他說他想進村裡，探勘復仇的機會。如果你看見他，趕快跟蹤他。如果他沒去二號，表示我們猜錯地方了。」

「天啊，我才不想自己一個人去跟蹤他咧！」

「別怕嘛，是晚上跟蹤而已。他不可能看見你啦。就算你被他看見，他也不會懷疑。」

「如果夠暗，我大概可以跟蹤吧。我不知道，我試試看吧。」

「如果夠暗，哈克，我自己一定會去跟蹤他。哼，他也可能發現沒機會報仇，乾脆直接帶錢走了。」

「有道理，湯姆，有道理。我跟蹤他就是了。包在我身上！」

「這才像話嘛！哈克，你要堅強一點，我也不會退縮的。」

第二十八章

當天夜裡，湯姆和哈克為監視印第安喬做好準備。他們在客棧附近徘徊到九點以後，一人從遠處監視巷子，另一人監視客棧門，但沒有人進出巷子，沒有貌似西班牙人的顧客進出客棧。這一夜的天氣似乎無雲，因此湯姆回家，知道如果夜色加深，哈克會來他家外面學貓叫，他會偷溜過來試鑰匙。但是這一夜的天氣一直沒變壞，哈克在十二點左右結束監視，找個空糖桶睡覺。

星期二，兩人同樣無斬獲，星期三亦然。但到了星期四晚上，希望濃厚起來。湯姆等到好時機，從姨媽家提著錫做的老燈籠出門，用大毛巾裹住燈籠。他把燈籠藏進哈克的糖桶，開始監視。午夜前一小時，客棧打烊，吹熄（周遭唯一的）幾盞燈火，但依然不見西班牙人的蹤跡。沒有人進出巷子，一切顯得風平浪靜。漆黑的暗夜稱霸這一帶，唯有遠方偶爾傳來的悶雷聲打破寂靜。

湯姆拿起燈籠，在桶子裡點燈，以毛巾緊緊裹住，帶著哈克溜向漆黑的客棧。哈克負責把風，湯姆摸索入巷，然後哈克焦急枯等半天，心頭像被高山壓住。他開始但願能見到燈籠閃光，他見了是會恐慌，沒錯，但至少能因此得知湯姆還活著。感覺像是湯姆走了好幾個鐘頭。湯姆該不會是暈倒了吧，說不定死了，說不定受到過度驚嚇，情緒太激動，心臟爆裂了。哈克心情七上八下，不知不覺一步步向巷口移動，一方面擔心著各種壞事發生，另一方面也期望災難降臨，讓他呼吸停止。他現在的呼吸很淺，出一件小事就能暫停他的呼吸，而心臟以目前的跳動方式，再跳不久就能累垮。忽然，燈火一閃，湯姆從他身旁狂奔而過：「逃啊！」湯姆說：「快逃命！」

講一次就夠了，講兩次是畫蛇添足，在湯姆喊第二次之前，哈克已經以六、七十公里的時速飆竄。兩人一直跑到村尾的一間荒廢屠宰場，才在棚子裡停下。就在這時候變天了，大雨嘩嘩下。湯姆一喘夠氣就說：

「哈克，太恐怖了！我試了兩支鑰匙，動作儘可能輕，可是怎麼試都發出好大的聲響，我好怕驚動裡面的人，緊張得幾乎不敢呼吸。鑰匙怎麼轉，就是轉不動門把。結果，我一時沒注意自己的動作，一手握住門把，門竟然被我打開了！原來根本沒上鎖！我跳進門，打開毛巾，結果……我的老天爺爺啊！」

「什麼！你看見什麼，湯姆？」

「哈克，我差點踩到印第安喬的手！」

「怎麼會！」

「沒錯！他躺在地板上，睡得好熟，戴著同樣的眼鏡，兩手臂攤開。」

「天啊，你怎麼辦？他有沒有醒過來？」

「沒有，一動也不動。醉了吧，我猜。我抓起毛巾就逃！」

「要是我，一定連毛巾都不要了！」

「我嘛，絕對不會忘記毛巾。如果毛巾被我搞丟了，阿姨一定會打得我哇哇叫。」

「對了，湯姆，你有沒有看見那個箱子？」

「哈克，我哪敢找？我沒看見箱子，沒看見十字架，我只看見印第安喬身邊的地上有一個酒瓶和一個錫杯。對了，我也看見裡面有兩個木桶，有好多酒瓶。鬧鬼的房間在搞什麼鬼，你懂了沒？」

「懂什麼？」

「在裡面鬧的不是鬼，是威士忌啊！搞不好，每一間酒禁客棧裡面都有鬼屋，對不對，哈克？」

「這個嘛，大概吧。沒人想得出這種詭計吧？對了，湯姆，既然印第安喬喝醉了，我們最好趁現在去搶那個箱子。」

「對啊！你去搶搶看！」

哈克打一陣寒顫。

「呃，不——我不想。」

「我也不想，哈克。印第安喬身邊只有一個空酒瓶還不夠看。如果他喝光三瓶，喝得夠醉，我才肯去搶。」

兩人不語，考慮良久，湯姆才說：

「不如這樣吧，哈克，我們等到印第安喬離開那房間，才去試試看。現在太可怕了。我們可以每天晚上去監視，確定看見他離開，我們才發動閃電攻勢進去搶寶箱。」

「好，我贊成。我負責夜班，每天晚上都由我看守，剩下的工作就交給你囉。」

「好，可以。你只要走上胡普街，過一個路口，然後喵幾聲，如果我睡著了，沒反應，你就對準窗戶扔一把砂石，就能吵醒我。」

「沒問題，包在我身上！」

「雨停了，哈克，我可以回家了。過兩、三個鐘頭，天就亮了。你回巷口監看到天亮，可以嗎？」

「我說過我可以，湯姆，說話算話。我可以每晚去那個客棧搞鬼，鬧一整年也不累！我可以睡整天，然後整晚看守。」

「很好。你現在都睡哪裡？」

「睡班．羅傑斯家的乾草閣樓。他准我睡，他家的黑奴傑克叔叔也准我。傑克叫我幫他打水，我都會幫他，我肚子餓的時候，如果他有東西夠分我，他也會分一點給我吃。湯姆，他是個大好人。他疼我，因為我從來不會瞧不起他。有時候我一屁股坐下，跟他一起吃飯。不過你可別講出去喔。肚子餓扁的時候，平常做不出來的事也非做不可。」

「好吧，如果我白天用不上你，我就會讓你好好睡覺，不會去吵你。晚上你一發現動靜，要趕快來我家外面喵喵。」

第二十九章

星期五早晨，湯姆聽見的第一件消息是喜訊：柴契爾法官全家昨晚回村裡了。印第安喬和寶物暫時退居次要地位，貝琪在湯姆心中躍為榜首。他見到貝琪，兩小和一群同學玩著「捉迷藏」和「守溝溝」，累得不亦樂乎。讓這天滿意到最高點的是，貝琪的母親拗不過她的請求，同意明天辦一場一延再延的野餐會。貝琪樂不可支，湯姆的興奮之情也不亞於她。日落之前，她拋出邀請的訊息，全村小孩立刻欣喜期待，一頭熱籌備起來。湯姆興奮得半夜睡不著，很期望聽見哈克的喵叫，希望明天野餐能亮出金銀財寶，給貝琪和大家一個驚喜。可惜，他整夜沒聽見哈克打訊號。

天終於亮了。到了十點或十一點，柴契爾法官家聚集了一群喜孜孜、嬉笑玩鬧的兒童，一切準備妥當，就等著出發。舉辦野餐會的習俗是成年人不宜參加，以免掃興。與會者不乏幾位十八歲少女和二十三歲左右的年輕紳士，有他們在場，小孩應該很安全。柴契爾家包下整艘蒸汽渡輪。不久後，歡樂野餐客提著飲食籃，走在大街上。席德生病，玩不到；瑪莉待在家裡照顧他。臨行之前，柴契爾夫人對貝琪講的最後幾句話是：

「你們會很晚才回村裡，孩子，妳最好找個家住渡口附近的女生，晚上就在她家過夜。」

「那我去蘇西．哈普爾家過夜，媽媽。」

「很好。要小心玩喔，守規矩一點，不要闖禍。」

不久後，湯姆和貝琪輕快走著，對她說：

「對了，我把我的計畫告訴妳吧，野餐完後，我們不要去哈普爾家，直接上山去找道格拉斯寡婦。她會請我們吃冰淇淋喔！她幾乎每天都有冰淇淋可吃，多得吃不完喔。而且她會很樂意招待我們。」

「哇，那一定很好玩！」

隨即，貝琪考慮片刻，說：

「可是，我媽咪會有意見吧？」

「不告訴她，她怎麼知道？」

貝琪反覆思考著，扭扭捏捏說：

「好像不太好吧……可是……」

「別可是不可是了！妳母親又不會發現，有什麼關係？她只關心妳平不平安。我敢說，如果她自己想到這點子，一定會同意讓妳去。我知道她會同意啦！」

道格拉斯寡婦的盛情款待是個香噴噴的誘餌，再佐以湯姆的勸進，貝琪不一會兒就屈服了。兩人同意不向任何人透露今晚的規畫。不久後，湯姆忽然想到，哈克說不定今晚會去他家外面叫他。這想法淋了他一頭冷水。儘管如此，他豈能放棄寡婦家的冰淇淋？沒必要放棄吧。他的想法是，既然哈克昨晚沒打訊號，今晚也八成不會來才對。今晚能玩得痛快，這是能確定的事，寶物能不能到手卻不一定。他耐不住童心，決定向誘惑低頭，不許自己今天再想寶箱的事。

村子下游五公里外，老渡輪來到一處林木蓊鬱的窪地，靠岸停泊，野餐客蜂擁下船，不久，叫囂聲和歡笑響徹遠近的森林和嶙峋的高崗。大家想盡辦法玩得熱汗淋漓，累了才三兩成群回營地，飢腸轆轆，開始狂嚼美食。飽餐一頓之後，大家趁這機會在遼闊的橡樹樹蔭下休息聊天。過了一陣子，有人喊著：

「誰想去山洞探險？」

人人都想。大家帶著一捆捆的蠟燭，直朝著山上奔馳而去。山洞的開口在山腰，形狀近似字母A，橡木巨門敞開，裡面有個小空間，冷冽如儲冰屋，堅固的石灰岩形成天然牆壁，布滿著晶瑩的冷汗。站在洞口向外望是豔陽天和翠綠的山谷，裡面則黝暗深沉，感覺既浪漫又神祕。很快地，大家感覺不再新鮮，又開始胡鬧起來。第一支蠟燭燃起，旁人馬上一擁而上，想爭奪蠟燭，主人也英勇對抗外侮，最後蠟燭不是被吹熄就是落地，接著響起歡呼聲，引發另一場追逐戰。然而，再歡樂的場面也有終止的一刻。未久，大家走在陡降坡的幹道上，一排飄搖的燭火微微照亮聳立的岩壁，幾乎能照到二十公尺以上的兩壁交會處。幹道頂多二到三公尺。每走幾步，兩旁會出現更窄的岩縫支道——這座山洞名為麥克杜果氏山洞，其實是一座浩瀚的迷宮，途徑曲折，有些互通，有些延伸到無路可走。據說，這座山洞裡的裂縫和深淵繁多，人在裡面如果迷路，可能幾天幾夜走不出來，永遠找不到山洞盡頭，更有可能一路往下走，一直下降，深入地殼以下，見到的同樣是迷宮——迷宮底下另有迷宮，永無止境。無人「通曉」這座山洞，想搞懂路線是不可能的事。這群小孩多數認得山洞的一部分，通常不敢踏出熟悉的範圍。湯姆．索耶對這山洞的熟悉度不比其他人高。

隊伍循著幹道，前進大約一公里，然後漸漸分組，三兩成群鑽進支道探險，在幽暗的長廊上飛奔，躲在轉角嚇唬人。在半小時之內，有幾組小孩能躲躲藏藏，不讓對方撞見，也不至於走出安全範圍。

玩夠了，一組接一組人陸續走回洞口，喘著氣，樂呵呵，被蠟油從頭滴到腳，身上也有黏土漬。野餐會辦得圓滿，大家玩得盡興。這時候，他們赫然發現，大家玩得忘記時間了，眼看即將天黑，喚大家回渡輪的鐘已經敲了半小時。儘管如此，以這種方式結束今天的玩樂，感覺好浪漫，因此大家心滿意足。渡輪載著好動的孩子們啟程時，在意船期延誤的人唯有船長。

渡輪燈火通過碼頭時，哈克已開始守夜。他沒聽見船上的嘈雜聲，因為全船的兒童已累得半死，言行收斂不少。他納悶著，這艘船到底是什麼船，為什麼不停靠碼頭？船被他拋出腦海，因為他想專心看守巷口。夜空的雲愈聚愈厚，星月光全暗。到了十點，車馬聲平息，零星的燈火接連熄滅，寥落的行人也全消失，全村沉沉昏睡了，留下小哈克陪伴靜夜和幽魂。十一點，客棧熄燈，這時天地全暗。哈克感覺枯等了好久，沒有看見動靜。他的信心動搖了。再等下去有用嗎？真的等得出結果嗎？乾脆放棄，趕快去睡覺吧？

耳邊響起一陣聲響。剎那間，他全神貫注。巷子裡的門輕輕合上。他奔向磚窯廠的角落。緊接著，兩個男人從他旁邊擦身而過，其中一人的腋下似乎夾著東西。一定是寶箱！他們一定是想帶走寶箱。沒空去叫湯姆了，因為等湯姆來，這兩人早就帶著寶箱，一去不回頭。他決定尾隨他們，緊跟不捨。他把自身的安危託付給暗夜，自信不會被發現。哈克一面這樣想著，一面悄悄跟上，打赤腳，像貓一樣，距離拉近到幾乎快看不見他們的地方。

兩人走在河邊的馬路，過了三個路口，然後左轉進另一條街，接著直走，踏上通往卡迪福丘的小徑，在山腰路過威爾斯裔老人的家，毫不遲疑，持續往上坡走。哈克心想，好耶，他們想把寶箱埋進舊採石場。但他們路過採石場不停。他們繼續往山頂走。他們鑽進漆樹叢夾道的窄徑，立刻被暗夜吞噬。哈克拉近跟蹤距離，因為他們絕對看不見他。他繼續走了一段路，然後放慢步伐，惟恐拉近距離的速度過快。他再走幾步，停腳傾聽，沒聲音，沒動靜，似乎只聽得到自己的心跳。貓頭鷹的啼聲翻越山頂而來。不吉利啊！但聽不見腳步聲。糟糕，該不會跟丟了吧！他提起長翅膀的腳，正想飛奔，這時男人之一清清嗓子，離哈克不過一公尺多！哈克的心蹦進喉嚨了，被他硬嚥回去。他站著，抖得好厲害，彷彿十幾陣寒顫一口氣攻心，抖得他虛弱到自以為絕對會腿軟倒地。他知道這裡是什麼地方。他知道，不到五步之外有一座過籬梯，能通往寡婦家的院子。讓他們把寶箱埋在那裡也好，不難找。

有人講話了——嗓音非常低沉——是印第安喬：

「可惡的女人，搞不好她家有客人。這麼晚了，燈還亮著。」

「我沒看到。」

第二個嗓音來自印第安喬的同夥，也就是哈克和湯姆在鬼屋見到的同一個。一箭致命的寒意射進哈克的心臟——原來如此！他們要報的仇就在這裡。哈克的想法是，溜之大吉。接著他回憶起，寡婦曾不只一次善待他，今晚這兩個壞人說不定想對她不利。他多想冒險去警告寡婦，但他自知沒這膽量——壞人可能會追過去抓他。同夥講完話之後，哈克考慮再考慮，接著聽見印第安喬說：

「因為你被樹叢擋住了。來，再看一下，看到了吧？」

「看到了。她的確有客人，我猜。最好還是放棄吧。」

「放棄？然後我逃出美國，永遠不回來？現在放棄，以後說不定休想再等到好機會。我以前講過，現在再告訴你一遍，她家的財物，我不想要，你儘管拿。她丈夫生前虧待過我——虧待我很多次——最嚴重的一次是他擔任治安法官期間，依無業遊民罪名抓我去坐牢。還不只坐牢。比坐牢還過分一百萬倍！他罰我挨馬鞭！在監獄前面，像黑鬼一樣挨馬鞭！讓全村的人看熱鬧！挨馬鞭！你能體會嗎？他占盡我便宜，然後死了。現在，我只能找她洩恨。」

「唉，不要殺她嘛！不要！」

「殺？誰說我要她的命？如果她丈夫還活著，我倒是想殺他。想對女人報復，不必要她的命。哼！毀容就行了。割開她的鼻孔，在她耳朵割個缺口，當成母豬來宰剮！」

「上帝啊，那太——」

「想發表意見？省省吧！對你來說最保險。我會把她綁在床上。要是她流血過多，斷氣了，錯不在我身上。如果她哭叫，我不會。朋友啊，你幫我這個忙吧——看在我份上——帶你來的目的就是這個——我單獨一個人做不來。如果你不敢動手，我就宰了你。懂嗎？如果我逼不得已殺你，我也會連她一起殺死，然後大概就沒人知道這是誰下的毒手。」

「既然非報仇不可，那我們就趕快動手吧。愈快愈好，我全身一直發抖啊。」

「現在就動手？裡面有客人啊。你這樣講，不擔心我對你起疑心嗎？不行，我們等到熄燈再說，不急。」

哈克覺得壞人即將閉嘴——這比討論殺人計畫更恐怖幾倍。他憋著不敢呼吸，躡足撤退，先謹慎踩穩一腳，然後單腳站著，左傾右斜一陣，險些失去重心。他再往後退一步，同樣煞費苦心，冒著同樣的風險，一步接一步撤退，不料，他踩中地上的枯枝，啪！他停止呼吸，豎起耳朵。沒有聲響，四處風平浪靜。他無盡感激。現在，他來到漆樹叢之間的小徑，轉身——像輪船調頭一樣謹慎——然後抱著警覺心快步前進。來到採石場時，他覺得平安了，於是跨出靈活的雙腳，加速馳騁下山，來到威爾斯老人的家。他猛敲門，不久，老人和兩個壯漢兒子探頭出窗戶：

「吵什麼吵？誰在敲門啊？你想幹啥？」

「讓我進去！快！我進去再說。」

「為什麼？你是誰？」

「哈克貝里．費恩！快啦，讓我進去！」

「是哈克貝里．費恩嗎？憑這名字能打開的門不多吧！兒子，還是讓他進門吧，聽聽看他碰到什麼麻煩。」

「拜託你們，不要告訴別人說是我講的！」這是哈克進門的第一句話。「求求你們！不然我一定會被幹掉。我這樣做，全是因為寡婦有時候把我當成好朋友看待，所以我才想講。不過，你們要先打包票，絕對不能說告密的人是我，我才願意講。」

「哇，他肯定是有話想講，不然不會急成這副德性！」老人感嘆：「快講吧，小子，我們家沒有大嘴巴。」

三分鐘後，老人率領兩個兒子，全副武裝上山去，踮腳尖進入高高的漆樹叢，武器握在手上。哈克一路跟到樹叢便止步。他躲在巨岩後面仔細聽。現場沉寂下來，令人焦慮，接著，一陣槍火聲突然爆發，夾雜著一聲驚呼。

詳情如何，哈克沒空去了解，只顧著拔腿就逃，以雙腿能力的極限衝下山去。

第三十章

星期天清晨，黎明呼之欲出，哈克立刻匆忙上山，輕敲威爾斯老漢的家門。屋主雖然熟睡中，但一吵就醒，因為昨晚的場面太驚心動魄。窗口有人呼喚：

「誰啊！」

哈克沉聲以驚恐的嗓音回應：

「拜託你，讓我進去！我是哈克．費恩！」

「小子，這名字不管日夜，都能喊開我家門！歡迎光臨！」

聽在流浪兒耳朵裡，這句話顯得陌生，也是他聽過最悅耳的言語。至於結尾四字，就他記憶所及，好像從來沒有衝著他而來的例子。門鎖迅速解開，他進門，老人請他坐下，自己和兩個大漢兒子急忙著裝。

「好孩子，希望你肚子餓了，因為太陽一出來，早餐就上桌，我們也能好好享受熱騰騰的一頓，你可別太客氣！我和我兒子昨晚就希望你會順路回來坐一坐。」

「我被嚇死了，」哈克說：「溜掉了。手槍一開火，我就跑了，整整跑了五公里都沒停過。我今天來是想了解昨晚的狀況。我在天亮之前來，是因為我不想遇到那兩個壞人，就算他們死了，我也不想看到。」

「小子，可憐啊，看你這樣子，昨晚一定很難熬吧——幸好我們為你準備一張床，你早餐後可以睡個飽。至於壞人嘛，小子，他們沒死——我們非常遺憾。事情是這樣的，照你的描述，我們知道那兩個壞人躲在哪裡。我們潛伏過去，來到十五步之內的地方——那條漆樹小路暗得像地窖啊。就在緊要關頭，我居然鼻子癢起來，想打噴嚏。運氣實在太背了！我儘量忍，沒用——該來的硬要來，擋不住！我舉著槍，躲在最前面，噴嚏一打，壞蛋急忙衝出小路，我高喊：『開槍啊，兒子們！』對準悉悉嗦嗦的地方猛開槍。兩個兒子也跟著開槍。可惜，那兩個惡棍溜得快，一轉眼就不見了。我們追下山，穿過樹林。據我判斷，我們一槍也沒中。他們開跑之前，兩人各開一槍，子彈呼嘯而過，也沒打中我們。我們追到聽不見他們腳步聲，才下山去報警。他們找齊一組義警，去河岸巡邏。等到天一亮，警長打算帶一群弟兄去樹林搜人。我兒子待會兒也會加入搜索行列。假如知道壞人的外觀就好了，能幫個大忙。可惜，小子，那裡黑漆漆的，你大概看不清楚他們的長相吧？」

「我見過啊。我在村裡看見他們，一路跟蹤上山。」

「太好了！描述他們的長相吧！好孩子！」

「其中一個是最近在村裡出現一、兩次的聾啞西班牙老人，另一個長相凶巴巴的，衣服破爛——」

「這樣就夠了，孩子，我們認得他們！前幾天，我在寡婦家後面的樹林撞見他們，他們心虛溜走了。兒子們，你們快去通知警長吧！早餐明早再吃！」

老人的兒子立刻出門，前腳才跨出去，哈克就跳起來驚呼：

「拜託拜託，不要告訴任何人說是我告的密！拜託拜託啊！」

「好吧，哈克，就照你的意思。不過，你做了好事，功勞應該歸你。」

「不要不要！拜託你們不要講！」

兩個兒子出門後，威爾斯老漢說：

「他們不會多嘴，我也不會。不過，你為什麼做好事不願外揚？」

哈克不願解釋，只推說他對壞人之一認識太深，不想再讓壞人知道他又握住另一個把柄，壞人如果發現，絕對會要他的命。

老人再次保證保密，然後說：

「小子，你當初怎麼想到要跟蹤他們？因為他們行跡可疑嗎？」

哈克沉默片刻，謹慎思索著回答方式。他說：

「是這樣的，我是個苦命兒——至少大家都這樣講我，我也不反對啦——有時候，我睡不著，因為想著自己命苦，想要走出新的一條路。昨晚，我就是這樣。我睡不著，所以半夜上街走著走著，一直想，來到酒禁客棧旁邊的那家破爛磚窯廠的時候，背靠著牆壁，繼續再思考，結果就在這個時候，有兩個人悄悄走過我身旁，腋下夾著不知什麼東西，我猜八成是贓物。其中一個正在抽菸，另一個想借光，所以他們在我面前停下來，雪茄照亮他們的臉，所以我才看見大個子留著白鬍子，戴著眼鏡，是聾啞西班牙人，另一個是衣服破爛的中老年壞蛋。」

「靠雪茄的亮光，你就看得出他穿得破破爛爛？」

「呃，我不知道啦——莫名其妙就感覺到了，好像。」

哈克一時反應不過來。接著他才說：

「然後他們繼續走，而你——」

「跟蹤他們，對。就是這樣。見他們鬼鬼祟祟的，我想看看他們想搞什麼。我跟蹤他們，走到寡婦家的過籬梯，西班牙人罵說，他想毀她的容，就像我昨晚告訴你和兩個——」

「什麼！聾啞人能講那麼多話！」

哈克又犯了大錯！他儘量掩飾西班牙人的正身，不讓老人起絲毫疑心，奈何舌頭不聽話，硬是想陷害他。他連番狡辯想脫困，可惜老人緊盯著他看，害他一再講錯話。不久，老人說：

「好孩子，你不要怕我。天塌下來，我也不會動你一根汗毛。放心，我會保護你的——我會保護你。這個西班牙人不聾不啞，你不小心說溜嘴了，想掩飾也沒用。你掌握了西班牙人的某個底細，不想讓別人知道。好吧，你儘管信任我。是什麼底細，告訴我，相信我，我不會出賣你。」

哈克直視老人誠懇的眼睛片刻，然後低頭，對著他的耳朵悄悄說：

「他才不是西班牙人——他是印第安喬！」

老人幾乎從椅子跌下去。片刻之後他說：

「總算真相大白了。你剛提到他想割寡婦的鼻孔和耳朵，我暗暗判斷，是你在加油添醋，因為白人不會用這種方法報復。不過，印第安人就會！報復的方式完全不一樣。」

早餐期間，老少繼續交談，老人一度說，昨晚上床前，他和兒子做的最後一件事是提著燈籠，去檢查過籬梯和附近有無血跡，結果沒發現，只撿到鼓鼓的一包——

「一包什麼？」

從哈克泛白的嘴唇吐出的這四個字，來得比閃電還突然而驚人。哈克的眼睛瞪得圓滾滾，呼吸暫停，等候著回答。老人嚇一跳，也瞪著他，維持三秒，五秒，十秒，然後回應：

「盜賊的工具啊。你聽了，好像重重鬆了一口氣似的。你剛才為什麼那樣緊張？你以為我們撿到什麼了？」

哈克進退兩難——被審問的眼神揪住——他絞盡腦汁，就是找不到可以編出合理解釋的素材——百思不出。老人疑問的眼光在他臉上愈鑽愈深——有了，一個無俚頭的說法浮現腦海——合不合理？沒空考慮了。哈克未經思考就脫口而出——語氣虛弱：

「主日學用的課本吧，也許。」

可憐的哈克緊張得笑不出來，老人卻是哇哈哈開懷狂笑，笑意撼動了從頭到腳的所有器官，最後說，金錢難買這種有益健康的歡笑，為他省下不少醫藥費。接著老人說：

「可憐的小子，你臉色蒼白，精神渙散——你的狀況一點也不好，難怪你有點容易激動，有點瘋顛。不過，你遲早會康復的。多休息，多睡覺，你應該能恢復健康，我希望。」

哈克心煩自己笨得可以，竟然激動成這樣，引人側目。其實早在寡婦家的過籬梯旁，他偷聽到壞人的討論，馬上推斷從客棧帶出來的那包東西不是寶物。然而，當時他只以為那包東西不是寶物，但他無從確定是不是——因此他一聽老人說撿到一包東西，才激動得把持不住。但整體而言，他慶幸剛才失態，因為如今他能百分百確認，此包非彼包，心思總算平靜下來，自在無比。事實上，現在一切進展似乎順著他的心意。寶物應該仍在二號房間，兩個壞人今天會被抓去坐牢，他和湯姆晚上可以去安安穩穩偷走金幣，不必擔心遇到麻煩或干擾。

早餐結束之際，有人敲門，哈克跳起來，想找個地方躲避，因為他不想被人聯想他和本案有絲毫瓜葛。老人開門，來人是幾位淑女和紳士，寡婦也在其中。老人也注意到，幾群村民正往山上走，想去過籬梯看熱鬧。看來，消息傳開了。老人不得不向客人介紹昨晚的事件。寡婦不停感激救命之恩。

「快別這麼說了，夫人。你更應該謝恩的對象也許是另外一個人，不是我們家老少三個，不過他不許我透露他的姓名。要不是他通報，我們也不會去營救妳。」

此言當然激起莫大的好奇心，幾乎淹沒了正事，但老人拒絕洩露機密，任這些訪客挖空心思去猜疑，由他們去村裡傳播。老人講完其他細節後，寡婦說：

「我昨晚上床，看書看到睡著，完全沒聽見外面的風波。你為什麼不來叫醒我？」

「我們判斷，那兩個人不太可能再來，犯不著去打擾妳。一來是他們的工具掉了，二來是叫醒妳也只會嚇掉妳半條命。我派三個黑人去妳家外面守到天亮，他們才剛剛回來。」

又有訪客上門來，老人把同樣的說法一再重複了兩、三個小時。

放暑假期間，安息日不上主日學，但大家仍早早進教堂做禮拜。聳動的消息引發眾人熱議。根據新聞，至今仍查無兩壞人的蹤跡。佈道結束後，哈普爾夫人正隨著大家離開之際，柴契爾法官夫人來到她身旁，問她：

「我們家貝琪難道想睡整天嗎？我就知道她會玩得累到半死。」

「你們家貝琪？」

「對啊，」她表情驚愕，說：「她昨晚不是去你們家過夜嗎？」

「沒有啊。」

柴契爾夫人臉色轉白，沉進長椅，這時快嘴和朋友交談的寶莉姨媽正好經過。寶莉姨媽說：

「早安，柴契爾夫人。早安，哈普爾夫人。我們家有個小鬼頭失蹤了。敢情湯姆昨晚是去妳們其中一人的家裡過夜，今天不敢來教堂。我等著教訓他呢。」

柴契爾夫人虛弱搖搖頭，臉色變得更蒼白。

「他沒來我們家過夜。」哈普爾夫人說，神情漸漸不安，寶莉姨媽的臉色顯露一絲焦慮。

「喬・哈普爾，你今早有沒有見到我們家湯姆？」

「沒有。」

「你最後一次看見他是什麼時候？」

喬盡力回想，但無法確定。村民已停止離開教堂，私語口耳相傳，不祥的預感襲上所有臉孔。家長焦慮地詢問孩童和年輕教師。他們全說，渡輪回程中，因為天黑了，沒有人注意到湯姆和貝琪是否也在船上，也無人問大家是否到齊了。一位青年按捺不住恐懼，終於脫口而出說，那兩個孩子仍在山洞裡！柴契爾夫人急暈了。寶莉姨媽哭了起來，扭擰著雙手。

警訊從一人的嘴裡傳向另一人，在人群之間散播，從一條街傳至另一條街。不到五分鐘，鐘聲慌忙敲敲敲，全村動了起來！卡迪福丘夜襲事件剎時變得微不足道，歹徒全被忘卻，大家紛紛把鞍放上馬背，船夫躍上輕舟，渡輪奉命出航。兩童失蹤的消息傳出才不過半小時，兩百名壯丁已從捷徑和河道出發，朝山洞前進。

整個下午，全村恍若空城，一片死寂。多數婦女去拜訪寶莉姨媽和柴契爾夫人，儘量安撫她們，也陪她們一起哭；哭總比安慰來得實在。村民枯等整夜，等不到消息。天終於破曉了，大家得到的消息只有：「再送蠟燭過來——再送食物。」柴契爾夫人急得幾乎發瘋，寶莉姨媽也是。柴契爾法官從山洞派人捎口音，傳達希望和鼓勵，但這些話提振不起心情。

近黎明時分，威爾斯老漢回家，渾身沾滿蠟油漬，灰頭土臉，幾乎累垮。他發現哈克仍躺在為他準備的床上，正在發燒，囈語連連。全村醫師都去山洞待命了，道格拉斯寡婦只好過來照顧哈克。她說她會盡最大能力照料他，因為無論哈克是好是壞或不好不壞，都是造物者的結晶；只要是天主的產物，都不容凡人忽視。老漢說，哈克的心確有可取之處，寡婦聽了說：

「一定有。那是主留下的記號。上帝造人，不會造完了就不管，從來不會的。出自他手裡的每個生物都有記號。」

早晨，疲憊的壯丁斷斷續續回村裡，但體力最好的人繼續在山洞搜索。目前得知的消息只有，之前從未被探索過的山洞深幽處正被徹底翻找中，每一角落和裂縫都不放過。搜索迷宮的人所到之處，燈火無不閃耀，喊叫聲和槍聲也迴盪在空靈的走道上。在遠離觀光客常走的一帶，有人在岩壁上發現以燭煙燻出的「貝琪和湯姆」五字，附近也尋獲一段沾有油漬的緞帶。柴契爾夫人指認緞帶，為之痛哭失聲。她說這東西是貝琪慘死前留下的最後一項遺物，最彌足珍貴。山洞裡不時有人說，遠遠看得見一點微光，隨即有人縱聲對著光點高喊，數十人立刻在回音蕩漾的長廊上邁步，最後總是只找到痛心失望——剛才見到的只是搜救人員，並非失蹤的兒童。

歷經苦悶的三天三夜，時光枯燥地流逝，全村陷入絕望的愁雲，大家對凡事都提不起興致。酒禁客棧的負責人在店內私藏酒品，不慎曝光，即使是這種天大的消息，村民聽了幾乎也無反應。哈克時睡時醒，在神智清醒的空檔虛脫地旁敲側擊客棧的事，最後才問——微微抱著最壞的打算——他病倒之後，在酒禁客棧有沒有新發現。

「有。」寡婦說。

躺著的哈克趕緊坐起來，瞪圓了眼睛。

「什麼？發現什麼？」

「烈酒！而且，客棧被勒令關閉了。躺下吧，孩子，你嚇了我一大跳呢！」

「再告訴我一件事——一件事就好——求求妳！發現的人是不是湯姆．索耶？」

寡婦的淚噗簌簌落下。「噓，噓，孩子，別講話！我不是告訴過你了嗎？你不能講話。你病得非常非常重！」

客棧裡只查獲烈酒。金幣若重見天日勢必引發軒然大波。看樣子，寶物一去不回了，永遠不回來！可是，她有啥好哭的？她竟然哭了，好奇怪。

這些模糊的想法在哈克的思緒裡迴盪，想累了，他沉沉入睡。寡婦自言自語：

「好，他睡著了，可憐的小孩。酒是湯姆．索耶找到的！可惜沒人找到湯姆．索耶！唉，現在希望夠堅定，或氣力夠多的人所剩無幾，該叫誰繼續去搜救呢？」

第三十一章

回頭看看野餐會後湯姆和貝琪的遭遇。他們踩著輕快的步伐，跟著大家走在昏暗的山洞裡，參觀知名的奇景——「大客廳」、「大教堂」、「阿拉丁神殿」等等，名稱取得言過其實。不久，大家玩起捉迷藏，湯姆和貝琪也興沖沖加入，後來玩得有點累，也有點厭倦，兩人各舉著自己的蠟燭，向下漫遊曲折的窄道，閱讀著（蠟燭煙燻出來的）密密麻麻的名字、日期、郵址、格言交織成的壁畫。兩人繼續交談，隨便亂走，幾乎沒注意到，現在已來到不見塗鴉的領域。他們在頭上的凸岩燻出自己的名字，然後繼續漫遊。未久，他們來到細水涓流而過的一處，含石灰岩渣的水從岩架灑落，經年累月淬礪成晶瑩而恆久的大岩瀑，點綴著花邊，表面如漣漪。湯姆鑽到岩瀑後面，舉著蠟燭，好讓貝琪看個盡興。他發現，岩瀑遮住一道天然陡梯，夾在窄壁之間。頓時之間，他無法壓抑只想發現祕境的衝動。貝琪回應他的呼聲，兩人燻出記號，以供回程認路，然後出發去探險。他們左轉右轉，遠遠深入山洞，再做一個記號，走進岔道尋幽，以便出洞之後吹噓新鮮事。他們找到一個寬敞的洞窟，眾多閃亮的鐘乳石懸空直下，長度和寬度無異於人腿。他們週遊洞窟，讚嘆著奇景，之後從眾多的通道之一鑽出去，隨即見到一座神奇的清泉，底座如盆，遍布璀燦的水晶霜花。這座水晶泉的周圍有無數千奇百怪的棟樑，每一支皆為大鐘乳石和大石筍上下相接的成果，全是水滴接力幾世紀的傑作。窟頂有厚厚幾群蝙蝠簇擁著，每群多達數千隻。受燭火侵擾，幾百隻蝙蝠振翅齊飛，吱吱驚叫著，對著蠟燭橫衝直撞。湯姆熟知蝙蝠的習性，也知道這種行為的危險性。他抓起貝琪的手，一找到通道就急忙鑽進去。貝琪離開之前，一轉眼，蠟燭被蝙蝠翼拍熄。他們被蝙蝠追趕了好長一段距離，每見能走的通道就鑽躲，最後總算擺脫了怪物。湯姆找到一個見不到對岸的地底湖，想去一探這湖究竟多大，但決定最好還是先坐下休息片刻。現在，深幽的氣氛首度切入他們心中，以溼冷的魔手撥弄他們的心弦。貝琪說：

「咦，我一時沒注意，現在才覺得，好像好久沒聽見其他人的聲音了。」

「貝琪，妳想想看，我們鑽到比他們更深更遠的地方了，不曉得他們在我們的東南西北多遠，所以才聽不見他們。」

貝琪擔憂起來。

「不曉得我們來這裡多久了，湯姆？最好還是往回走吧。」

「對，我想也是。也許最好是往回走。」

「你認得路嗎，湯姆？這裡的路歪七扭八的，我完全糊塗了。」

「我大概認得吧，可是又怕碰到蝙蝠。如果兩支蠟燭同時被牠們拍熄，我們可就慘了。我們試試看其他路，避免走同樣的路回去。」

「呃。希望我們不會迷路才好。迷路的話就太可怕了！」貝琪往壞的方向想，不禁哆嗦一陣。

他們走進一條走廊，默默走了好遠，每見岔路就望一眼，看看是否覺得眼熟，但每一條都顯得陌生。每次湯姆仔細看岔道，貝琪就望著他的表情，盼能看見一線生機，他會以快活的語調說：

「沒關係啦，不是這一條，不過我們馬上就能找到啦！」

然而，每撲空一次，他的希望就愈來愈淡薄，情急之下，他開始靠運氣亂走，嘴巴依然說著「沒關係」，恐懼的心情卻如鉛重，這三個字的原意盡失，聽起來無異於「沒指望！」貝琪怕得緊緊挨在他身旁，盡力噙淚，可惜淚水不聽話。最後她說：

「唉，湯姆，不要管有沒有蝙蝠了，照原路走就是了！這樣走下去，好像愈走愈糟糕。」

「妳聽！」他說。

深沉的寂靜，深到連自己的呼吸聲都被凸顯。湯姆吶喊一聲，傳進空蕩的窄徑，在遠方淡去，形成近似一波波訕笑聲。

「好了，湯姆，別再喊了，恐怖死了。」貝琪說。

「是很恐怖，沒錯，不過我最好還是多喊幾聲，貝琪，因為他們也許能聽見。」湯姆再喊一聲。

「也許」一詞坦承希望即將破滅，比鬼笑般的回音更寒徹心底。兩人靜靜站著聆聽，但聽不見結果。湯姆走回頭路，加快步伐，不一會兒，他的態度顯露些許猶豫，為貝琪再添一件恐懼的事實——他找不到回頭路了！

「湯姆啊，你剛才沒做記號！」

「貝琪，是我疏忽了！我是個大笨蛋！我沒考慮到回頭怎麼走！完了——我找不到路。路線全搞混了。」

「湯姆，湯姆，我們迷路了！我們迷路了！我們休想走出這個可怕的地方了！唉，我們怎麼糊塗到脫隊亂跑嘛！」

她癱在地上，哭得呼天搶地，令湯姆一時心驚，惟恐她不是喪失理智就是暴斃。他在貝琪身旁坐下，雙臂摟著她；她把小臉埋進胸懷，緊抓住他，對他傾吐內心的恐懼和後悔莫及的意念，而遠處傳回的回音把每一句話變成奚落的笑聲。湯姆求她再鼓起希望，她說她沒辦法。他開始痛責自己陷她於悲慘的狀況──自責所產生的效果比較好。她說只要他不再自責，她願意儘量再抱希望，會再站起來，跟著他一起找路。她說，因為她的過錯不比他輕。

於是，兩人再度動身──漫無目標、瞎闖，他們能做的只是繼續移動。有一小段期間，「希望」出現復甦的跡象，儘管毫無足以撐腰的理由。如果把「希望」比喻為彈簧，時光壓不垮，屢試屢敗也擊不倒，最後這彈簧基於天性，總有振奮反彈的一刻。

未久，為了節省蠟燭，湯姆拿走貝琪的蠟燭並吹熄，不多說什麼，無語更勝千言！貝琪明白他的舉動，希望再度破滅。她知道湯姆手裡握著一整支蠟燭，口袋裡另有三四支──但他仍必須省著用。

未久，倦意開始發威，他們儘量打起精神留意，因為時間寶貴，他們捨不得坐下，只想繼續走動，隨便哪個方向都行，至少有動就有進展，有進展就有希望。坐下來就相當於等死，等於是縮短和死神之間的距離。

最後，貝琪四肢乏力，拒絕再走。她坐下。湯姆在她身邊休息，聊著家，聊著村裡的好友、舒服的床，更嚮往的是光明！貝琪哭了，湯姆儘可能找話安慰她，可惜鼓舞的言語全被他講爛了，聽起來反而像諷刺。倦意沉甸甸落在貝琪身上，壓得她昏睡過去。湯姆欣然坐著看她無表情的臉，見五官在好夢的影響下變得平順自然。未久，她的臉出現一抹淡笑，逗留不去。如此安祥的表情映入他的眼簾，產生些許祥和，療癒他的心。他的思緒飄向遙遠的往昔和美夢般的記憶。他沉浸在遐想之際，貝琪呵呵小笑一聲醒來——笑聲戛然在嘴唇上打住，緊接而來的是哀嘆。

「唉，我怎麼還睡得著覺！要是我永遠永遠不會醒就好了！不要，我不要，湯姆！別那樣看我嘛！我不會再講那種話了。」

「妳能睡著，我很高興。妳休息過一陣，現在精神比較好了，我們可以再找出路。」

「可以試試看，湯姆，不過我剛才夢到一個好美的國家，我們該不會快要走到那裡了吧。」

「不一定吧，未必。開心一點嘛，貝琪，我們繼續再找找看。」

兩人起身，手牽手走著，不抱希望。進山洞至今多久了，他們盡力猜測，只知像過了幾天幾星期，但絕對不可能這麼久，因為他們的蠟燭仍未燒盡。隔了許久——他們不知多久——湯姆說，腳步應該放輕，這樣才聽得見滴水聲——非找到泉水不可。他們找到了，湯姆說，應該再休息一下。兩人都累垮了，但貝琪說，她覺得自己還能再走一小段路，聽見湯姆反對，她很訝異，無法理解。兩人坐下後，湯姆用黏土把蠟燭插在前面的岩壁上。思緒如洪流湧現，兩人無語半晌。隨後，貝琪打破沉默：

「湯姆，我好餓喔！」

湯姆從口袋取出一個東西。

「妳記得這個嗎？」他說。

貝琪幾乎微笑。

「是我們的結婚蛋糕，湯姆。」

「對，要是大得像木桶就好了，因為我們只有這塊可吃。」

「湯姆，這是我從野餐省下來的蛋糕，因為我想效法成年人婚禮的習俗，留下一部分蛋糕，週年再吃，以代表姻緣延續不休，可惜這塊將成為我們的——」

她講到一半就講不下去了。湯姆把蛋糕分成兩半，貝琪吃得津津有味，湯姆卻小口小口嚼。蛋糕不夠吃，可灌冷水充飢。未久，貝琪提議再上路。湯姆沉默半晌。然後他說：

「貝琪，如果我告訴妳一件事，妳可以接受嗎？」

貝琪的臉翻白，但她說她應該能接受。

「呃，是這樣的，貝琪，我們不待在這裡不行，這裡有水可喝。剛才那一小段蠟燭是我們最後一支！」

貝琪淚水決堤，哇哇哀嚎。湯姆儘可能安撫她，但成效不彰。最後貝琪說：

「湯姆！」

「什麼事，貝琪？」

「他們遲早會發現我們失蹤，一定會來找我們！」

「對，一定會！他們絕對會！」

「說不定，他們正急著找我們呢，湯姆。」「對啊，他們八成是。希望他們是。」

「他們什麼時候會發現我們不見了呢，湯姆？」

「等他們回船上吧，我猜。」

「湯姆，等到回船上，天可能都黑了——他們該不會沒注意到我們脫隊了吧？」

「不一定。就算沒發現，等他們一回到家，妳母親就會發現妳失蹤了。」

見貝琪臉上驚恐的神態，湯姆才知道自己失言。貝琪和母親約好了，今晚不回家！兩人相視無語，陷入沉思。一會兒之後，貝琪悲從中來，湯姆才發現，貝琪也在擔心同一件事——安息日的上午可能過了一半，柴契爾夫人才會發現，貝琪根本沒去哈普爾家過夜。

兩人盯著最後一段蠟燭，望著燭身緩緩無情融化，只剩一公分的燭芯孤零零站著，虛弱的火焰起起落落，細細的煙爬升，在火苗頂端徘徊片刻，接著，被恐怖的徹底黑暗包圍！

不知過了多久，貝琪才徐徐意識到，她一直在湯姆懷裡哭泣。他們只知，睡死了不知多久才醒來，再繼續受難。湯姆說，現在可能是星期天——說不定是星期一了。他哄著貝琪，要她講講話，但她萬念俱灰，沉痛得無法言語。湯姆說，大家必定很早就發現他們失蹤了，搜救活動無疑正在進行中。他想喊叫幾聲，說不定能引來救星。他喊一聲看看，但在黑暗之中，遠處傳回的回音不堪入耳，他不想再試了。

時光虛度著，飢餓再度回來折騰兩個小囚犯。湯姆分到的一半蛋糕還剩一小塊，兩人對分吃掉，反而覺得不吃還好，吃了更餓。不起眼的一小塊反而刺激食慾。

未久，湯姆說：

「噓！妳聽見沒？」

兩人摒息傾聽。遠處似乎有微弱的喊叫聲。湯姆立刻回應，牽起貝琪的手，開始朝呼聲的來向摸索前進。不久後，他再聽一聽，又聽見了，似乎比剛才再近一些。

「是他們！」湯姆說：「他們來了！快跟上啊，貝琪——我們得救了！」

兩個小囚犯幾乎樂到站不住。這一帶有不少坑洞，他們不得不當心，腳程快不起來。不久後，他們摸索到一個坑，只得止步。這坑可能有一公尺深，也可能深達三十公尺，無法跨越。湯姆趴在地上，儘可能伸手往下摸，搆不著坑底。他們只能留在這裡，等候援手。他們聽著，遠方的喊叫聲竟然漸漸遠去！再過片刻，聲音完全消失了，心情也跟著墜崖！湯姆呼喊到喉嚨沙啞卻毫無作用。他以滿懷希望的語調開導貝琪，奈何焦慮等候了一世紀之久，再也聽不見人聲。

他們摸索著，調頭回去泉水處。枯燥的時光如蝸步，他們再睡，醒來飢腸轆轆，情緒低迷。湯姆相信現在已經是星期二了。

這時候，他心生一計。這附近有幾條岔道的路口。與其坐著枯等、被時光壓得喘不過氣，不如去探路看看。他從口袋取出一團風箏線，把一端綁在凸岩上，一邊放線，一邊摸索前進，貝琪跟在他後面。走完二十步，前面出現「斷路」。湯姆跪下去摸索，順著轉角向前摸，然後再向右使勁伸遠一點點。就在這一刻，在不到二十公尺的近處，從岩石後面出現一支握著蠟燭的人手！湯姆狂嘯一聲，那支手的主人現身了——是印第安喬！湯姆渾身痲痺，手腳不聽使喚。緊接著，印第安喬轉頭就逃，湯姆大大鬆一口氣。湯姆心想，印第安喬可能認不出他的嗓音，所以才不上前殺了他，以報復他出庭作證。也有可能是，回音扭曲了他的嗓音。他想通了，一定是回音的關係。恐懼削弱了湯姆全身的每一條肌肉。他暗忖，假如他有力氣回到泉水邊，他會一直待在原地，天大的誘惑也無法讓他動心，因為他不想再碰到印第安喬。他提神瞞著印第安喬的事，不想讓貝琪知道，推說剛才嚷嚷只是「求吉利」。

然而，最後飢餓和悲苦戰勝恐懼。他們在泉邊無聊等候一陣，再久久睡一覺之後，心意出現轉變。他們醒來，飢餓難耐。湯姆相信現在一定是星期三或星期四，甚至星期五或星期六，搜救行動已經結束。他提議探索另一條通道。他願意冒險，不怕再遇到印第安喬或其他險境。但是，貝琪虛脫到了後知後覺的程度，說什麼也不肯打起精神。她說她想待在原地，不想走了，只想等死，不會拖太久。她對湯姆說，他想探索就儘管邊放風箏線邊走吧，但她懇求湯姆，每隔一小段時間就回來對她講幾句話。她也叫湯姆承諾說，死期來臨的時候，他願意守在她身旁，握住她的手，陪伴她嚥下最後一口氣。

湯姆親她一下，喉嚨像被異物哽住。他裝得充滿信心，宛如定能找到搜救隊伍或逃生口。接著，他牽著風箏線，順著岔道之一爬行摸索，一方面餓慌了，另一方面也因死期將近而憂心忡忡。

第三十二章

時光進入星期二下午，接著太陽西斜，暮色漸深。失蹤的兩童仍未尋獲，村民依然感傷不已。鄉親祈禱會已舉辦多場，私底下虔誠求神的禱告也多不勝數，好消息依舊遲遲不來。參與搜救的大多數人已心死，各自回歸日常作息，嘴裡唸著，那兩個孩子顯然回不來了。柴契爾夫人害了一場重病，多數時候滿口囈語。村民說，她常呼喚女兒，不時抬頭傾聽連續一分鐘，然後哀嘆一聲，倦怠地躺回床上，見她如此，大家的心都碎了。寶莉姨媽陷入憂鬱泥淖，灰髮變得幾乎全白。星期二夜晚，村民陸續就寢，心情凝重，六神無主。

夜半時分，村裡的鐘聲倏然噹噹噹敲，不消一會兒，衣衫不整的村民慌忙上街頭，叫嚷著，「出來！出來！找到他們了！找到他們了！」錫鍋和喇叭也加入鼓譟的行列，全村簇擁向河邊。大呼小叫的村民抬著一座敞篷馬車，上面躺著兩個失而復得的孩子，民眾夾道迎接，跟著回村子，風風光光橫掃大街，歡呼聲不絕如耳！

全村燈火通明，無人回床睡覺，蔚為地方史上最歡騰的一夜。在最初半小時中，村民接二連三進柴契爾法官家裡，摟抱兩個小孩，親親他們，捏捏柴契爾夫人的手，開口卻講不出話，隨後揮淚離開。

寶莉姨媽夠開心了。柴契爾夫人也差不多，只等喜訊傳到仍在山洞搜救的丈夫。湯姆躺在沙發上，被迫切的民眾包圍，高談歷險歸來的經過，其中明顯有不少加油添醋，最後描述他離開貝琪，自己去探路，進過兩條通道，在風箏線放到極限才回頭。探索到第三條通道時，風箏線已經放無可放，他正想調頭回去，赫見遠遠有個亮亮的小點，看似日光，於是放下風箏線，朝光點摸索前進，鑽頭進一個小洞，把肩膀也擠進去，這才見到寬闊的密西西比河澎湃流過！假使當時不巧是夜晚，他絕不可能見光，也斷無可能再探這條通道！他說他回去找貝琪，報告好消息，貝琪居然叫他不要拿這種事煩她，因為她好累，自知活不久，現在很想死。他描述說，他費勁口舌苦勸貝琪，貝琪終於跟進，親眼見到藍藍的光點時，差點樂極暴斃。他先鑽出洞外，然後拉貝琪出來，兩人一同坐著喜極而泣。後來，有幾人划著輕舟經過，湯姆對他們招手，向他們訴說坐困山洞、飢餓不堪的遭遇。他們起初直呼小孩瞎掰，不願相信；他們說：「從這裡沿河往上游走，要走八公里才到山洞所在的那座谷。」隨後，船伕帶他們上船，划船來到一間民宅，請他們吃晚餐，天黑之後強迫他們休息兩、三小時，最後才送他們回村子。

在日出之前，通報消息的人終於循著繩索，找回山洞裡的柴契爾法官等四、五名搜救人員，告知喜訊。

在山洞承受三天三夜的磨難和飢餓，並非一夕可復原，湯姆和貝琪這才知道。他們躺了整個星期三和星期四，總覺得愈躺愈睏。星期四，湯姆下床稍微走動，星期五可以進村裡了，星期六近乎完全康復，但貝琪直到星期日仍無法離開房間，之後依然面帶病容，大病初癒似的。

湯姆得知哈克病了，星期五去探望他，但寡婦不准他進臥房，星期六和星期日也不得其門而入。之後，他獲准天天去探望哈克，但寡婦警告他不要談山洞驚魂記，禁止擾動病人情緒。寡婦留下來監管湯姆是否聽話。在家裡，湯姆得知寡婦家外面發生的事件，也聽說「衣服破破爛爛的男人」屍體在渡口附近的河裡被打撈上岸，有可能是在逃逸過程中溺斃。

得救後大約兩星期，湯姆出門，想去探望哈克。哈克的情緒現在夠穩定了，能接受辛辣的話題，而湯姆深知哪種話題最能開他的胃口。湯姆順路去柴契爾法官家看貝琪。法官和幾位友人找湯姆閒聊，其中一人以反諷的語氣問他，想不想再進山洞。湯姆說，可以啊，無所謂。法官說：

「和你有同樣想法的村民大有人在，湯姆，我完全不懷疑。不過，我們已經關照過了。再也不會有人進山洞迷路了。」

「怎麼說？」

「因為兩星期前，我派人拿厚鐵板封死門口了，外加三道鎖，鑰匙在我這裡。」

湯姆的臉色霎然白如死灰。

「怎麼了，孩子！快，誰趕快去端一杯水過來！」

水來了，潑向湯姆的臉。

「啊，你沒事了。你剛才是怎麼了，湯姆？」

「法官啊，印第安喬還在山洞裡面！」

第三十三章

短短幾分鐘，消息傳開，十幾艘輕舟載著壯丁前往麥克杜果山洞，滿載乘客的渡輪也迅速跟進。湯姆．索耶和柴契爾法官搭同一艘輕舟。

山洞門鎖解開後，在微弱的暮色中呈現一副慘狀。印第安喬手腳攤平，死在地上，臉貼近門縫，彷彿在生前最後一刻定睛注視著、渴望著光明歡樂的自由世界。湯姆為之動容，因為他親身體驗過這條可憐蟲嘗到的苦頭。他同情死者的遭遇，但也覺得如釋重負，安全無比，這時才完全明瞭，自從他指控這個嗜血狂徒之後，心頭的恐懼帶給他多大的負擔。

印第安喬的匕首掉落在附近，刀鋒斷成兩段。山洞門的大基柱被他耐著性子鑿穿了，可惜是白費力氣，因為山岩在門外形成天然的門檻，而他的匕首對頑強的岩石莫可奈何，最後反而是匕首報銷。然而，縱使門外沒有岩石擋著，他的心血依然會白費，因為就算柱子被切斷，印第安喬也無法從門下鑽出洞，而他自己明白這一點。因此，他動匕首只是沒事找事做，以消磨無聊的時光，讓飽受折磨的身心不得閒。在這洞口的裂縫裡，通常能找到遊人留下的五、六根殘燭，現在卻連一支也找不到，可見全被他撿去吃掉了。他也設法捕捉到幾隻蝙蝠療飢，吃到只剩蝙蝠爪。這條可憐蟲是被活活餓死的。陳屍處附近有一根石筍，幾世紀以來慢慢長高，養分來自正上方鐘乳石滴下來的水珠。印第安喬撿來一塊石頭，鑿出一個淺洞，扳斷石筍尖端，把石頭放在斷頭石筍上，接水滴來解渴。每隔三分鐘，寶貴的水滴降落石頭上，規律如鐘錶，二十四小時才能滴滿一匙水。在文明史上，這一支鐘乳石滴了多久的水？金字塔甫落成，這裡就滴滴答答。而後，特洛伊城淪陷、羅馬城奠定根基、耶穌被釘上十字架、威廉一世建立大英帝國、哥倫布出海遠征、獨立戰爭的列星頓血戰還是「新聞」時，這裡就滴水不止，至今仍滴滴答答，滴到歷史日薄西山，萬物傾頹之日，滴到傳承無以為繼，全被末日的暗夜吞噬為止。萬物必有目的與使命嗎？難道水滴耐心淌了五千年，是為了這條朝生暮死的人蟲的需求而存在？今後一萬年，水滴難道另有要務待完成嗎？無所謂了。印第安喬以石匙接水解渴至今已過數年，但直至今日，觀光客前來參觀麥克杜果山洞的奇景時，注目最久的莫過於那塊可悲的接水石和緩緩滴落的水珠。印第安喬的石杯躍居石窟奇景名單的榜首，連「阿拉丁神殿」都無法匹敵。

印第安喬的葬禮在洞口附近舉行，吸引方圓十公里的城鄉和農場的居民攜家帶眷、準備各種飲食、駕馬車或乘船前來。大家承認，雖然無緣見到印第安喬被絞死，能見證他的喪禮也幾乎值得欣慰。

印第安喬之死阻絕了一件事的進展——求州長赦免印第安喬的請願活動。在他死之前，請願書獲得廣大民眾聯署，各界也舉辦多場義正辭嚴的催淚集會，更找來幾位心腸特別軟的婦女組團，如喪考妣似地哭求州長，請他務必當個慈悲為懷的傻子，踐踏州長的職權。據信，印第安喬前後殺害了五名村民，這事實不值得一顧嗎？哪怕他是撒旦化身，照樣有人爭相在赦免請願書上聯署，讓永遠修不好的淚腺在請願書上滴淚。

入土隔天早上，湯姆把哈克帶到隱蔽處，商談要事。哈克已從寡婦和威爾斯老漢得知湯姆的山洞驚魂始末，但湯姆說，那兩人大概漏掉一件事。他找哈克出來的目的就在這裡。哈克的臉色凝重，說：

「我知道是哪一個事情。你進二號，只找到威士忌，沒找到其他東西。沒人說是你發現的，不過我一聽到威士忌的消息，就知道是你，錯不了。我也知道你沒找到錢，不然就算你瞞著大家，你也一定會找機會通知我。湯姆，我早就有預感我們永遠弄不到寶物。」

「什麼話，哈克？客棧老闆的祕密不是我揭穿的啊。我去野餐的那星期六，客棧還好端端的，你明明曉得。你不記得你那天晚上去看守嗎？」

「對耶！哇，感覺像去年發生的事。就在同一個晚上，我跟蹤印第安喬到寡婦家外面。」

「你跟蹤他？」

「對，你可要保密喔。我猜印第安喬的朋友會來找我算帳，我不想招惹他們，以免他們對我搞鬼。要不是我，他早就逃去德州逍遙了。」

接著，哈克向湯姆敘述整件事的祕辛。湯姆至今只聽過威爾斯老漢的部分說法。

「照你這樣說，」哈克說著，回歸主題，「去二號搶走威士忌的人也搶走那筆錢了，我猜。總之，我們白作一場夢了，湯姆。」

「哈克，那筆錢從來就沒有藏進二號房間！」

「什麼！」哈克說，熱切想從伙伴臉上領悟蛛絲馬跡。「湯姆，你又開始追查那筆錢了嗎？」

「哈克，錢被藏在山洞裡！」

哈克的目光炯亮起來。

「再講一遍，湯姆。」

「錢被藏在山洞裡！」

「湯姆——講句話老實話——你是在開玩笑，或者當真？」

「當真啊，哈克，我一輩子沒這麼認真過。你願不願意陪我去，一起把錢搬出來？」

「當然願意！只要能快進快出，不要迷路，我就願意。」

「哈克，我們不費吹灰之力，就能辦到。」

「那我跟定了！你憑什麼認為那筆錢——」

「哈克，等我帶你進山洞再說。如果找不到，我保證把我的鼓和所有財產全送你。我對天發誓。」

「好吧！就這樣說定了。你想什麼時候去？」

「現在，如果你願意。你有力氣去嗎？」

「藏在山洞很深的地方嗎？我已經康復三、四天了，不過頂多只能走一公里半，湯姆——我大概走不了太遠。」

「藏錢的地方在山洞深處差不多八公里，只有我進得去，哈克，不過，有一條近路只有我清楚，我可以划船帶你去找。我可以坐船順流而下，回程由我單獨把船划回來，你連一根手指都不必動。」

「那我們快點出發吧，湯姆。」

「好。我們該準備麵包和肉、你我的菸斗、一兩個袋子、兩三條風箏線、幾支那種俗稱黃磷火柴的小花樣。我告訴你，在山洞迷路的時候，我想這種東西想得快瘋了。」

正午過幾分，湯姆和哈克趁船主不在，借走一艘小輕舟，立即啟程。在「洞窟窪地」下游幾公里，湯姆說：

「你看這些崖壁，從窪地到這裡，長得好像全是同一個模樣，沒有民房，沒有鋸木廠，樹叢全長很像。不過，你看那上面，不是有個白白的地方，好像發生過山崩？那是我做的記號。我們現在可以停船了。」

他們上岸。

「哈克，從我們現在站的地方，你用釣桿就能搆到我鑽出來的那個洞。你自己找找看在哪裡。」

哈克四處尋找卻落空。湯姆驕傲地邁步走向一叢茂盛的漆樹，說：

「就在這裡！過來看看，哈克，全國最小的洞。你可要保密喔。我一直想當俠盜，但我知道，俠盜一定要有個巢穴，而像這樣的巢穴可遇而不可求啊。現在，我們有巢穴了，一定要保密，只能讓喬．哈普爾和班．羅傑斯加入，因為我們當然要組成一個幫派才行，不然成不了氣候。湯姆．索耶幫，名聲夠響亮吧？對不對，哈克？」

「對啊，很不錯，湯姆。我們以後搶誰的錢？」

「誰都行啊。用埋伏的。大部分都這樣。」

「然後宰了他們？」

「不一定啦。可以把他們藏進山洞裡，等他們湊足贖金。」

「什麼是贖金？」

「錢。你逼他們儘量向朋友籌錢，如果關了他們一年，他們還籌不夠錢，你就宰了他們。這是通常的做法。不過呢，女人留著不殺。你可以叫她們閉嘴，但不能殺她們。她們各個是富家美女，害怕得不得了。你可以搶走她們的錶和身上的東西，但你面對她們總不忘脫帽，講話很客氣。這世上大概沒有人比俠盜更懂禮貌了，每本書上都這樣寫。後來呢，女人會漸漸對你有意思。等她們在山洞裡待了一個星期或兩個星期，她們就不會再哭，之後呢，你趕她們走，她們還不肯走咧。你把她們趕跑，她們會調頭回來。書裡全都這樣寫。」

「哇，那也太棒了吧，湯姆。我相信當俠盜比當海盜更強。」

「對，有些方面是，因為離家近，也有馬戲團可看。」

到這時，一切準備就緒，湯姆率先鑽進洞穴，努力爬到隧道盡頭，把風箏線接成一長條綁好，繼續前進。走幾步路，他們來到泉水邊，一陣寒意竄遍湯姆全身。他指向插在岩壁邊黏土上的殘餘燭芯，向哈克描述他和貝琪看著火苗飄搖熄滅的過程。

受到四下黝暗寂靜的壓迫，他們開始沉嗓低語。他們繼續走，不久進入另一條走道，最後抵達「斷崖」。燭火照亮事實：這裡其實不是崖，只是一座八、九公尺高的黏土陡坡。湯姆低聲說：

「我指一個東西讓你看，哈克。」

他舉高蠟燭說：

「你儘可能往那個角落另一邊看。看到沒？就在那邊的那塊大石頭上面——用蠟燭燻出來的東西。」

「湯姆，是十字架啊！」

「所謂的二號是什麼？『在十字架下面』，對吧？我在山洞迷路的時候，碰巧見到印第安喬舉著蠟燭，站在那裡啊，哈克！」

哈克凝視著神祕的記號，然後以抖音說：

「湯姆，我們還是離開這裡吧！」

「什麼？扔下寶物不要嗎？」

「對——別拿了。印第安喬的鬼魂絕對會守在那裡。」

「不會，哈克，才不會。鬼魂應該在他死的地方，在洞窟口啦，離這裡八公里。」

「不對啦，湯姆。鬼會留在錢附近陰魂不散。鬼的習性我懂，你也不是不清楚。」

湯姆漸漸擔心哈克不無道理。憂慮凝聚在他心上。但是，不久後，他心生一個想法——

「有了，哈克，我們太傻了吧！印第安喬的鬼魂才不會飄來一個有十字架的地方啦！」

言之有理。這話產生效果了。

「湯姆，我倒沒想過這一點。不過，你說的對。這裡畫了一個十字架，算我們運氣好。我們可以爬下去，找找看那個箱子。」

湯姆先走，踏著笨拙的腳步下土坡，哈克跟著下來。大石頭所在的小窟有四個開口，他們檢查其中三個，一無所獲。在最靠近大石頭底部的那個開口裡，他們發現一個小凹穴，有人在這裡打過地鋪，上面蓋著幾張毯子。裡面另有一條舊背帶、一些燻豬肉的皮、被啃得精光的兩三隻雞鴨的骨頭，唯獨不見寶箱。他們在這凹穴找了再找，沒有結果。湯姆說：

「他說在十字架『下面』。最接近十字架下面的地方就是這裡，總不可能藏在大石頭底下吧，因為石頭接地的地方太硬了。」

他們再遍地搜索一次，然後氣餒坐下。哈克想不出辦法。未久，湯姆說：

「你看，哈克，這石頭有一面的黏土上有燭油漬，其他幾面卻沒有，怎麼會這樣？我敢說，錢就藏在這塊石頭底下。我打算挖土找一找。」

「這點子不賴嘛，湯姆！」哈克手舞足蹈說。

湯姆立刻掏出「正宗單刃折疊刀」，才挖不到十公分深，就戳到木頭。

「喂，哈克！聽到沒？」

哈克也開始動手挖掘、刨土，不久挖出幾塊木板，下面有一個天然的裂縫，可通大石頭底下。湯姆進這裂縫，儘量把蠟燭舉向石頭下面，但他說他看不見裂縫的盡頭。他提議探索一下。他彎腰鑽進去。這條曲折的窄道是緩降坡，先向右轉，然後向左轉，哈克緊跟在後。未久，湯姆繞過一個短彎道，驚呼：

「媽呀，哈克，快看這裡！」

果然是寶箱，安穩窩在一個小洞穴中，旁邊也有一個空的火藥桶、兩支裝在皮套裡的槍、兩三雙舊鹿皮軟鞋、一條皮帶，以及被水滴溼透的幾件廢物。

「終於找到了！」哈克說，伸手進寶箱撈一撈污損的金幣。「哇塞，我們發財了，湯姆！」

「哈克，我就知道我們總有一天能找到。棒得無法相信，不過我們確實是挖到寶了！對了，我們不要在這地方逗留，趕快鑽出去吧。這箱子我抬不抬得動？我試試看。」

寶箱重約二十公斤。湯姆搬得動，但搬得彆扭，無法方便提著走。

「我就知道，」他說：「那天在鬼屋，看他們抬的樣子，我就留意到了。今天帶幾個袋子來裝金幣，沒有料錯。」

錢立刻入袋，兩人提著爬回畫十字的岩石。

「我們再回去拿槍和其他東西吧，」哈克說。

「不用了，哈克，留著吧。等我們當俠盜，用得著那些玩意兒。東西就一直保留在下面吧，以後我們可以去那裡辦狂歡會。在那裡狂歡一定很舒服。」

「什麼是狂歡會？」

「不曉得。不過，俠盜常常狂歡啊，我們以後當然也非辦不可。來吧，哈克，我們待太久，時間不早了，我猜。而且我也餓了。我們回船上吃點東西，抽抽菸吧。」

出洞之後，他們從漆樹叢探頭，謹慎左看右看，不見人影才出來，然後在輕舟裡午餐、抽菸。太陽西下，他們才划船離開。在漫長的暮色中，湯姆沿著河岸逆流而上，和哈克有說有笑，入夜後不久靠岸。

「哈克，」湯姆說：「我們先把錢藏進寡婦家的柴棚閣樓裡，明天早上我去找你，一起數錢平分，然後我們去樹林裡找個保險的地方，把錢藏好。你先在這裡靜靜躺著，看守寶物，等我去偷班尼・泰勒的小車。我一下子就回來。」

他走後，不久牽著小車回來，把兩小袋金幣放上車，再丟幾條破布遮蓋，然後拖著車出發。來到威爾斯老漢家附近，他們停下來休息，不料正要繼續趕路時，老漢出門說：

「哈囉，是誰啊？」

「哈克和湯姆．索耶。」

「好！快跟我一起走，孩子們，你們讓大家久等了。來，趕快，往前走吧，我來幫你拉車。哇，載什麼東西？看起來很輕，拉起來才知道重。裡面裝磚頭嗎？或者是破銅爛鐵不成？」

「破銅爛鐵。」湯姆說。

「我想也是；村裡的男孩子啊，白費好多力氣，浪費好多時間，為的是撿廢五金賣給熔鑄廠，換來七毛五。如果他們肯幹一般的活兒，能多賺一倍呢，可惜他們不幹。不過這就是人類的本性，快走啊，趕快走！」

他們想知道威爾斯老漢瓊斯先生急什麼。

「先別管了，到寡婦道格拉斯家就知道。」

常年習慣被誣賴的哈克語帶憂慮說：

「瓊斯先生，我們沒做什麼壞事啊。」

老漢笑笑。

「是嗎？那我就不曉得囉，哈克。我不知道。你和寡婦不是好朋友嗎？」

「對。呃，她對我是很好啦。」

「那就好。那你有啥好怕？」

哈克反應慢，來不及回答，就和湯姆一起被瓊斯先生推進寡婦家的大客廳。瓊斯先生把小馬車停在門邊，跟他們進門。

客廳燈火輝煌，全村有頭有臉的人物都在，有柴契爾家、哈普爾家、羅傑斯家、寶莉姨媽、席德、瑪莉、牧師、總編輯，人數眾多，全都穿上最體面的服裝。寡婦不顧這兩個孩子身上布滿蠟燭漬和黏土，儘量熱忱歡迎他們。寶莉姨媽覺得丟臉，面色火紅，對著湯姆皺眉搖頭。然而，全場最尷尬的人莫過於這兩個男孩。瓊斯老先生說：

「我剛去湯姆家找不到人，所以不等了，沒想到就在我家門口，我遇到他和哈克，索性趕快拉他們過來。」

「拉得好，」寡婦說：「隨我來吧，孩子們。」

她帶他們進一間臥室說：

「趕快自己梳洗換裝吧。這裡有兩套衣服，上衣襪子一應俱全。是哈克的衣服。不用了，用不著謝了，哈克。一套是瓊斯先生送的，另一套是我。不過，你們兩個應該都穿得下。洗得夠乾淨了，衣服穿好，我們等兩位下來。」

她語畢離開。

第三十四章

哈克說：「湯姆，如果找得到一條繩子，我們可以開溜。這窗戶離地面不算高。」

「去你的！有啥好溜的？」

「我嘛，不習慣跟那種人攪和啦。我受不了。我才不下去咧，湯姆。」

「唉，少來了！沒啥大不了啦。我一點也不在乎。我可以照應你。」

弟弟席德出現了。

「湯姆，」他對哥哥說：「阿姨整個下午等不到你，瑪莉也把你做禮拜的衣服準備好了，大家都在為你煩惱。咦，你們衣服上怎麼有蠟燭漬和黏土？」

「好了啦，席先生，你少管閒事。對了，寡婦家為什麼這麼熱鬧？」

「她常辦宴會，這次是為了答謝威爾斯老人和兩個兒子的救命之恩。對了，如果你想知道的話，我可以告訴你一件事。」

「什麼事？」

「今天晚上，瓊斯老先生有個祕密，想跟大家宣布，不過我今天偷聽到他告訴阿姨這個祕密，不過現在呢，這祕密不算祕密了。大家都知道，連寡婦也是。她儘量裝作不知道。瓊斯老先生堅持要哈克在場，宣布天大的祕密如果哈克不在場，多掃興啊！」

「什麼祕密啊，席德？」

「不就是哈克跟蹤壞人到寡婦家外面嘛。我猜，瓊斯老先生打算當眾宣布這祕密，得意一陣，不過我敢打賭，反應一定很冷淡。」

席德嘿嘿笑著，自滿又不可一世。

「席德，到處宣傳的人是不是你？」

「哎喲，別管是誰了。總之是某某人嘛。」

「席德，低級到做得出這種事的人，全村只有一個，那就是你。假如你遇到哈克的狀況，你一定怕得溜下山，不敢對任何人講強盜想偷襲寡婦的事。你只做得出壞心眼的事情，而且你見不得別人做好事被誇獎。套句寡婦的說法，用不著謝了！」湯姆摑席德幾耳光，踹他幾腳，趕他出門。「諒你不敢去向阿姨告狀，敢的話，明天走著瞧！」

幾分鐘後，寡婦的賓客上桌就位。依照當時該地的習俗，同一廳另設幾張小茶几，安排十幾個兒童入座。見適當時機，瓊斯老先生發表一小段演說，感謝寡婦設宴酬謝他家三口，但他接著說，在場另有一人生性謙虛——

老先生的說詞不需贅述。他使出全力，把過程敘述得劇力萬鈞，托出哈克扮演的角色，觀眾表現的訝異泰半是虛有其表，也不如理想狀況下宣布祕密時的反應那麼熱鬧激情。場面冷歸冷，寡婦的演技還算精湛，一臉驚訝，對哈克讚賞有加，感激不盡，令哈克差點忘記這套新衣服多麼彆扭難忍，差點忘記場面讓他多麼渾身不自在，因為他不習慣受眾人矚目褒揚。

寡婦表示，她有意收容哈克，給他一個家，讓他接受教育。她也說，在她財力許可的時候，她想幫助哈克做點小生意。湯姆的良機來了。他說：

「哈克才不需要。他錢多多。」

聽見這句輕鬆的笑話，在場人士基於禮節，本應報以歡笑卻憋著不笑，場面顯得有點僵。湯姆打破沉默：

「哈克有的是錢。你們可能不信，不過他有好多好多錢。你們不必笑了——我可以證明給你們看。等我一分鐘就好。」

湯姆衝出門。眾人面面相覷，疑惑不解，對哈克投以詢問的目光，而哈克舌頭打結了。

「席德，湯姆是哪兒不對勁了？」寶莉姨媽問：「他啊，算了，怎麼想也想不透那孩子的心。我永遠不——」

湯姆進門，提著重重兩布袋，寶莉姨媽見狀講不下去。湯姆把黃澄澄的硬幣倒在桌上，說：

「看吧！不是我鬼扯吧？一半是哈克的，另一半歸我！」

這場面令眾人同時摒息。大家看傻眼了，全講不出話。隨後，大家異口同聲要求解釋。湯姆說他可以講明白。他娓娓敘述著，漫長卻充滿趣味，眾人聽得入迷，無人插嘴。湯姆講完後，瓊斯老先生說：

「為了這場合，我準備一個小驚喜向大家報告，以為夠精采了，沒想到這下子才知道根本不算什麼，被這件事搶盡了鋒頭，我也認了。」

數完金幣後，總值一萬兩千多美元，在場雖然不乏身價遠超出這數目的人，但沒有人一口氣見過這麼多錢。

第三十五章

在貧窮的小村莊聖彼得斯堡裡，湯姆和哈克的橫財造成大轟動，讀者儘可放心。由於金幣的市值如此之高，一般人乍聽之下幾乎無法相信。這件事被人反覆談論、吹噓、渲染，許多村民亢奮過了頭，理性少了幾分。在聖彼得斯堡以及鄰近的所有村莊，每一棟「鬼」屋都被細部解剖，地基也被掘開，徹查裡面是否有寶藏——挖寶人不是小孩，而是大男人，而且有些是面色相當凝重、不講究情調的男人。湯姆和哈克所到之處，民眾無不討好他們、仰慕他們，對他們行注目禮。他們講的話句句有分量，這在他們印象裡是從來沒有的事。如今，他們的言語字字受到珍藏、傳頌。他們的一舉一動都莫名其妙被視為大事。他們顯然已喪失言行平凡的能力。猶有甚者，他們的往事也被人一一挖掘出來，被穿鑿附會說，兩人從小就有天才的跡象。村子裡的報社刊載兩童的生平寫照。

道格拉斯寡婦把哈克的錢拿去投資，生六分息，而在寶莉姨媽的請求下，柴契爾法官也投資湯姆的錢。現在，兩童都有為數不小的收入，全年平日以及半數星期日都有一元可領，相當於牧師的薪水——不對，是上級承諾他的薪水，他通常領不到這麼多。當時的生活費不高，每週一元兩毛五可供一男生上學加膳宿，甚至不愁治裝和盥洗費用。

柴契爾法官對湯姆觀感甚佳。他說，普普通通的小孩絕無可能把他女兒救出山洞。貝琪把湯姆在學校代她挨打的事告訴父親，並請父親嚴守祕密，父親感動之情溢於言表。貝琪也說，湯姆為了代她受罰，不惜撒重謊，她求父親原諒他，法官聽了直呼這謊撒得高尚、慷慨、寬宏大量，值得和誤砍櫻桃樹而勇於認錯的小華盛頓一起名留青史！父親邊說邊走，不時頓足以強調語氣，貝琪覺得父親變得好高大，好威風。她直奔湯姆告知這件事。

柴契爾法官期許湯姆成為偉大律師或偉大軍人。他說，他會關照湯姆進國家軍事學院就讀，畢業後進全美最高法學院深造，以利他向這兩行業進軍。

哈克發財了，現在安然生活在寡婦的羽翼下，進入上流社會——不對，他是被拖著進去、被拋投進去，日子過得苦不堪言。寡婦的傭人天天為他梳頭，保持儀容整潔，每夜讓他有乾淨的床單可睡，可惜床單一個小污點也沒有，無法和哈克心心相映，無法和他貼心深交。哈克現在用餐必須用刀叉，必須使用餐巾和杯盤，必須讀書，必須做禮拜，言談必須得體，措辭謹慎到嘴巴覺得乾澀。他的言行舉止無不受文明約束，受制於鐵窗與枷鎖。

他硬頸受苦受難三星期，有一天卻失蹤了。寡婦急如熱鍋螞蟻，四處找人，找了整整四十八小時，村民也憂心如焚，翻遍了全村裡外，甚至在河上打撈屍體。到了第三天清晨，聰明的湯姆去廢棄屠宰廠後面，見舊空桶就探，最後找到小難民。哈克昨晚睡在空桶裡，剛偷來一點雜食當早餐，現在躺著抽菸斗納涼，蓬首垢面，以破布為衣褲。在他自由快樂的往日，這身打扮讓他獨樹一幟。湯姆叫他出來，說他闖了多大的禍，勸他趕快回家。哈克臉上的祥和滿足感流失了，換上憂鬱的陰霾。他說：

「別再講了，湯姆。我盡力了，還是沒用。湯姆，沒用就是沒用啦。我不適合過那種日子，怎麼過也不習慣。寡婦對我亂好的，沒錯，她很友善，可是那種生活我受不了。她逼我每天早上準時起床，逼我盥洗，傭人把我的頭梳到頭皮發麻。她不讓我睡柴棚子。她規定我穿那種狗屁衣服，害我差點沒斷氣啊，湯姆。那種衣服不知怎麼著，一點都不通風，而且亂高級一把的，穿在身上既不能坐下也不能躺，更別想穿著打滾。我好久沒把地窖門當成溜滑梯玩了。哇，感覺像好幾年前的事了。她規定我要做禮拜，坐在教堂裡猛流汗。佈道講半天，討厭死了！我既不能抓蒼蠅，也不能嚼菸草。整個星期天都不准把皮鞋脫掉。寡婦她照鈴聲吃飯，照鈴聲上床，照鈴聲起床，所有事情都規律得不得了，誰能忍受啊。」

「呃，哈克，大家都一樣。」

「湯姆，我不管大家一不一樣。我又不是大家，我就是受不了嘛。被綁得那麼緊，太慘了。而且，飯菜來得太容易了，這麼輕鬆到手的東西，我沒胃口。能不能去釣魚，要先問她。能不能去游泳，要先問她。大小事情不能不先徵求同意。哼，她還叫我談吐斯文一點，我講得心裡不舒服，每天不得不爬上閣樓，罵個痛快，嘴巴才有一絲絲感覺，不然我早就死了，湯姆。寡婦禁止我抽菸，禁止我大呼小叫，禁止我打呵欠，禁止我在別人面前伸懶腰，禁止抓癢——」（接著，抽筋似的，以更苦惱更委屈的表情）「而且，不蓋你，她動不動就禱告啊！我從來沒看過這種女人！我不得已，只好翹家了，湯姆，不走不行。而且啊，學校就快開學了，不蹺家就只有上學的命。我才不幹咧，湯姆。我講句老實話好了，湯姆，有錢的日子不是我想像的那麼好過啊，成天只有活受罪的分，一直想死。現在呢，這套衣服合我身，睡這桶子合我意，我說什麼也不肯再拋棄它們。湯姆，要不是有那堆錢，我今天就不會惹這一身腥啊。這樣好了，我的那份你就拿去吧，三不五時給我一毛錢，不能太常給，因為不難到手的東西我才懶得要呢。你去幫我向寡婦求情，叫她放我走吧。」

「哈克，你明知我辦不到，還向我這樣要求，太不公平了吧。何況，只要你再試試這種生活一小陣子，漸漸就會喜歡。」

「喜歡！見鬼了，等於是叫我坐在熱爐上面，坐夠久就會喜歡。我才不幹。湯姆，我不想變有錢人，不想住那種悶得半死的房子。我喜歡樹林子、河流、大木桶，不想離開這裡。可惡！我們才剛弄到槍，找到一個洞窟，正想好好當個俠盜，這個該死的霉運卻殺出來攪局，我們的俠盜夢全泡湯了！」

湯姆逮住這機會。

「哈克，發財又不會妨礙到我們當俠盜的計畫。」

「不會？你在說什麼？湯姆，你正經八百，沒講錯吧？」

「跟我坐在這裡一樣如假包換。不過呢，哈克，如果你不夠莊重，我們不能讓你加入湯姆幫，你知道吧。」

哈克的興頭被他一句話澆熄。

「不能讓我加入，湯姆？你以前不是准我當海盜嗎？」

「對，不過海盜跟俠盜不一樣。俠盜比海盜的格調高一點，一般而言是這樣。在多數國家，俠盜的地位和貴族差不多，像公爵之類的。」

「是這樣啊。湯姆，你和我朋友做這麼久了，對不對？你該不會排除我吧，湯姆？你不會不夠意思吧，湯姆，會嗎？」

「哈克，我不想排除你，真的不想，不過，讓你加入，別人會講什麼閒話？他們會說啊，『什麼嘛！湯姆幫！裡面的分子格調滿低的！』他們指的就是你啊，哈克。你聽了一定不高興，我也一樣。」

哈克沉默片刻，天人交戰中。最後他說：

「好吧，那我就回寡婦家，再熬一個月看看我能不能忍下去，你可要答應讓我加入湯姆幫喔。」

「行，哈克，一言為定！來吧，小老弟，我可以幫你向寡婦求情，拜託她對你寬鬆一點，哈克。」

「你可以嗎？湯姆！你真的願意？太好了。如果最嚴格的幾件事情她肯放寬，那我以後如果想抽菸罵髒話，躲起來過過癮就好，撐不下去就嗝屁。你的俠盜幫打算什麼時候成立？」

「喔，馬上就可以。我們去找弟兄們，最快今晚就能舉行入會式。」

「舉啥式？」

「舉行入會式。」

「什麼東西啊？」

「就是發誓彼此團結一心，就算被剁成肉醬也不能洩露本幫的機密，如果有人敢傷害本幫任何人，一定會遭到抄家報復。」

「聽起來很爽，太爽了，湯姆，真的。」

「對嘛，一定是。而且發誓的時間應該選在半夜，應該選一個我們找得到最寂寞、最恐怖的地方，鬼屋最理想不過了，可惜所有的鬼屋都被翻遍了。」

「半夜倒是很不錯，湯姆。」

「就是嘛。而且你要對著棺材發誓，用血簽名。」

「嘩，這樣才像話嘛！這比海盜還要棒一百萬倍。湯姆，我答應回寡婦家，熬到我爛掉為止。如果我當俠盜闖出名氣，變成大家的話題，她大概會覺得，當初拖這野孩子回家養，苦心沒有被辜負。」

結語

故事到此畫下句點。由於主人翁是兒童，行文至此必須收筆。倘使再寫下去，難保故事不會演變為成人的經歷。小說創作者書寫成年人時，都知道故事該如何收尾，換言之，以結婚為句點。反觀主角是未成年人的小說，故事應該見好就收。

在本書露臉的多數人物至今仍健在，事業有成，過著幸福快樂的日子。將來有一天，作者或許認為值得延展本書，看看書中人物長大成人後是什麼模樣，因此當前最明智的做法是暫不揭露他們生活的點滴。

（全書完）

譯者後記

文◎宋瑛堂（《哈克歷險記》暨本書譯者）

記得剛考上台大外文的我想磨練英文，心想《湯姆歷險記》是我讀過的童書，原文應該不會高深到哪裡，結果坐進圖書館，有英漢、英英字典左右加持，硬著脖子，一知半解陪湯姆刷完圍牆，才悻悻然闔書夾尾離開，暗罵自己英文不及格，台南土包子不加油不行。

時空快轉二十九年，我在美國有幸以拙筆詮釋馬克．吐溫經典作，挫折感並無稍減，只是自嘆的事項變了——現在讀是讀得懂，至於如何忠實呈現十九世紀美語原味，想必是再苦讀四年也熬不出的天賦。

很多讀者以為，《哈克歷險記》是《湯姆歷險記》的續集，兩者同文同種，翻譯時可一氣呵成，其實不然。在對話方面，兩書的口語同樣援引自作者童年、至今仍在阿帕拉契山脈和歐札克山脈（Ozarks）鄉間流傳的語法，但在筆調方面，一八八四年出版的《哈克歷險記》和《湯姆歷險記》相隔八年，馬爺以說書人的角度書寫湯姆的鬼靈精趣事，行筆文謅謅，諷喻時人時事的用詞也老成。反觀《哈克歷險記》，馬爺改叫哈克現身說法，曾是小遊民的哈克受過些許「教化」，談吐多了一分文明，但敘事口吻土氣未消，用詞粗淺（馬爺在潤稿時頻頻自問：「哈克會用這字嗎？」），處事態度也和湯姆涇渭分明，而且故事主軸從湯姆的調皮搗蛋，晉級到哈克的離經叛道，做的壞事從「撿、借」小東西，升等到解放黑奴。在美國文學史上，《哈克歷險記》更帶動第一人稱鄉土小說的新風潮。所以說，雖然《湯姆歷險記》是《哈克歷險記》的兄長，哈克比湯姆長進，思想也比湯姆成熟穩重，更懂得關懷人性，兩者可說是個性長相迥異的孿生兄弟，更像密西西比河灌進墨西哥灣產生的河海兩色奇觀。

我和美國友人討論馬克．吐溫時，多數人劈頭就問「那個字」翻譯成中文會不會礙眼。那字現代在美國只能以「N-word」取代，但在十九世紀並無傷人的貶意，連主張種族平等的馬克．吐溫都用了不下百次，因此我多以「黑奴」表示，只在歧視者講話時才譯為「黑鬼」，好讓台灣讀者體會這字在美國讀者心中的違和感。

細部分解兩書的用語，最常見的古文是by and by（未幾），在《湯姆歷險記》裡出現三十次，在《哈克歷險記》正本加增訂的內文更有九十一個之多，為避免重複過度，我輪流以

「不久、未久、後來」取代。Honest Injun（老實說）在兩書裡也總共出現七次，是馬克・吐溫發揚光大的用語，今人因Injun一字對美國原住民失敬已停用，但honest Injun一詞能顯示當時白人觀念裡的原住民有老實和狡詐的差別，後者常和白人作對，前者則帶領白人探索美西，因此我翻譯時也加入「印第安人」。

此外，虔誠教徒忌諱藉驚嘆語濫用「上帝」、「大」等字，但當時社會邊緣人照用不誤，作者雖有心反映鄉音方言，卻百般不肯藉角色的嘴驚呼「我的天」，只讓有些角色以「地」代天，喊成「地呀」。為呼應原文，譯者在此也避免「妄用上帝之名」，以免讀者聯想到My God而違背原著的初衷。《湯姆歷險記》原文出現的例外只有哈克和痲夫，用的是Lord或lordy（主啊），但在《哈克歷險記》裡，哈克喝了一點墨水後，也改口喊by Jimminy（他爺爺的）。

馬克・吐溫的一大特色是跨時空封存了黑奴口音。在《哈克歷險記》裡，黑奴吉姆（與《湯姆歷險記》裡的小黑奴吉姆不是同一人）的口音很重，作者不必注明「吉姆說」，讀者一看即知是誰：

「...ef I didn’ hear sumf’n. Well, I know what I’s gwyne to set down here and listen tell I hears it agin.」

「該不會俺聽錯了吧。哼，俺曉得怎辦：俺坐下來，坐到再聽見為止。」

由以上的例子可見，眼閱吉姆的口語時，嘴皮非跟著動不可，才知道ef=if，sumf’n=something，gwyne=gonna，set=sit，tell=till，agin=again。我翻譯文學作品時，習慣先以有聲書自娛，這次我買的Audible版本由《魔戒》演員伊萊傑．伍德表演。我不是伊粉，但我聽了這聲優是由衷讚嘆，因為他不僅能單口揣摩數十個階級不等的老少角色，女音演繹得自然流暢，黑奴腔更是維妙維肖，伊粉不妨聽聽看。

密西西比河加密蘇里河，終年可航行的沃土幅員在全球名列前茅，馬克．吐溫請湯姆和哈克兩人揪團，帶世人到美國內地文化的源頭探幽巡禮，看透人生百態，諷喻中上階級的習俗，嘲弄當代流行的苦牢小說，把白人寫成假道學的金光黨，到最後，人人追拿的黑奴反而是最值得褒揚的一個。二十世紀之前醫藥不發達，生重病是死路一條，所以醫生上門無異於送終，地位遠不如現代，也淪為馬爺揶揄調侃的對象，眼尖的讀者必能會心一笑。

一九九〇年，在加州好萊塢的某家閣樓，《哈克歷險記》的手稿前半部重見天日，終於和長住圖書館的另一半破鏡重圓，其中包含前所未見的「吉姆與冰屍」鬼故事。另外，一八八三年的手稿曾出現「筏伕記」，後礙於篇幅等種種因素而割愛，日後《哈克歷險記》再版，作者幾度有機會把這插曲植回卻未果，後來才現身馬克・吐溫回憶錄《密西西比河上生活》。以上兩部分已收錄二〇一九年的麥田版中。

最後，在此感謝中興大學劉鳳芯副教授的指引鼓勵，感謝密蘇里大學新聞學院Elizabeth Brixey副教授以及溫哥華作家Grant Hayter-Menzies、波特蘭資深新聞工作者Vince Patton釋疑解惑，本書因各位的指教而加倍精采，內容若有疏漏偏差，若信達雅不及格，全怪我這個飛到美國還是一個土包子的譯者。

解說

永遠的夏日童年

文◎蔡秀枝（國立臺灣大學外國語文學系教授）

《湯姆歷險記》歷來盛享經典美國兒童文學的稱號而不衰，主角湯姆．索耶也成了美國少年開朗、機智、勇敢、喜愛尋求表現的表徵。《湯姆歷險記》裡最令讀者稱頌的，是湯姆．索耶的各種搞怪與脫逃本事——他與寶莉姨媽的過招與鬥智、他與同伴在墳場、鬼屋與小島的探險與尋寶、他與貝琪的兩小無猜之情與洞穴歷險、他戰勝恐懼在法庭作證印第安喬殺人嫁禍等等情節，不僅處處充滿驚奇與轉折，更是在種種尚未成熟的少年思維與憂慮中，張揚著無畏的勇氣與高昂不歇的鬥志。湯姆．索耶是個頑童，但是在故事接近尾聲時，貝琪的父親柴契爾法官卻已經開始遙遠地預想著湯姆有朝一日應該要先進入軍校學習，再進入法學院受訓，日後將成為偉大的軍人，或偉大的律師，甚至兼有兩者。故事的敘事者在描述柴契爾法官的遠見時，對於法官對湯姆的「高評價」和日後職業的「踏實想法」並未表示太多的興趣或認同，讀者在湯姆身上看見的應該也不是這樣踏實的職業與成功的未來，而是他的機智靈活和他與眾不同的逆向思維。

為成年人寫的懷舊童書

筆名馬克・吐溫（Mark Twain）的薩繆爾・朗赫恩・克萊門斯（Samuel Langhorne Clemens）在寫完《湯姆歷險記》時，認為這是一本專門寫給成年人閱讀的書*。馬克・吐溫以故鄉密蘇里州漢尼拔（Hannibal, Missouri）做為故事裡聖彼得斯堡（St. Petersburg）的背景，以幾個童年好友做為湯姆和伙伴們的角色藍本，將一八四〇年代美國南北內戰前的美

* 馬克・吐溫在完成《湯姆歷險記》初稿後，就立即把稿件寄給好友（也是馬克・吐溫好幾本書的編輯）霍威爾（William Dean Howell），以尋求他的建議。「這根本不是一本童書」（"It is not a boy's book, at all."），馬克・吐溫在信裡這樣告訴霍威爾，「這本書將只被成人閱讀。這本書是專為成人而寫就的。」（"It will only be read by adults. It was only written for adults."）霍威爾的建議是，這本書的市場定位應針對年輕的讀者。後來霍威爾也確實勸服了馬克・吐溫。但是書籍出版時，這事並未被提及。事實證明，本書出版幾年之後，大多數的書店都將《湯姆歷險記》歸類到兒童部門。（Letters to Howells, 5 July 1875. *Selected Twain-Howells Letters.*）

好時光永遠地寫入了他的書裡。馬克．吐溫對於那個時代的記憶成就了本書的懷舊氛圍，也把想像的聖彼得斯堡成功地銘刻在永遠的夏日時光與田園牧歌（pastoral）般的少年日常生活與歷險之中。

《湯姆歷險記》裡，那個處處冷靜又時而幽默地看待湯姆和他的玩伴們在大人世界裡闖蕩的故事敘事者，恰當地扮演了少年與成人世界的中介角色。這個成年敘事者不只將湯姆與少年們的心態淋漓盡致地描繪出來，也適度地與少年們拉開距離，言簡意賅地評價著少年思維和作為與成年人的想法和社會規範之間的出入。一如敘事者未必認同柴契爾法官對湯姆未來的規畫，他對於湯姆種種少年的憂愁和煩惱，也同樣透露著一種成年人於回顧童年時光時的理解、懷舊與淡然。據此，我們將不難理解為何馬克．吐溫會直言這是一本寫給成年人閱讀的書，因為湯姆的故事是透過這樣一位成人敘事者來講述，所以敘事裡對於湯姆和同伴們許多自認理所當然的想法，雖然未必能自始至終地提供成人的觀點來解讀，但在進行故事的敘事時，敘事者卻能或多或少地呈現出少年在看待和判斷人、事與物時在觀點上的限制。另一方面，對於故事中湯姆的姨媽、柴契爾法官、學校老師、教堂牧師、印第安喬等成年人，敘事者也會在敘事中偶爾幽微地憑藉少年或成人的觀點旁敲側擊。然而即使不去理會或者不理解這些細微的敘事手法的區別與作用，也完全無礙於年輕讀者對《湯姆歷險記》的喜愛與欣賞，因為整本書裡，湯姆的日常生活與歷險都切合了他們的生活經驗，並道出了真正屬於少年的關懷與擔憂。

以翻轉和逆向的思維面對成人世界

湯姆之所以能帶給讀者如此多的愉悅，主要得之於他天賦的靈活思維與逆向操作，讓他總是能在不其然之間翻轉顛覆大人世界裡的成規與看法，引人會心一笑。例如寶莉姨媽罰他油漆圍牆，他卻能將懲罰轉換為特權，並因此讓一群小孩願意拿出心肝寶貝來和他交換油漆圍牆的機會。只是一個概念的轉換，便能將大人小孩都討厭的「工作」改換為必須要付出高貴代價才能得到的「特權」。湯姆的逆向思維讓油漆圍牆的工作變成特權與遊戲，翻轉了成人世界的既定觀點，也替他賺進許多孩子口袋中珍藏的寶貝物件。

究竟該如何避開成年人心中莫名的執念與迷信而免遭其害？這在湯姆的世界裡也是一樁與「轉換」有關的奇事。寶莉姨媽對來路不明的密醫藥品與醫療方式有著莫名的執著與信賴。為了避免喝下寶莉姨媽強迫他喝的恐怖藥水，湯姆乾脆把藥水餵給貓咪。當事情被姨媽發現時，湯姆的理由是：他這麼做是出於同情，因為貓咪沒有姨媽常常給牠餵藥，讓牠全身燒起來。藉由將姨媽對他的愛的作為，轉換為同情貓咪沒有姨媽而以愛心轉餵貓咪藥水，湯姆成功地讓姨媽開始反省：她對湯姆的愛護可能會促成不良的下場，因而翻轉了寶莉姨媽對莫名藥水的固執與堅信。

死亡作為存在的終結，永遠向人們昭告身為人的無能為力。死亡也是一個始終籠罩著聖彼得斯堡的陰影。但是鎮上人們為了湯姆、喬．哈普爾和哈克舉辦喪禮的段落卻再一次刷新了人們對死亡的概念，並且因為他們三人的「死而復生」，而把對死的畏懼轉為同慶得生之喜悅。湯姆利用這個喪禮作為他們再次活蹦出現、反轉死亡悲劇的契機。誤認他們已死，讓寶莉姨媽與喬．哈普爾的母親反省，自己平日只看到孩子的缺點與過錯，卻不曾去發現他們的美德。所以當他們再度出現在教堂，悲淒的喪禮轉變成為死而復生的現場時，被欺騙的教眾與他們的姨媽和母親幾乎願意再被戲弄一遍，彷彿今日生還的孩子們與他們的美德完全值得先前的悲傷與眼淚，以及現今對神的加倍禮讚。

同質的城鎮與現實的不可能

經由湯姆的日常生活作息與探險，聖彼得斯堡猶如牧歌裡的悠然景致，在在呈現出舊日時光的美好與單純。馬克・吐溫筆下的聖彼得斯堡其實是一個同質性很高的白人城鎮，而城鎮中代表著盎格魯—薩克遜血統的姓氏，例如：索耶、哈普爾、柴契爾、道格拉斯（Sawyer, Harper, Thatcher, Douglas）等，正標示著城鎮人們血統的同質性。雖然一八四〇年代的美國保有蓄奴制度，但是在這個城鎮的日常生活裡，黑人奴隸的存在卻不常得見，或只是被敘事者略為提起就帶過（例如：寶莉姨媽家裡的吉姆是有顏色的男孩，或者湯姆去提水時，會遇見黑的、白的、男孩、女孩，或者，湯姆從一個黑人那裡學到一種新的吹口哨方法等），基本上這些黑人奴僕的存在雖然偶爾被提及，卻不會特別引起閱讀者的注意。在這樣同質化的白人社會群眾的描摹裡，黑人偶爾的出現被忽略、湯姆所處社會環境的複雜性與政治性被簡化，如此敘事也因此失去了某種程度的社會真實性。有關聖彼得斯堡的敘事雖然有著偶爾一見的黑人，卻避開了奴隸的字眼，而書中犯下殺人罪的大惡棍印第安喬，則是一個混血兒，受到人們的鄙視，他後來又假扮為西班牙人，異族身分同樣被人們視為外來者，容易被懷疑有犯罪嫌疑。當湯姆和哈克在夜半的墓園看見印第安喬與醫生起衝突時，印第安喬提到他曾到醫生父親家中乞求食物卻被羞辱，並被以流浪漢的罪名送入監獄，所以他發誓要報仇。印第安喬這段扭曲的心路歷程與殺人的起因雖然在墓園的對話中出現，但是也僅止於此。因為他的身分設定已經被簡化為「外來者」與「異族混血」的位置。

成人世界有著不同的價值觀與因之而來的社會規約和束縛。兒童在成長的過程中經歷並學習社會化，隨著成長而脫離童稚。《湯姆歷險記》裡，正值少年的湯姆沒有這些成人的束縛。聖彼得斯堡停留在一八四〇年代永恆的美好夏日裡，所以湯姆的憂愁、思慮和所惹的禍事大都是屬於童稚的單純事件而不涉及複雜的社會或政治規約。他偷吃果醬、逃避寶莉姨媽給他的懲罰、帶小甲蟲在教堂裡引起騷動、翹課偷溜到賈克森氏島露營等等，都只凸顯了他為了逃避無聊的規矩和管教而展現的機敏，甚至引發了成人對成規與執念的反省，但是卻從來不會動搖整個社會的政法結構，或文化層面的基底意識，而這也是為什麼雖然湯姆常常為了達成他的目的與想法而讓姨媽惱怒、甚至誤以為他已喪生而悲痛欲絕，卻最終都能獲得姨媽的諒解與釋懷。《湯姆歷險記》是一個簡化、浪漫化、捨去了可能的種族、文化、政治、法律、宗教等衝突的高度同質化社會，反映了少年們易浮動的思慮、情緒與對未知生活與世界的探險精神，也保留了成年人對於逝去童真年代的一種同質化的、浪漫的懷舊夢。

馬克・吐溫年表

一八三五年	十一月三十日出生於美國密蘇里州佛羅里達村，原名薩繆爾・朗赫恩・克萊門斯（Samuel Langhorne Clemens）。
一八三九年	舉家遷居至密西西比河畔漢尼拔鎮，即為《湯姆歷險記》、《哈克歷險記》的故事背景「聖彼得斯堡」雛型。
一八四七年	父親病逝，舉家陷入經濟困難，開始印刷廠學徒生涯。
一八四八年	進入報社印刷廠當排版工。
一八五〇年	年長十歲、遷居在外的兄長奧利安（Orion Clemens）返回漢尼拔買下《西部聯合》（*Western Union*），馬克・吐溫進入報社中擔任排字工人。
一八五一年	進入奧利安併購的《漢尼拔日報》（*Hannibal Journal*）工作。
一八五七年	於密西西比河上接受蒸汽船河道航員訓練，開始在紐奧爾良和聖路易之間擔任河道航員，歷經弟弟亨利（Henry）於蒸汽船爆炸中喪生之慟，於南北戰爭爆發後終止這份工作。

一八六一年	南北戰爭後，和奧利安一起前往內華達州淘金、不斷遷居。隔年於維吉尼亞城擔任新聞記者。
一八六三年	首度使用筆名「馬克・吐溫」於報刊發表文章。
一八六四年	遷居至加州，仍從事新聞記者業。
一八六五年	於《紐約週末報》（*The Saturday Press*）發表《跳蛙》（*The Celebrated Jumping Frog of Calaveras County*），獲得全國矚目。
一八六七年	展開歐洲之旅，並將此行旅遊見聞發表於報刊，日後集結以《老憨出洋記》出版。 認識歐麗維亞・蘭格登（Olivia Langdon），兩人於一八六九年訂婚。
一八七〇年	與歐麗維亞結婚，定居紐約。長男出生後翌年夭折。
一八七二年	長女蘇西（Susy）出生。出版《苦行記》（*Roughing It*）。
一八七三年	出版小說《鍍金年代》（*Gilded Age*）。
一八七四年	次女克拉拉（Clara）出生。遷居康乃狄克州哈特福德寓所。到一八九一年為止，在這棟寓所裡安居的十七年間寫了《湯姆歷險記》、《哈克歷險記》、《乞丐王子》（*The Prince and the Pauper*）等名作。
一八七六年	出版《湯姆歷險記》。
一八八〇年	三女珍（Jean）出生。
一八八一年	出版《乞丐王子》，以愛德華六世時代的英國為背景。

一八八三年	出版《密西西比河上生活》。
一八八四年	在全美各地巡迴演講。
一八八五年	出版《湯姆歷險記》的姊妹作《哈克歷險記》。
一八八八年	獲頒耶魯大學榮譽藝術碩士學位。
一八九一年	舉家移居歐洲。
一八九四年	瀕臨破產。為清償債務，展開為期一年的環遊世界演講之旅，遠征斐濟、印度、澳洲等國。
一八九六年	演講之旅結束，長女蘇西過世。
一九〇一年	獲頒耶魯大學榮譽文學博士學位。
一九〇二年	獲頒密蘇里大學榮譽文學博士學位。
一九〇四年	妻子歐麗維亞過世。
一九〇七年	獲頒牛津大學榮譽文學博士學位。
一九〇九年	三女珍過世。
一九一〇年	四月二十一日於康乃狄克州瑞丁市過世。
二〇一〇年	逝世百年之際，晚年的手稿集結為《馬克・吐溫自傳》（*Autobiography of Mark Twain*）問世，為其最後著作。

GREAT! 46 **湯姆歷險記**（美國文學之父馬克・吐溫跨越三個世紀經典雙書之一）

作者	馬克・吐溫（Mark Twain）
譯者	宋瑛堂
封面設計	莊謹銘
責任編輯	徐　凡
國際版權	吳玲緯
行銷	艾青荷、蘇莞婷、黃俊傑
業務	李再星、陳紫晴、陳美燕、馮逸華
副總編輯	巫維珍
編輯總監	劉麗真
總經理	陳逸瑛
發行人	凃玉雲
出版	麥田出版 地址：10483台北市中山區民生東路二段141號5樓 電話：(02)2500-7696 傳真：(02)2500-1967
發行	英屬蓋曼群島商家庭傳媒股份有限公司城邦分公司 地址：10483台北市中山區民生東路二段141號11樓 網址：www.cite.com.tw 客服專線：(02)2500-7718｜2500-7719 24小時傳真專線：(02)-2500-1990｜2500-1991 服務時間：週一至週五09:30-12:00｜13:30-17:00 劃撥帳號：19863813 戶名：書虫股份有限公司 讀者服務信箱：service@readingclub.com.tw
香港發行所	城邦（香港）出版集團有限公司 地址：香港灣仔駱克道193號東超商業中心1樓 電話：+852-2508-6231 傳真：+852-2578-9337 電郵：hkcite@biznetvigator.com
馬新發行所	城邦（馬新）出版集團【Cite(M) Sdn. Bhd.】 地址：41-3, Jalan Radin Anum, Bandar Baru Sri Petaling, 57000 Kuala Lumpur, Malaysia. 電話：+603-9056-3833 傳真：+603-9057-6622 讀者服務信箱：services@cite.my
麥田部落格	http://ryefield.pixnet.net
印刷	前進彩藝有限公司
初版	2019年5月
售價	360元
ISBN	978-986-344-637-8

國家圖書館出版品預行編目(CIP)資料

湯姆歷險記（美國文學之父馬克・吐溫跨越三個世紀經典雙書之一）／馬克・吐溫（Mark Twain）著；宋瑛堂譯. -- 初版. -- 臺北市：麥田出版：家庭傳媒城邦分公司發行, 民108.5
面；　公分. -- (Great! ; RC7046)
譯自：The Adventures of Tom Sawyer by Mark Twain
ISBN 978-986-344-637-8（平裝）
874.57　　108002580